Planicio

Colección Autores Españoles
e Hispanoamericanos

José Luis Olaizola

Planicio

Novela

Premio Ateneo de Sevilla
1976

Planeta

COLECCIÓN AUTORES ESPAÑOLES
E HISPANOAMERICANOS

Dirección: Rafael Borràs Betriu

Consejo de Redacción: María Teresa Arbó, Marcel Plans, Carlos Pujol y Xavier Vilaró

Editorial Planeta, S. A., Córcega, 273-277, 08008 Barcelona (España)

Sobrecubierta y foto de Hans Romberg

Primera edición: mayo de 1976
Segunda edición: abril de 1979 (Caja de Ahorros de Guipúzcoa)
Tercera edición: setiembre de 1979
Cuarta edición: abril de 1981
Quinta edición: setiembre de 1981
Sexta edición: marzo de 1982
Séptima edición: octubre de 1982
Octava edición: enero de 1983
Novena edición: mayo de 1983
Décima edición: enero de 1985

Depósito legal: B. 2.155-1985

ISBN 84-320-5354-6

Printed in Spain - Impreso en España

T. G. Soler, Enric Morera, 15, Esplugues del Llobregat (Barcelona)

A mi querido amigo Juan Gutiérrez Palacios,
con todo mi afecto y agradecimiento

La España de la Posguerra, de Fernando Vizcaíno Casas (Editorial Planeta, Barcelona, 1975) ha sido de gran utilidad para que el autor rememorase un tiempo que protagoniza la novela. Agradece, por tanto, el gran trabajo de Vizcaíno Casas, que le ha ayudado a fijar hechos y situaciones perdidas en la trastienda de su memoria.

EL AUTOR

Primera parte

La trainera azul

—¡PLANICIO! —gritó profundamente el Gallego y con intervalos repitió dos veces más la llamada.

Usaba un tono grave para llamar a su hijo porque tenía comprobado que así el sonido llegaba mejor que agudizando. De todos modos, era desagradable que el zapatero del sobreático llamase a gritos a su hijo, que jugaba a la pelota sobre los guijarros del Paseo de Iztueta, a espaldas de su casa de la calle de Miracruz, 10-B, en San Sebastián, que era una calle distinguida y la casa también, pero con diferente intensidad según situación en planta. En el piso primero había una corsetería que se anunciaba en la puerta indicando a las señoras la conveniencia de usar sostenes a medida, para realzar.

Cuando subían la escalera a pie, y pasaban delante del anuncio, el Gallego se lamentaba con su hijo.

—¡Cuánto engaño, Planicio!

Planicio no le entendía muy bien, aunque el padre le aclaraba:

—Cuánto engaño en la mujer. Ya irás conosiendo.

Aunque era gallego, el acento lo tenía vasco porque sus padres lo trajeron de Galicia el 1909, cuando tenía cuatro años, pero todavía en 1942 le seguían llamando el Gallego porque casi toda su vida la vivió en el barrio de Trincherpe —el de los gallegos— del Puerto de Pasajes. Era escéptico y le traía sin cuidado esta discriminación, aunque en los juegos era costumbre gritar cuando corrían: «¡Gallego el último!» Como no había cuidado de que fuera el último, rectificaba en plena carrera: «¡Maricón el último!» Y los pasaitarras tenían que aguantarse porque también esta variante estaba admitida.

Al Gallego tenían que aguantarle mucho porque jugaba a la pelota divinamente, y eso contaba. Era escéptico y cínico y cuando los hijos de los pescadores gallegos, de Trincherpe, sostenían una pedrea con los vascongados de Pasajes de San Pedro, él se quedaba al margen porque le parecía un asunto sin interés. Si se lo reprochaban sus paisanos, decía:

—¿Por qué pelearse? ¿No somos, acaso, hijos todos de un mismo Dios?

Pero cuando se jugaba los cuartos en un partido de pelota y le discutían un tanto, se olvidaba de su filiación divina y se partía el alma con el que fuera.

En 1930 Pasajes de San Pedro decidió sacar trainera para las regatas de septiembre, de la Concha, y tuvieron que recurrir al Gallego, porque medía 1,85, pesaba noventa kilos y si quería podía romper el remo, golpeando plano contra la ola cuando iban hacia la «barra». Aceptó porque los entrenamientos duraron un mes y durante ese tiempo no tenía que salir a pescar, y sin embargo el armador le seguía pagando los jornales como a los demás. Entonces no se había inventado lo de la gimnasia para los remeros y lo único que tenían que hacer era remar dos horas cada tarde, cualquiera que fuese el estado de la mar, y comer bien. Concretamente, les daban chuletas de a kilo, que con un poco de chacolí se tomaban fácilmente. También se comprometían a ser decentes en el asunto de las mujeres porque tenían que llegar con todas sus fuerzas al día de la regata. El Gallego se llamaba Francisco Lourido, y el patrón de la trainera le empezó a llamar Pachi. La regata fue el primer domingo de septiembre, la mar estaba terrible fuera de puntas y los *arrantxales* de Pasajes de San Pedro se portaron bien. Llegaron a la meta con la embarcación mediada de agua, pero llegaron. Se portaron bien, pero no como para ganar. Eso ya se lo figuraba Pachi, el Gallego, que se jugó hasta su último duro a favor de la tripulación amarilla de Orio, que tenía como proel nada menos que a Sarasúa.

—Una cosa es la afisión y otra cosa es el dinero —dijo.

Eran otros tiempos. Hubo pescador en Pasajes que vendió el colchón para apostar por la trainera del pueblo, y no entendieron la filosofía del Gallego. Una noche, en la taberna, le dieron una paliza, y él, que era hombre práctico y poco vengativo, se cogió a la mujer y al chico —entonces Planicio tenía dos años— y se fue a vivir a Fuenterrabía.

Después de la guerra civil fue cuando dejó la mar, que le iba muy mal para el lumbago, y se estableció como zapatero en el sobreático de la calle de Miracruz, 10-B, de San Sebastián. Su lumbago le iba muy mal para unas cosas; para otras, no. Por ejemplo, a espaldas de la casa estaba el frontón público de Atocha, y cada tarde iba el Gallego a ver lo que se podía hacer, porque estaba visto que lo de zapatero era un asunto sin ningún interés. En cambio, jugar a la pelota a mano le iba muy bien para el lumbago, siempre, claro está, que hubiera apuesta interesante de por medio. Jugar por amor propio era cosa que hacían los vascos, que, según le explicaba el «botillero» (1), hombre erudito, era una raza europea pura, que descendía de Cro-Magnon. Ése no era su caso, y por lo tanto sólo jugaba para ganar, viudo como estaba y con un hijo de trece años al que mantener, y con la condesa, que era la dueña de la casa de Miracruz, deseando echarle a la calle por alborotador. En general, a la vecindad le molestaba que Francisco, el zapatero, llamase a voces a su hijo desde el sobreático; pero a Francisca, la portera, le producía verdadero terror, porque luego la condesa le encomendaba:

—Por favor, Francisca, diga a ese señor que no grite así.

—Ya se lo he dicho, señora condesa, pero...

—Lo comprendo, lo comprendo, pero insista porque si no me veré obligada...

Era sabido que la condesa condescendía y no le ponía en la calle en atención a su difunta esposa, que de soltera fue doncella de la casa y de una laboriosidad ejemplar.

—Lo de doncella, puedo asegurarlo —decía el Gallego—. Lo de laboriosa según le diera.

Pero este tipo de comentarios sólo los hacía cuando había bebido un poco, que coincidía con alguna apuesta ganada.

La condesa vivía en el segundo piso, y rebasado el mismo se terminaba la escalera de mármol. Cuando Pachi y su hijo pasaban delante de la puerta, el padre, en señal de respeto, se quitaba la boina. Eso era cuando subían andando, cosa que ocurría con mucha frecuencia, ya que en el año cuarenta y uno la energía eléc-

(1) El «segundo» o ayudante en los juegos vascos, pero también el alquilador de pelotas en frontones públicos.

trica funcionaba a ratos. En ocasiones, aun con fluido, Francisca, la portera, no los dejaba subir porque esperaba, de un momento a otro, la llegada de la señora condesa, y la idea de que ésta se encontrara ocupado el ascensor la aterraba. Por eso no tenía sentido que la vecindad se enfadara porque él llamara a su hijo, a voces, desde el sobreático, cuando tantas dificultades oficiales u oficiosas se le ponían para el uso del ascensor.

El piso tercero estaba desocupado y en el cuarto vivía una familia burguesa, sin relieve especial; a partir del segundo los ventanales de la escalera eran más estrechos, y los escalones de aglomerado de guijarros y cemento. El quinto ya era ático, remetido en fachada, con la escalera francamente estrecha, y lo ocupaba una costurera, que además tenía dos huéspedes. Un poco jamona pero de una edad adecuada y respecto de la que Pachi, en lo que al físico se refería, no tenía nada que objetar, y además le cogía muy a mano. Pero era precisamente la vecina que más distancia ponía para que quedase clara la notable diferencia entre un ático, al que por muy remetido que estuviera, llegaba el ascensor, y un sobreático, que socialmente hablando no existía.

En el ático de la modista se terminaba todo signo de civilización, y a partir de allí arrancaba una escalerilla de caracol por la que era necesario reptar hasta la azotea de las chimeneas, cuartos trasteros abandonados, uno de ellos convertido en vivienda del Gallego. Cuando hacía frío se notaba mucho en el casetón, y a la inversa cuando hacía calor, que en días de viento sur derretía el *galipot* (1) que servía de impermeabilizante de la cubierta del edificio. Cuando llovía entraba

(1) *Galipot*: galicismo típico en San Sebastián: alquitrán.

agua por el tejadillo, pero los muebles estaban colocados de modo que no se mojaran. Eran ingredientes que formaban parte de la vida, y en ese aspecto la condesa no podía tener queja del Gallego, que fue un inquilino que nunca pidió arreglos ni mejoras.

En las noches de verano, tibias, estrelladas, toda la azotea era para ellos dos solos. Eran tiempos silenciosos, sin ruido de coches, con el tintineo de los tranvías que pasaban por la calle de Miracruz, que sonaba bien, muy atenuado. Si el aire era muy calmo también oían los pitidos de los trenes de la Estación del Norte, que estaba en el Paseo de Francia. Planicio se tumbaba en el suelo mirando al cielo, y el padre se sentaba en un sillón desvencijado que perteneció al señor conde. El Gallego se fumaba un cigarrillo y decía:

—Que se jodan.

Se refería a los vecinos en general, y no con ganas de molestar, sino porque se encontraba bien, o por lo menos, porque suponía que se encontraba mejor que el resto de los estamentos a los que llegaba el ascensor. Eran momentos de intimidad familiar, en los que aprovechaba para dar consejos a su hijo, de trece años recién cumplidos.

—Rencor nunca, Planicio. Vista es lo que hay que tener. A mí me ha llegado Anchón y me dice: «Pachi, aquí este, que es de Logroño y quiere echar un partido con uno de su quinta. ¿Cuántos años tienes?» Yo ni le contesto. Luego me dice: «No irás a tener miedo de uno de Logroño.»

El padre se quedaba callado, meditabundo, y luego le preguntaba a Planicio:

—¿Qué te parece?

El chico no contestaba, porque allí no se trataba de dar pareceres, sino de aprender. Y sobre todo de estar con su padre, que había noches que no iba a dormir, y aunque ya le había explicado que eso era normal, él se sentía muy triste cuando ocurría.

Pachi le daba este tipo de consejos a su hijo, pero sin mucho convencimiento, porque desde pequeño notó en el chico algo raro, que se confirmó cuando el desafío de la vuelta a los puentes. El padre quería que su hijo se diera cuenta de ciertas cosas que la vida le enseñó a él, pero con tanto esfuerzo las aprendió, que ya de poco le servían. A saber:

— que trabajando nadie se hace rico;

— que apostar dinero no es una diversión sino un modo de vivir, y que, por tanto, el que sea de Logroño, o de Usurbil, el que desafía a uno, es indiferente, y lo que cuenta es como tiene las manos, que si son anchas, ligeramente cóncavas y con dedos amorcillados, es que el tío las da. ¿Por qué, entonces, aceptar un desafío si no le has visto jugar antes? Cosas de prinsipiante;

— que siempre habrá ricos y pobres, ya lo dijo el mismo Jesucristo, y que, por tanto, si eres de los segundos procura llevarte bien con los primeros. Por ejemplo, él, siempre que llegaba al rellano del segundo piso, el de la condesa, se quitaba la boina en señal de respeto, aunque Francisca, la portera, dijera que lo hacía por burla. En todo caso, la burla iría por dentro, que por fuera ni Dios podía dudar de que era homenaje a la condesa;

— que a partir de los treinta años, nunca, fíjate bien, nunca aceptar un partido de pelota a mano, individual, porque el resuello no te va a aguantar, seguro. Siempre por parejas, y a ser posible de zaguero, que el delantero tiene que correr todo el ancho del frontón, y encima entrarle a la pelota al aire, de modo que si no la acunas bien te puedes desgraciar la mano;

— y, sobre todo, no meterse en lo que no le llamaban a uno, que en el treinta y seis bien flamencos se pusieron en Trincherpe, diciendo que ésta es la nuestra, aliándose los *gudaris* con los de la Cofradía de pescadores y los de la UGT, para acabar de una vez para siempre con lo de los pobres y los ricos, y él, Pachi el Gallego, que sólo pescaba de «bajura» se fue de «altura» enrolándose en un bacaladero para Terranova, porque ya se figuraba que a la mujer y al chico no iba a pasarles nada, pero a él sí que podían ponerle con unos o con otros. Salió del Puerto de Pasajes con bandera republicana en el barco, y volvió con la roja y gualda. Total, todo cuestión de colores, y con unos o con otros iba a tener que trabajar, a poder ser lo menos posible, porque a él, las cosas claras, trabajar no le gustaba, que ya decía el cura que el trabajo maldi*s*ión de Dios era;

— y, en cuanto a los curas, se les debía hacer caso, aunque no siempre, que a veces se pasaban, y Cristo habló de hermanos, pero no de primos. Priva*s*iones, por supuesto que había que pasar, pero en lo relativo al estómago, las menos posibles. Se podía vivir en un sobreático, frío en invierno y caliente en verano, sin mejor acomodo que el viejo sillón desvencijado del difunto señor conde, y ésas eran priva*s*iones razonables, pero siempre cuidando la «caldera». En el año que estuvo en Terranova se apartó cuanto pudo de las redes y acabó de cocinero, demostrando a toda la tripulación que el «marmitaco», a base de pescado, no tenía por qué cansar si se hacía con un poco de gracia, y aun de pimentón, a la gallega;

— y, por supuesto, estaba demostrado que lo de ser zapatero era un oficio sin interés, y si lo aceptó fue por complacer a su mujer, la Bea, que sólo pudo disfrutar un año de ser la esposa de un artesano y recibir, aunque con cuatro alturas de diferencia, el efluvio que emanaba de la señora condesa, en cuya casa entró de doncella conservando esta condición, conforme aclaración expresa de Pachi, hasta que intervino él.

Salió de la casa con gran dolor de la condesa, porque nunca estuvo tan bien servida como en los siete años que la atendió Beatriz. Se casó con su consentimiento porque Pachi se supo presentar fino, enamorado y respetuoso. Tanto que la condesa dudó si tomar al matrimonio a su servicio, pero desistió porque a saber los hijos que podían tener jóvenes y amorosos como se los veía; además, era impensable que Jacinto, que ya había sido *valet de chambre* siendo soltero el conde, fuera a aceptar a otro hombre en la casa. Jacinto era un marica pacífico, excepcionalmente limpio, que entendía la casa de maravilla, y que hacía la manicura a las tres hijas de la condesa. Antes de la guerra acompañaba a los señores condes a Biarritz, cada día, al volante de un Hispano-Suiza que tenían, con carrocería amarilla, tejadillo negro y ruedas de «radios». La calle de Miracruz, en aquellos años, era de doble dirección, y el coche lo situaban en el centro de la calzada porque por los bordes pasaban los rieles del tranvía. Era el mejor adorno de la calle, y en ocasiones se agolpaban los curiosos para verlo. Por la noche lo guardaban en un garaje de la calle Tomás Gros, pero Jacinto no se fiaba de los lavados que le hacían, y siempre, antes de montar los condes, le daba un repaso exterior con un plumero de plumas de avestruz, auténtico. Se daba en el meneo un airecillo que los curiosos notaban, y le gastaban bromas que a Jacinto no le molestaban porque era andaluz y sabía replicar con gracejo. Aparte de que lo suyo no era tampoco cosa del otro mundo y ahí estaba el caso de Sócrates, que supo tomarse la cicuta como un hombre y sin embargo tenía su misma inclinación. Algunas veces en el barrio le llamaban Sócrates.

—Sócrates, que te has dejado un lunarcito de polvo en el guardabarros.

—Gracias, mi *arma* —replicaba el otro—. Te ponía yo este lunarcito en la nariz e ibas a estar precioso.

Si no fuera por el cariño que tenía a la casa condal, se hubiera establecido como peluquero de señoras, pero en francés: *coiffeur*. Los *coiffeurs* franceses de Biarritz y St. Jean de Lux (nunca decía San Juan de Luz), que habían superado la bata blanca con botones centrales, de enfermero de cuartel, sustituyéndola por modelos multicolores, de cuello alto, a la rusa, manga corta, el brazo airoso, e, incluso, canesú a la altura de los omoplatos (¿por qué el canesú tenía que ser aderezo privativo de la mujer?), le parecía que vivían la vida con otra dimensión distinta, muy diferente de la de sus colegas españoles, que se limitaba a hacer la «permanente» por procedimientos mecánicos. De todos modos, la vida en casa de los condes también tenía su intensidad, sobre todo después de la muerte del señor, en que su condición de hombre —aun con malformaciones hormonales— cobró especial relevancia consiguiendo la administración doméstica, de modo que le permitía robar como un tigre no por codicia sino porque la vejez de un hombre de su condición tenía que ser necesariamente triste, y las penas con pan saben menos.

Jacinto era un hombre de inteligencia natural y

sabía apreciar las dotes del Gallego, pero al mismo tiempo le daba miedo, porque era hombre de humor cambiante que a veces le decía, en público, cosas atroces. A su hijo Planicio le advertía:

—Tú a ése ni acercarte.

Eso le dolía mucho a Jacinto, que nunca abusó de ningún muchacho, y menos del que tuvo por madre a Beatriz, doncella de la condesa durante siete años, primorosa como ella sola.

—Mira —le insistía Pachi—, a mí me parece muy bien que le robes a la condesa, porque haciéndolo con decencia y discreción no hay nada malo en ello, y yo haría lo mismo. Pero al chico no te acerques.

Jacinto callaba —qué remedio—, no le guardaba mayor rencor y procuraba asistir a los partidos de pelota que en el frontón público de Atocha jugaba, cada tarde, el Gallego. Apostaba con grandísimas precauciones, prefiriendo ganar poco, pero seguro, y sólo teniendo debilidades cuando el que jugaba era el Gallego.

—Pachi, fíjate que me juego los duros a tu favor. A ver qué haces.

Francisco ni le contestaba porque antes de los partidos su única preocupación era elegir del cajón de «botillero» el tipo de pelota que mejor le iba —que eran las de toque vivo, porque las *motelas*, de bote lento, obligaban a doblar mucho los riñones, y en esos momentos pensaba que quizá fuera verdad que alguna vez tuvo lumbago— y, también, conseguir alguna ventajilla de los contrarios. En el frontón de Atocha hubo en aquellos años gran calidad de juego, y en tiempo de verano, cuando los días eran largos, se sucedían los partidos hasta que la oscuridad impedía ver la pelota. Había jugadores que habían sido profesionales, otros que querían serlo, o, simplemente, muchachos de los pueblos que desde que tenían uso de razón andaban con la pelota en la mano. Los partidos no eran corrientes, sino combinaciones raras para que las apuestas tuvieran más interés. O más pasión.

—Yo a ti te juego con la izquierda, y además sacando desde el «tres».

El desafiado, y además ofendido porque la cosa no era para menos, decía con rabia:

—Veinte duros.

Veinte duros podía ser el jornal de una semana, y había que matizar.

—Pero sacando con la derecha —puntualizaba el desafiante.

—Tú has dicho con la izquierda.

—He dicho que te jugaba con la izquierda, pero no que tuviera que hacer también el saque con la zoca.

Se hacía un silencio. Pachi, el baranda —treinta y seis años—, miraba a uno y a otro, estudiando qué partido le interesaba que se organizase para apostar.

—Puedes, hombre, puedes —le animaban al desafiado.

Estas escenas sobrecogían a Planicio. Silencios medidos en duros. Conforme: sacaba con la derecha, pero en tal caso el saque tenía que ser del cuadro número cuatro y la apuesta sólo de quince duros. El otro condescendía con una sonrisita de superioridad como para que el desafiado le partiera el alma, cosa que a veces ocurría.

—De acuerdo. Mañana a las siete.

Si los contendientes eran jóvenes, pedían consejo al Gallego.

—Juégale al ancho y con pelota viva —le decía a

uno. Y al otro—: Juégale al *choco* (1) y con pelota *motela.*

Jacinto se acercaba a Pachi a preguntarle por quién tenía que apostar. Jacinto no se quitaba, ni los domingos, el chaleco de fondo verde con rayas amarillas, que era el mismo que usaban los «característicos» en las funciones de teatro cuando tenían que hacer de sirvientes. Todos los contertulios del frontón sabían que era el criado de la condesa, pero en Atocha lo parecía de Pachi.

—¿Habéis visto Pachi que fino? Criado y todo se trae.

Jacinto era gordezuelo, calvo, de mediana edad —alrededor de cincuenta años— y respondía:

—Eso y más se merece don Francisco.

Y le daba un golpe en la espalda al Gallego.

—No me toques, rico —respondía el otro—, que éstos en seguida piensan mal.

Pachi parecía más joven que sus años, y aunque fuera gallego, el tipo y los hablares los tenía de vasco. Iba siempre con camisa corriente de llevar corbata, aunque él nunca la usó. Las mangas dobladas hasta la mitad del antebrazo del mismo grosor el izquierdo que el derecho, de modo que golpeaba con igual facilidad a la pelota con una mano que con otra. Era ancho de hombros y muy aplomado en el andar. Pese a su afición a la sidra no tenía demasiada barriga, porque la evacuaba muy bien. Era también bastante calvo, pero difícil notárselo porque la boina sólo se la quitaba cuando pasaba delante de la puerta de la señora condesa. La cabeza le parecía un órgano delicadísimo que había que proteger de casi todo y princi-

(1) *Choco*: pared izquierda del frontón.

palmente del sol. Cuando jugaba un partido se encasquetaba la chapela de modo que no pudiera caerse con las carreras y sólo si hacía mucho calor, en el descanso entre tanto y tanto, se la levantaba un poco cogiéndola con dos dedos por el centro, para que corriese el aire sobre el cuero cabelludo.

Sabedor de que no era vasco, aunque viviera en aquella tierra desde 1909, procuraba mantener las distancias. Si ganaba no empezaba con las fanfarronadas típicas de los jebos, y si perdía hacía como que no le importaba, diciéndole cosas insólitas al vencedor.

—Eres mucho jugador para mí, ladrón. Tienes una zoca que ni Dios.

Generalmente picaban. En los otros partidos, los perdedores podían estar durante horas explicando por qué perdieron y no debieron perder. Porque el delantero entró al aire una pelota que no debió, y la entregó de mala manera; porque la pelota tocó la chapa aunque los otros juraran por la Virgen que no; porque en el tercer tanto se torció el pie, y así no podía hacer nada; porque debieron parar el partido cuando empezó a llover... Luego, en la taberna, seguían dando explicaciones de por qué no debieron perder. Por eso picaban, generalmente, cuando el Gallego les decía que eran mucho jugador para él. Además él ya estaba viejo y con vicio para jugar a la pelota.

—De todos modos, me gustaría repetir el partido.

—Cuando quieras, hombre.

—Pero alguna ventajilla ya me darás, ¿no?

Y empezaba su regateo. ¿Tres tantos para once? O ¿sacar sólo con la izquierda? (que casi la tenía mejor que la derecha). O desde el cuadro tal, o cuál, etc... etc...

Era una manera difícil de ganarse la vida, pero qué

remedio porque de zapatero imposible. Un oficio que no le daba más que disgustos y que admitió por dar satisfacción a su mujer, aunque la pobre no pudo disfrutarlo, porque al año justo de ir a vivir a Miracruz, murió. Aceptó lo de zapatero no porque conociera el oficio ni nunca lo hubiera practicado, sino porque manejaba muy bien la lezna para arreglar las pelotas de cuero. También, cuando se dedicaba a la mar, era muy diestro en el arreglo y remiendo de redes. Por otra parte pensó que era un oficio que se practicaba sentado, y eso no mataba a nadie. Ya en vida de la Bea empezaron los líos y las quejas de los vecinos, que decían que los cosidos que hacía al calzado eran muy ordinarios y se notaban mucho.

—¿Y eso qué tiene de malo? —se extrañaba Pachi, el zapatero.

Pues lo tenía y mucho, de modo que la Bea, luchando por mantener los atardeceres de plática con Francisca y las otras porteras del A y del C del Miracruz, 10, y las invitaciones frecuentes al sanctasanctórum del segundo piso, le animaba a su marido:

—Afina, hombre, afina.

Imposible afinar porque la vista no le ayudaba —ya no era un niño— y, además —lo que nunca pudo pensar—, el estar tanto tiempo sentado le iba fatal para el lumbago. Peor todavía que tirar de las redes. Menos mal que el frontón de Atocha estaba justo a espalda de la casa y en cinco minutos iba y venía.

—¡Al chico no te lo lleves! —le gritaba la Bea.

Él obedecía siempre en estas cosas a la mujer y no se lo llevaba, pero al rato aparecía Planicio, con su trotecillo corto que le haría famoso en el desafío de la vuelta a los puentes, pisando para afuera, y se ponía a jugar con otros chavales de su edad en el rincón de fondo del frontón. Y cuando empezaban los partidos serios y los echaban de allí, pasaban a jugar al paredón de Talleres Urbistondo, en el mismo paseo, que requería su ciencia por varias razones:

En primer lugar, había que estar muy atento a salir corriendo por mediar intereses contrarios a que en aquel paredón jugasen a la pelota los chicos, muy fundamentalmente por parte del encargado de los talleres que decía que le ensuciaban la pared, lo cual era sorprendente, ya que el último revoco lo hicieron antes de la guerra del catorce, y precisamente uno de los encantos, o dificultades, de jugar al frontón en los «Urbistondos», era que nunca se sabía muy bien para dónde saldría dirigida la pelota una vez golpeada contra la erosión del tiempo en el paredón. También era muy contrario al asunto el guardia municipal, porque bien claro estaba el letrero que prohibía —no sólo allí, sino en todo el paseíllo de Atocha— «jugar a la pelota y hacer aguas menores».

Cuando el guardia los sorprendía, les incautaba la pelota —de trapos bien prietos, recubiertos de badana— que ellos mismos se hacían, y con pasos solemnes se dirigía a la boca de alcantarilla más próxima y la arrojaba. De allí, por el colector, entre todos los detritos de la ciudad, se encaminaba la pelota hacia el río Urumea para terminar en el mar.

—Flota —comentaba alguno—. Esta clase de pelotas flotan en el mar porque la badana se llena de aire, y flotan.

—Hasta que se mojen los trapos —decía otro— y entonces se va al fondo.

Se quedaban silenciosos pensando qué sería de la pelota, sin oír apenas la amenaza del guardia:

—La próxima vez, os juro...

No habría próxima vez porque tendrían buen cuidado de poner vigías para no ser sorprendidos. Una pelota era algo muy estimable, que había requerido muchas horas de trabajo, y muchos experimentos para conseguir que los trapos quedasen bien prietos, a fuerza de mojarlos y ponerlos al sol. Uno descubrió que con mojadura de saliva quedaban mejor, y entonces todos se dedicaban a mascar trapo hasta convertirlo en pulpa para luego apretujarlo bien. A veces, con tanto experimento, la pelota quedaba un poco cóncava, pero tampoco le daban mayor importancia porque se producía un bote distorsionado que introducía un elemento nuevo en los partidos.

En segundo lugar, jugar en los «Urbistondos» exigía especial habilidad en el toque de pelota, porque el paredón, erosión aparte, tenía un ventanuco con barrotes en la parte central de la mitad superior. El ventanuco, sin cristales, conducía a lugar ignorado, pero en cualquier caso, si la pelota pasaba entre los barrotes, el efecto era el mismo que cuando tomaba el camino del río Urumea por el colector. Pelota perdida. Y, sin embargo, aunque arriesgado, admitían que la pelota que diese en un barrote y por tanto retornase, aunque sin vida, era buena.

En tercer lugar, el suelo del frontón lo constituía una calzada de entrada de coches, que algún día lo fue, pero no entonces, porque terminaba en el paredón. Tenía muchos desconchados, pero tampoco les daban mayor importancia porque la blandura de la pelota —que siempre lo era, por mucho que masticasen previamente los trapos— se acomodaba bien a ellos. Lo grave era el lateral izquierdo, que tenía el suelo de gravilla y sobre el que la pelota no reaccionaba. Pues pese a ello los chicos lo intuían y metían la mano izquierda raspando la gravilla y sacando la pelota de situaciones comprometidas.

Tan movidos, extraños y fulgurantes resultaban los partidos de los chavales, que en ocasiones robaban público del verdadero frontón para verlos manipular en los «Urbistondos». Sin embargo, el Gallego no aprobaba:

—Ahí no aprendéis más que ratonerías. Acabaréis como jugadores de iglesia.

Se refería a los jugadores de pueblo vasco chiquito, que se acostumbraban a jugar en el pórtico de la iglesia, a base de muchas mañas, buscando siempre las aristas y ángulos para que la pelota botase raro. Llegaban a contraer cierta fama local, pero luego, cuando llegaba la hora de la verdad, la de jugarse los duros en un frontón como Dios manda, en el que lo que contaba era el mangazo para llegar al rebote, o la dejada dos paredes al ancho, el ridículo ha*s*ían.

El Gallego no enseñaba al chico porque aquel juego —nunca le llamaban deporte— no era de aprender sino de ver y practicar. En los partidos difíciles lo tenía como ayudante. Cuando a la mitad del juego se le hinchaba la mano, llamaba:

—¡Plani*s*io!

El chico llegaba con su trotecillo, ya sabía para qué.

—Pisa —le decía el padre.

Ponía la mano en el suelo, con la palma para abajo, y su hijo le colocaba encima el pie plano —por eso le llamaban Planicio— y empezaba a pisar suave.

—Un poco más —decía el Gallego. Y el chico apretaba.

En los partidos de especial dificultad —cada vez más frecuentes, que los años no pasaban en balde—, Planicio tenía que pisar con toda su alma basculando la fuerza de sus trece años sobre su pie derecho para que la presión fuera mayor. De momento la mano se quedaba entumecida, sin riego sanguíneo, pero después el Gallego empezaba a mover los dedos, con cuidado, y la mano —reducida a un grosor más razonable— volvía a ser útil.

Era un tipo de operación que fascinaba a Jacinto, y cuando veía los esfuerzos del muchacho por conseguir presión sobre la mano tumefacta, se ofrecía al Gallego con su mejor intención:

—¿Quieres que te ayude?

—¿A qué? —le replicaba con sorna el otro—. ¿A haserme la manicura?

Esas bromas caían muy bien en la concurrencia y reían con fuerza. Jacinto no sabía si la gracia la había hecho él y no le molestaban las risas. Aparte de que, por supuesto, le hubiera parecido muy propio que Francisco se hiciera la manicura porque las uñas más negras no podía tenerlas.

—Para hacerte yo a ti la manicura, Pachi, necesitaría un litro de aguarrás.

—El aguarrás te lo iba a meter yo a ti por donde yo me sé.

Todos debían de figurarse el conducto en el que estaba pensando el Gallego y se partían de risa.

Pues pese a todo, llegó un día en que se terminaron los tiempos felices del frontón de Atocha. Aquellos días calmos, de verano, largos, en que los chavales, aun de noche, a la luz de un farol que todavía era de gas, seguían golpeando la pelota en los «Urbistondos», ya sin mayor peligro —el guardia municipal fuera de servicio y lo mismo el encargado—, cuidando sólo de no arrimarla demasiado al ventanuco de barrotes. Los hombres, en el bar de enfrente del frontón, explicando con admirable detalle por qué perdieron o ganaron su partido. Era corriente que su padre se asomase a la puerta del bar y le dijese:

—Planisio, vete a casa que en seguida voy yo.

No era verdad; tardaría mucho en ir, o, acaso no fuese en toda la noche, pero ya le había explicado su padre que debía ser así. Otros días marchaban los dos juntos, camino de Miracruz, 10-B, y el padre, a veces, hasta le cogía por el hombro, alegre y con la lengua un poco torpe. Antes, en un tiempo ya muy lejano —dos años era una medida de tiempo inconmensurable a los trece años— los esperaba en el portal, hablando con Francisca, su madre.

—¡Hola!, *amachu!* (1) —le decía.

—¿Qué hay, Pachicu? —le contestaba su madre. Nunca le llamó Planicio, entre otras cosas porque siempre dijo que lo de los pies planos de su hijo eran *sinsorgadas* (2). Luego le decía a su marido—: Tú qué andas.

Era mitad pregunta, mitad afirmación de que su marido siempre andaba en cosas raras, sobre todo a partir de las nueve de la noche. Su madre debía de ser muy joven, vestía de oscuro y con moño recogido. No le besaba mucho porque no era costumbre en el país, pero le cogía la cabeza y se la apretaba contra el pecho. Si había gente delante, a él le daba un poco de vergüenza porque ya tenía once años y aquellos arrumacos parecían cosas de niño pequeño. Pero le gustaba, claro.

—¿Qué te traes, Pachicu, hambre?

—Sí, *amá*.

Aunque no la tuviera decía, «sí, *amá*», porque para

(1) *Amachu*: diminutivo de *amá*, madre.
(2) *Sinsorgadas*: cosas sin fundamento.

su madre era muy importante que él tuviera hambre y comiera mucho.

—Tienes que comer mucho para hacerte un hombre grande como *aita* (1).

Cuando el padre estaba delante solía añadir, como en un aparte:

—Aunque a ver si aprovechas las fuerzas mejor que él.

La calle de Miracruz, en verano, era cosa grande. Prolongación de la Avenida de España, y, por tanto, del Paseo de la Concha. Pasaba todo el que tenía que pasar, y al que no conocía la Bea ya le explicaba Francisca quién era. Los coches eran tan pocos, que los tenían perfectamente identificados. Al filo de las diez de la noche Francisca se ponía nerviosa porque de un momento a otro podía llegar la señora condesa en compañía de alguna de las señoritas. Vendrían del teatro o de dar una vuelta por el Paseo Nuevo. Abría las puertas del ascensor y les decía a los otros:

—Quitar, quitar.

Que se fueran porque no le gustaba que la condesa la viera de tertulia en el portal. Sólo se podía quedar la Bea porque había sido de la casa. El Gallego no ofrecía resistencia y se iba al bar Raimundo, que estaba justo a la vuelta de la esquina.

—Tú, vuelve pronto —le decía su mujer.

—Pero, bueno, ¿me quedo o me voy? —decía el Gallego, que sabía que era lo segundo.

A Planicio le mandaban escalera arriba, que en seguida iban ellos.

La condesa viuda llegaba, todavía de alivio de luto, y saludaba como una condesa.

(1) *Aita*: padre.

—Buenas noches, Francisca. Hola, Beatriz, ¿tú por aquí? ¿Cómo estáis?

—Muy bien, señora condesa.

Una a cada lado —Francisca y la Bea— le acompañaban hasta el ascensor y le cerraban las puertas al unísono. En ocasiones, la condesa le decía a Beatriz:

—Mañana pásate por casa, que tengo alguna cosa para ti.

Generalmente era ropa usada, pero no vieja. Francisca solía sentir un ramalazo de celos, pero que pasaba pronto, porque bastante tenía la pobre Bea con el marido que le había tocado.

Pronto terminaron aquellos días que todavía fueron más felices porque *amá* le esperaba en el portal. Cuando murió parecía que la gente no iba a terminar nunca de llorar, pero a la semana el único que seguía llorando era él, y no demasiado, porque ya le decía su padre que con llorar no iba a conseguir nada y que fue una santa y que estaría en el Cielo. Sin noción exacta del tiempo, porque eran once años los que tenía, tardó mucho en dejar de notar el corazón muy prieto cada vez que se acercaba al portal en los atardeceres. La señora condesa estuvo especial con él y también le dijo que su madre estaba en el Cielo, y que cada día, y en cada momento de cada día, le estaba mirando. Es decir, que estaba mejor que antes.

A Planicio le pareció muy bien, con la ventaja de que al vivir en un sobreático le podría ver mucho más fácil. Cuando en las noches estrelladas se sentaban los dos mirando para arriba, suponía Planicio que su padre también estaría indagando a ver si la veía. Aunque lo que le había dicho la señora condesa es que era su madre la que los veía a ellos y no lo contrario, pero quién sabe. Cuando se trataba de llorar, se metía en uno de los cuartos trasteros abandonados, que ni el candado le funcionaba, y procuraba hacerlo bajito. Entre sollozos decía: *Amá, amachu...*, que estoy aquí. Lo decía para que su madre, que no conocía aquel cuarto abandonado, no se despistase.

Desde que murió *amá*, su padre no volvió a coger la lezna de zapatero.

—No tengo ánimo —decía.

Sólo le quedaba ánimo para ir, mal que bien, al frontón de Atocha a distraerse un rato con los amigos y de paso hacer alguna jugadilla, porque el chico y él tenían que comer. Y comer bien porque eran corpulentos y con mucha necesidad. Comida formal sólo hacían la del mediodía, pero cumplidamente porque *aita* aprendió muy bien el oficio de cocinero cuando estuvo navegando en Terranova. Por la mañana no le admitía nada el cuerpo al Gallego y Planicio se tomaba un tazón de leche con sopas de pan del día anterior. Por las noches, muchas veces lo mismo. La leche se la llevaba una casera, cada mañana, en un carro con pescante tirado por un caballo chico, y se la recogía Francisca al tiempo que la suya. Las pocas veces que la probaba el Gallego, decía lo mismo:

—Cada vez tiene más agua.

Lo decía con intención, mirando a la portera, insinuando la posibilidad de que fuera ella la que manipulase la leche. La mujer no quería hacer aprecio del comentario porque no lo merecía. Pero el otro insistía:

—Hay quien de un litro de leche es capaz de sacar dos.

La otra terminaba encrespándose:

—¿Sabe lo que le digo? ¡Que mañana se recoge usted la leche!

—¡*Neskazarra* (1) del demonio! —murmuraba el otro, que se complacía en el enfrentamiento.

Curiosa esta afición que tenía a discutir con la portera sobre un tema —la leche— que le traía sin cuidado. Cosa distinta tratándose de vino, que le parecía ofensa personal que lo bautizasen con agua.

A veces el Gallego se ponía tan necio que a la portera no le quedaba más remedio que ofenderse —pese al recuerdo de la difunta y el cariño al chico— y dejaba de recogerle la leche. Entonces Planicio estaba atento por la mañana temprano, y cuando oía los cascabeles del caballo de la casera, se ponía el pantalón —la camisa no se la quitaba para dormir— y bajaba corriendo los cuatro pisos. Eran tiempo silenciosos en los que el collarín del caballo se oía desde un sobreático, y además con anticipación, según el carro bajaba la cuesta de Ategorrieta, antes de entrar en la calle de Miracruz. Entonces San Sebastián era la ciudad más bonita del mundo —eso era cosa sabida— sobre todo en verano, y si el Gallego lo discutía era por fastidiar. Planicio nunca lo dudó, y cuando se tuvo que marchar, le costó lágrimas.

La casera vestía de negro, con un delantal que le llegaba casi a los pies; la cara la tenía muy colorada, con un bigote blanco sorprendente. Para despachar no se bajaba del pescante, y arrimaba el carro a la acera, justo sobre la vía del tranvía, que en ocasiones coincidía y se armaba lío, pero ella, terne, no movía el carro hasta que terminaba de servir por mucho que tintinease el conductor.

(1) *Neskazarra*: solterona.

—¡Un día te voy a dar un disgusto, *sorgiña*! (1) —le gritaba el conductor.

Pero la bruja, cuando le interesaba, no comprendía el castellano y ni caso hacía. Planicio se figuraba que el disgusto sería arrollarle con el tranvía caballo y carro, y la idea le aterraba. Porque ése era el mal que tenía el chico, del que su padre ya se iba dando cuenta, y se lo confirmó el desafío de los puentes: no entendía la malicia.

Él le decía a la casera:

—Deme medio litro de leche, pero que sea buena, que si no *aita* se enfada.

Ella decía por lo bajo algo así como: *Aita esne txarreco gizona*, que podía significar que su padre era el que tenía mala leche, aunque diera lo mismo que lo dijera en alto, porque Planicio no entendía casi el vascongado, y lo poco que aprendió en Fuenterrabía lo estaba olvidando en San Sebastián.

Pero lo normal es que no coincidiera el tranvía, y Francisca y la casera hablaran un rato en vascuence y Planicio esperara tranquilo porque no tenía prisa. El carro, además de las cántaras de leche, llevaba verduras y huevos, y todo olía de un modo que le gustaba. Las patatitas nuevas venían con la tierra pegada, y mientras ellas hablaban, él las rascaba con la uña. El caballo era pequeño —caballo de caserío le decían— pero lustroso, gordo de cuerpo y corto de patas, que tiraba muy bien del carro. Planicio acercaba la mano al testuz y el bicho levantaba la cabeza, esquivando, como si no estuviera interesado en que le acariciaran.

La leche iba en dos cántaras de metal, grandes, con

(1) *Sorgiña*: bruja

tapadera. Según se tomara de una o de otra, el precio era distinto. El Gallego le decía a su hijo:

—De la más barata, que total va a dar lo mismo.

La casera, antes de abrir la tapadera, daba unos manotazos para espantar las moscas. Luego metía un cacillo que servía de medida: dos hacían el medio litro.

—No dejes de hervir ¿eh? —le advertía al chico.

Éste lo hacía, pero, a pesar de todo, en los días de viento sur era corriente que la leche se cortara. Entonces el padre le pedía que reclamara y Planicio se asustaba:

—No *aita*, por favor. Hacemos *mamilla* (1).

Estas cosas le preocupaban al Gallego; que su hijo no servía para negociar ni para discutir. A pesar de todo, por dar gusto a su padre, el chico, según viera el talante de la casera, se lo decía:

—Ayer se nos cortó la leche.

—¿Ya herviste? —preguntaba la bruja de los blancos bigotes.

—Sí.

—¿Y dónde la tienes?

Es decir, pedía la prueba de la acusación.

—Hicimos *mamilla*.

La vieja se encogía de hombros, indicando que quedaba liberada. Pero aun así era corriente que ese día echase un cuartillo de más. Entonces Planicio subía corriendo la escalera y le decía muy contento a su padre:

—¡*Aita, aita!* Me ha echado de más.

Le parecía una gran victoria. Otras veces la vieja no transigía y se limitaba a dar buenos consejos al chico:

—Cuando hace tanto calor hay que echar un poco de bicarbonato.

(1) *Mamilla*: cuajada.

El Gallego era un cliente sin interés alguno, y si alguna atención tenía la casera era por el chico de ojos grandes y legañosos en el amanecer.

Los tiempos felices, felices, fueron aquellos en que *amá* esperaba en el portal la llegada de los hombres en compañía de Francisca. Aunque le riñera y le dijera:

—¡Ya te he dicho que no quiero que andes todo el día jugando a la pelota!

Se lo decía al chico, pero miraba al padre. Mientras vivió *amá* todos les tenían mucha consideración en la calle de Miracruz y decían de él:

—Es el hijo de la Garmendía.

Su madre había nacido en Alza, junto a Pasajes, era de la familia de los Garmendías y su hermano mayor se quedó con el caserío. Aquel tiempo —no se acordaba si duró un año o dos— fue a la escuela municipal que estaba detrás de la iglesia de San Ignacio y el maestro le llamaba Pachi Garmendía, aunque su primer apellido era Lourido.

La señora condesa le llamaba siempre Paco. Él, por supuesto, prefería que le llamasen Planicio aunque *amá* protestara y dijera:

—¡No llaméis así al chico, *ené*, qué manía!

Los tiempos más tristes fueron los que siguieron a la desaparición de *amá*, que por mucho que estuviera por encima del sobreático, y además de día y de noche, no era lo mismo. Después vino otro tiempo, también de verano, de días calmos, largos, que también fue bueno, pues aunque dejó de ser el hijo de la Garmendía, y las consideraciones en la calle de Miracruz no eran las mismas, en el contorno del frontón público de Atocha era el hijo del baranda. Cuando llegaban los dos —siempre después de hacer un poco de merienda por el camino— decían en el frontón:

—Aquí viene el baranda.

Ya nadie le llamaba el Gallego, no porque le importase al interesado, sino porque no era lógico decírselo a uno que llevaba viviendo en el país desde 1909. En cambio, le decían el baranda porque interesaba contar con él a la hora de organizar los partidos, ya que sabía como nadie la mejor combinación de parejas para que un partido tuviera emoción, y por supuesto, y pese a sus treinta y seis años, convenía tenerle de pareja, porque más veces ganaba que perdía. Qué remedio, si no de qué iban a comer.

—¡Planisio! —gritaba. Y el chico llegaba desde los «Urbistondos» con su trotecillo corto de caballo de caserío—. Pisa.

Y pisaba con toda el alma la mano tumefacta de su padre. Si alguno se ofrecía, el padre decía:

—Deja. Él sabe.

Él, Planicio —y no Francisquito como decía Jacinto— sabía cómo pisarle al principio suave y luego fuerte para que la mano sirviera para seguir ganándose el pan.

De todos modos, el padre se sentía desconcertado con el chico, porque aunque habilidad no le faltaba para jugar a la pelota, no remataba los partidos. Alguna vez le echaba un vistazo cuando jugaba en los «Urbistondos» y se sorprendía de verle perder un partido que llevaba fácil por delante.

—Pero ¡cómo has perdido, hombre! —le reprochaba.

—Qué más da, *aita,* jugábamos en broma.

Jugar en broma. Frases que no tenían sentido para

el Gallego, que entendía que había principios que se debían aprender muy bien desde pequeño. A veces pensaba que quizá tuvieran razón los que le aconsejaban que el chico lo que tenía que hacer era seguir estudiando.

El quince de agosto, fiesta de la Virgen, siempre, incluso cuando vivían en Fuenterrabía, Pachi Lourido estrenaba camisa, se ponía una boina medio nueva que tenía para ocasiones especiales, y se iba a los toros, con un puro grande.

—¡Qué bien vives, Pachi! —le decía la mujer, satisfecha de verle tan lucido.

—Uno también tiene sus devosiones —replicaba.

Desde que vivían en la calle de Miracruz la cosa era más notable porque los que iban a los toros tenían que pasar delante del 10-B, que estaba a cinco minutos de la plaza. Era un espectáculo y todo el vecindario se asomaba a los balcones. En la portería se reunían las porteras a comentar, y también bajaba Jacinto. Pachi, un poco apartado, saludaba a amigos con los brazos cruzados sobre el pecho y el puro en la boca, pero sin encender. Encendería en el primer toro. Si alguno le preguntaba:

—¿Qué pasa, Pachi, no vas a los toros?

—Ahora voy, ahora voy.

Lo decía tranquilo, porque tenía su andanada baja, de sol, numerada, y le bastaba con llegar diez minutos antes. Además, era el momento de mayor afluencia y confusión, y así podía colar al chico con él. Pero —de ahí su preocupación— se lo tenía que llevar a la fuerza, aunque le explicara por el camino que entraría con él, y que nadie le iba a preguntar nada.

—Que no, *aita*, que me da vergüenza.

Esas eran las vergüensas que quería él quitar al

chico, que bastante complicada era la vida, para encima andar con melindradas.

Pues aquel verano de días calmos y largos en el que de anochecida seguían golpeando la pelota, a la luz de un farol de gas, afinando las habilidades que requería jugar en las sinuosidades de los «Urbistondos», terminó súbitamente para ellos.

La noche anterior le había dicho el padre, como tantas otras:

—Vete para casa que en seguida voy yo.

La noche traía relente y Planicio se tumbó dentro, sobre la cama, y esperó un rato. En la pared de enfrente estaban los vasares de la vajilla, bastante desordenados desde que murió *amá*. Tenían los mismos periódicos de entonces, amarillentos, que la madre había puesto para proteger un poco. Con muy poca luz —sólo había una bombilla en aquella habitación de la casa— Planicio se entretenía en leer a gran distancia y con las letras al revés. No tenía ninguna dificultad en leer del derecho o del revés. Le daba igual. Y lo mismo respecto de la luz; con poca que hubiera él se arreglaba. No leía mucho porque no tenía oportunidad y tampoco le animaban. Su padre le decía:

—Zapatero, a tus zapatos.

Quizá su padre quisiera que fuera zapatero, pero tampoco era lógico, porque él mismo decía que aquél era mal oficio y por eso los cueros, ya resecos, la lezna y el banco de trabajar estaban en un rincón.

Al rato sabía que su padre no vendría en seguida, y se tomó un poco de bonito con tomate que sobró del mediodía. Frío, sin calentar, porque a esas cosas no le daba la importancia que *aita*. En cambio, echó un trago de vino en directo, a morro de la botella, porque su padre le tenía advertido que después del bonito o del atún nunca beber agua. Claro que su padre establecía muchas prohibiciones para beber el agua. Pero lo que sí parecía que estaba claro es que el agua después del bonito o el atún producía grandes cólicos. A veces, Planicio le hacía consultas particulares:

—*Aita*, ¿y después de las sardinas se puede beber el agua?

El hombre se quedaba pensativo y luego evacuaba:

—Bebe, bebe, bien no creo que te haga, pero mal tampoco. Además, eres joven.

Es decir, un chico joven podía permitirse con el agua cosas que podían ser malas para un *agure* (1) como él.

Planicio, antes de dormirse, rezó, como siempre, las tres avemarías que tanto le recomendó su madre para la pureza. Antes las rezaba con ella y fue de lo que más le costó hacer solo. Solía rezar primero las tres suyas, y luego otras tres para su madre, por si las necesitaba.

Cuando el padre y el hijo se acostaban al tiempo, le preguntaba el padre:

—¿Ya has rezado?

—Sí, *aita*.

Pero aquella noche no se acostaron juntos y Planicio ni se enteró de cuándo volvió, pero a la mañana siguiente *aita* no despertó hasta muy entrada la mañana. Un lado de la cara lo tenía hinchado y los ojos enrojecidos. Planicio le preguntó si se había dado algún golpe, y al principio el padre no contestó, pero luego dijo que sí. Al mediodía le añadió que por la tarde no

(1) *Agure*: viejarrón.

irían a Atocha. Todo el día lo pasó con *larri* (1), pero Planicio pensó que sería por el viento sur que venía de tierra de maquetos, reblandecía el alquitrán de la terraza, y hasta las alcantarillas olían mal, sobre todo cuando coincidía con la marea baja y el río Urumea —que era ría— se quedaba sin agua. Al día siguiente, le dijo el padre:

—Allí no volvemos ¿eh?

Sin embargo Planicio fue a los «Urbistondos» no por desobedecer —a *aita* no se le desobedecía—, sino porque no entendió que la prohibición alcanzaba también a los «Urbistondos», que era un lugar sin interés para su padre en el que sólo se cogían vicios de jugador de iglesia.

Notó extraños a los chavales. Cuando llegó estaban jugando a «fueras» y esperó que terminaran la partida para entrar él también, y entonces resultó que ya no querían seguir jugando. Como decía su padre, Planicio no tenía sentido de la malisia, pero ya era raro que, de repente, ninguno tuviera gana de jugar. También él se sentía raro de que el baranda no estuviera sentado en el murete del inmediato frontón de Atocha dirigiendo operaciones.

Se sentó con los otros chavales en el bordillo de la antigua calzada de coches, todos callados, pero eso a veces también ocurría, sobre todo con el viento sur, que cuando era tan pesado, hasta a los chicos les daba el *larri*. De repente uno se levantó, le miró, se apartó un poco y le dijo:

—Gallego, *tranposua* (2).

Y echó a correr. No tenía por qué hacerlo, porque

(1) *Larri*: tristeza.
(2) *Tranposua*: tramposo.

muchas veces ya le decían a él gallego y no se enfadaba, ya lo sabían, porque su padre había nacido en Galicia, y en el barrio de Trincherpe, donde vivió de chico, había también muchos gallegos. Lo malo fue que los demás se empezaron a mirar y a reírse. Luego se levantaron poco a poco, y se quedó solo. Entonces él también se levantó, y con su trotecillo ligero, pisando con las puntas para fuera y balanceando todo el cuerpo, tomó el camino de su casa. Cuando estaba llegando a la cuesta de Iztueta, sintió la carrera de otro, detrás de él, pero por si acaso no quiso mirar. Era Ramoncho, un chaval un poco más pequeño que él, con el que se llevaba bien. Cuando emparejaron le dijo:

—Oye, que yo no tengo nada que ver con ésos.

—Bueno —le contestó Planicio, pero sin parar el trote.

—Si quieres —continuó el otro jadeando un poco— podemos ir a jugar a la Estación.

Cuando había mucha demanda y no cabían todos en los «Urbistondos», o cabía peligro de que apareciera el municipal, solían aprovechar una valla de la Estación que no era gran cosa, pero servía.

Planicio no contestó porque, aun sin malicia, se le había formado un nudo en la garganta y prefería no hablar. Pero el otro insistió con argumento de mucha fuerza:

—Tengo pelota. Mira.

Y para que no dudase le enseñó una pelota gastadita la badana, como a ellos les gustaba, aunque un poco cóncava. Seguían corriendo, ya sobre la gravilla del Paseo de Iztueta, y Planicio le dijo:

—No tengo ganas. Otro día.

El otro se paró, recuperó el resuello, y como el trote de Planicio era tan ligero, le tuvo que gritar:

—¡Mañana te busco!

Ya se dio cuenta Planicio de que aquel «mañana te busco» era decirle que él no fuera por Atocha, que ya vendría Ramoncho. Justo saludó a Francisca en el portal e inició, sin perder ritmo, la subida de la escalera. «Asun. Corsetería. Realce su belleza», en el primer piso. En el segundo, «Señora condesa», se terminaba la escalera de mármol de aristas agudas, que ayudaban a subir mejor. Luego los dos pisos siguientes, sin interés ninguno, y a partir del cuarto, en la proximidad de la gran claraboya central, mucha más luz, aunque la escalera y las ventanas se estrechasen. También mucho más calor en aquel día de viento sur. El tramo para el sobreático, empinado y estrecho, había conseguido —desde hacía sólo un mes— atacarlo sólo de tres zancadas que hasta *aita* se admiraba cuando le veía hacerlo.

Resultaba extraño ver al baranda sentado a aquella hora —serían las siete de la tarde— de un día de verano, en el viejo sillón del señor conde.

—¿De dónde vienes? —le preguntó ceñudo.

—De los «Urbistondos» —contestó el chico jadeante.

El padre se levantó y, ¡zas!, le dio una bofetada con gran alivio para Planicio, que pudo echarse a llorar. No era cosa de extrañarse porque eran tiempos que los padres pegaban.

—¡No te he dicho que no fueras! —le gritó el padre.

—¡No te había entendido, *aita*!

—¡Pues así entenderás para otra vez!

Cenaron sobras, en silencio, y Planicio, antes de acostarse, le dijo, morrudo:

—*Aita*, dame dinero que mañana toca pagar la leche.

—Ya pagarás otro día.

Vivían al día, pero en el sentido de que cuando llegaba la noche era corriente que el Gallego se acostase sin una sola peseta en el bolsillo.

Pasaron días malos, malos de verdad. Ni para vino tenían. Al tercer día de que la casera le pusiera mala cara, Planicio no se atrevió a recoger la leche.

—¿Por qué no bajas? —le preguntó el padre.

—Me da vergüenza, *aita*.

Las vergüensas de su hijo; pero Pachi Lourido tenía un *larri* que ni ganas de discutir le quedaban. Salía muy poco a la calle y, generalmente, para darse una vuelta por algún bar en el que todavía le fiasen. También debió de pedir dinero prestado porque hubo días que volvieron a comer con fundamento. Pero sin alegría, porque era un año de mucha escasez, sin lluvias desde la primavera, y con todos los caseros sombríos porque ni cosecha iban a recoger.

A Francisca, la portera, se la veía satisfecha porque ya había dicho cómo acabarían los del sobreático. Un día hizo pasar a Planicio a su vivienda, que la tenía en el semisótano, y le dio un vaso de leche con pan, al tiempo que le decía:

—¡Pobre hijo!

Él lo agradecía, pero procuraba pasar por el portal cuando no estuviera la vieja. Además, la casa de Francisca olía a orín de gato.

Tan mal se pusieron las cosas que Pachi Lourido hizo ademán de trabajar y de vez en cuando se daba una vuelta por el Puerto de Pasajes a ver si le salía algo. Pero también lo de la pesca estaba muy mal, con grandes problemas de petróleo, las «parejas» salían poco y había sobrante de tripulaciones. Pero todavía debía de quedarle algún amigo en Trincherpe porque solía volver con algo de pescado que le regalaban, aunque siempre de segunda: pescadilla, bocarta pequeña... material que en tiempos normales, los pescadores volvían a echar a la mar. Lo malo es que el aceite escaseaba del todo —por lo visto, según decía *aita*, lo necesitaba Franco para engrasar el Eje—, y comer aquella pesca cocida, con sal y un poco de vinagre, era virtud y grande.

Planicio, de su parte, subía las cuestas del Monte Ulía, con su trotecillo impenitente, buscando manzanas. Robar manzanas no le daba vergüen*s*a porque lo hizo de siempre y suponía que el casero ya contaba con ello, sobre todo en los manzanos próximos a los caminos. Habilidad tenía de sobra porque lo que se aprende de pequeño nunca se olvida. Era fácil saber dónde estaba el casero, y atacar por otro lado. Aunque advirtiera tampoco había problemas, porque aunque pisara para fuera y le dijeran lo de los pies planos, tenía entreno suficiente para apartarse rápido del peligro. De todos modos, los tiempos eran malos, había que ser considerado, y en muchas ocasiones se limitaba a coger las manzanas caídas en el prado, que no por eso eran peores. Su padre, cuando las veía, decía con desprecio:

—Comida de cerdos.

Pero las comía, qué remedio.

Otro de los problemas, y serios, era el del tabaco porque *aita*, cuando no fumaba, era todavía peor que cuando tenía que comer el pescado cocido con agua. Planicio aprendió de los otros chicos a pedírselo a los soldados alemanes, que ya habían llegado hasta Hendaya, y al final de aquel verano pasaban con frecuencia la frontera, con sus máquinas fotográficas, rubios, colorados, satisfechos, sin molestar a nadie, y deseosos de complacer a los chavales que se les acercaban y les pedían:

—¡Zigarrettes, Zigarrettes...!

Sacaban su cajetilla y les daban un par de cigarrillos. En ocasiones decían que no con la cabeza, pero les daban un trozo de chocolate. Como Planicio prefería lo primero aprendió a decir «padre» en alemán (*vater*) y así hacía más fuerza:

—¡Zigarrettes, «fater»...! —Y luego daba las gracias—: *Danken.*

El primer día el padre miró aquellos cigarrillos, rubios y cortos, con recelo. Encendió uno y de una bocanada casi lo dejó en la mitad.

—*¡Ené!* Qué rápido queman.

Luego hizo experimentos porque Planicio también solía llevarle colillas de puro, que picaba el Gallego, muy fino, con una cuchilla de afeitar y mezclaba con el tabaco alemán. Cuando conseguía un poco de miel la aguaba mucho y humedecía la mezcla para que se le quitara completamente el olor a colilla; por ese sistema duraba más y le permitía liar el cigarrillo, que era lo que le daba sentido a fumar. Tenía mucho cuidado de poner la mezcla, humedecida con la miel, a secar al sol en la terraza, pero en un sitio resguardado del viento no se fuera a volar.

Jacinto, el criado de la condesa, más refitolero que nunca, seguía la situación muy interesado. Para la casa condal, pasado el horror de la guerra civil en la que, claro, ganaron los que tenían que ganar, las cosas se empezaban a perfilar como antes, y la señora condesa le había encargado a él, a Jacinto, el administrador doméstico, la compra de un coche. Por supuesto, de segunda mano, porque nuevos no los había en aquellos tiempos. Motivo grande de alegría porque otra vez Jacinto, con su plumerito de avestruz, se preocuparía de mantenerlo limpio como una patena, de modo que pareciera nuevo, y también porque eran tiempos divinos para el asunto de las comisiones, y en una compra de esa importancia, la que le quedara a él tenía que ser notable, y buena falta iba a hacerle todo aquel esfuerzo para una vejez como la que le esperaba.

Acaparador como era —*valet de chambre*, manicuro, administrador doméstico y chófer de nuevo— sabía atender a un amigo en apuros. Pese al indudable prestigio que iba adquiriendo en la casa, seguía con su chalequillo verde con rayas amarillas, y cuando la ocasión lo propiciaba, se subía al sobreático.

—Pachi, Pachi... —Era muy respetuoso con la intimidad de los demás y no se permitía atravesar la azotea sin permiso previo—. Aquí te traigo una cazuelita que seguro que te va a gustar.

El Gallego siempre fue un hombre sin prejuicios y que sabía agradecer un gesto. Ponía la cazuela a calentar, porque siempre llegaba en momentos de gran necesidad, y no se podía esperar, e invitaba a Jacinto a sentarse. Era un hombre agradecido, pero que decía las verdades:

—La materia es buena —dictaminaba masticando la merluza— pero no creáis que tenéis gran cocina en vuestra casa. ¿Merlusa en salsa verde decís a esto? Más bien diría yo merluza con engrudo de harina y perejil.

Jacinto ponía cara compungida, pero con alta satisfacción interior; la cocinera era su bestia negra en la casa condal, y con pocas esperanzas de poder desplazarla porque entró de pincha en el palacio de Madrid, en vida de los padres del señor conde, ya difunto. Es decir, cocinera en tercera generación de la casa condal. Nada que hacer. Aguantar y que Dios la acogiese en su seno cuanto antes.

—Nunca ha cocinado bien. La señora condesa dice que es cosa de la edad, pero yo te aseguro, Pachi, y puedes creerme, que esa mujer nunca ha cocinado bien. ¡Lo que me hace sufrir cuando hay invitados! Nunca sabes lo que vas a sacar a la mesa. Y, claro, el que lo sirve eres tú, y pueden creer que es tu culpa. Te digo Pachi, que un horror.

El Gallego masticaba voraz y sin entrar en cuestiones personales que ni le iban ni le venían, insistía en los aspectos técnicos.

—Mira, Jacinto, lo que necesita la merlu*s*a en salsa verde es menos harina y más meneíto. ¿Tú me entiendes? Engordar la salsa, sí, pero meneando la ca*s*uela en la lumbre, no echando harina. ¿Tú me entiendes?

¿Cómo no iba a entenderle Jacinto? De maravilla, pero ¿qué hacer?

—Y además —decía Jacinto y la cara se le contraía en un rictus— es una sucia. Y encima, la señora condesa me dice que tengo que tener caridad con ella y con sus años.

—Pero bueno —comentaba Pachi Lourido—, ¿qué tiene que ver la caridad con la merlu*s*a en salsa verde?

Pero seguía masticando y mojando —si tenía pan— el engrudo con perejil porque fueron tiempos malos, malos de verdad.

—En cuanto a lo de sucia —filosofaba el Gallego— te diré. Conocí un cocinero portugués cuando anduve en el Canadá que en la cocina ni entrar podías de mierda que había. Y, sin embargo, cocinaba como Dios.

—¡Ay, qué asco! Pues así, prefiero no comer.

Jacinto tampoco iba ya por Atocha porque sin Pachi la cosa no era lo mismo, y, además, el jugar un duro sin estar bien aconsejado era peligroso.

Lo que son las cosas, el Gallego agradecía la compañía de Jacinto, y ya no tomaba demasiadas precauciones con el chico porque resultaba evidente que era un marica inofensivo. Cuando finalizara septiembre —el mes de los elegantes en San Sebastián— la casa condal se trasladaría a Madrid y ellos le echarían de menos.

Antes de iniciar la invernada Jacinto les hizo un favorcito —le encantaba usar el diminutivo— colocando a Francisquito como recadero de «Asun. Corsetería. Realce su belleza». Se llevaba de maravilla con la corsetera, que era una mujer muy comprensiva con él, y le dejaba opinar en el realce pectoral de las damas de la casa condal, clientes por su mediación.

El trabajo era de poca sustancia porque ni tan siquiera había recados que hacer todos los días, sobre todo cuando entró el invierno. Asun les había advertido al padre y al hijo:

—Sin compromiso.

Significaba que tenía que estar a las propinas y que ella complementaría según sentido común. Por ejemplo, si el reparto era en un lugar apartado le daba para el billete del tranvía, que todavía se pagaba en monedas de cobre y el trayecto más largo no pasaba de dos perras gordas. Planicio se guardaba el dinero y hacía el recorrido con su famoso trotecillo de caballo de caserío que se había convertido ya en su modo habitual de circular. ¡Plas, plas!, pisando para fuera, pero avanzando mucho. Si llovía solía tener problemas, sobre todo para atravesar el puente de Santa Catalina, porque si volvía calado la señora Asun podía sospechar que se guardaba el dinero del tranvía y eso sí que le hubiera dado vergüen*s*a de verdad. No había prenda regular en su casa para protegerse de la lluvia —ni impermeable, chubasquero o paraguas— y él se arreglaba con un trozo de lona embreada de cuando su padre fue marinero. La brea era vieja y operaba poco. El padre le decía:

—Si le diéramos con un poco de aceite la linaza empaparía menos. A ver si me agencio.

Pero no se agenciaba porque seguía con el *larri*. Tampoco daba mayor importancia a lo de mojarse porque en su antiguo oficio de pescador se contaba con ello.

La señora Asun tenía una edad que Planicio no sabía. Es decir, Planicio distinguía entre las chicas que él miraba, que unas eran más pequeñas y otras mayores que él, y aproximadamente acertaba su edad. Luego había otras, mayores, mucho mayores que él, que también miraba, pero en otro plan, y que ya le había advertido el señor cura de la Escuela municipal que mejor no mirarlas. Y por último había una categoría de mujeres —Francisca, la señora condesa, la costurera del quinto...— que estaban fuera del tiempo. En eso incluía a la señora Asun. Con ella trabajaban en la corsetería dos sobrinas que estaban en la segunda categoría, pero que podía mirarlas sin peligro alguno porque eran feísimas. También había una aprendiza de su misma edad, pero que le pasaba lo mismo. Ya decía su padre:

—¡*Ene* qué cuadrilla! Tendrían que empezar por real*s*ar su belleza ellas mismas. Claro que, no sé qué van a real*s*ar porque ni base tienen.

Cuando el Gallego hablaba de base de una mujer, se refería a la zona de caderas principalmente.

A la vuelta de cada recado le preguntaba la señora

Asun por la propina recibida. Cuando no se la daban, la mujer insistía:

—Pero ¿tú has esperado un poco?

O sea que no se trataba de entregar el paquete y salir corriendo sino de quedarse quieto con cara de míreme que aquí estoy.

—Nada, nada —replicaba Planicio—, allí me he estado quieto, quieto hasta que la mujer me ha dicho, ¿tengo que firmarte algo?, yo le he dicho que no, y entonces me ha dicho, adiós y ha cerrado la puerta.

Entonces le preguntaba que cómo era la mujer que le había abierto, si alta si baja, si así o asao, y localizada su identidad hacía cierto tipo de comentarios. Al principio de sus relaciones, cuando Planicio decía que no hubo propina, la señora Asun le miraba muy fijo para ver si decía verdad; el chico se daba cuenta, le daba apuro y decía sofocado:

—¡Le juro que ni un perro chico me han dado!

—No jures, que es muy feo —le replicaba la corsetera que por si acaso le seguía mirando.

Pero pronto se dio cuenta de que Planicio no tenía nada que ver con la fama del padre, y la pregunta la hacía para «completar según sentido común», que era que el chico se llevara un duro diario de promedio. Al principio Planicio esperaba la oportunidad del recado, sentado en el vestíbulo, y así podía pasarse toda la mañana e incluso el día entero. En vista de ello, quedaron en que se quedara en su casetón del sobreático y cuando hubiera que repartir ya le llamarían. Le avisaban por un patio interior, estrechísimo, que terminaba en lucernario con ventanillas de ventilación a la azotea.

—¡Planicio!... —gritaba suave la aprendiza o alguna de las oficialas. Y él, que estaba muy atento, se daba su carrerilla hasta el lucernario y replicaba:

—Voy.

La corsetera le dijo al padre un día que coincidieron en el portal:

—Tiene usted un hijo formal, formal de verdad.

—No puedo tener queja —suspiró el Gallego—, y una gran ayuda en esta racha que estamos teniendo.

La información que tenía la señora Asun es que el zapatero del sobreático se ganaba la vida en el frontón de Atocha jugando a la pelota mediando apuestas, y que la mala racha le vino por hacer trampas. Pero era una mujer de principios y le preguntó al hombre si no tenía perspectivas. De trabajo, se entendía. Éste se condolió:

—Difícil a mi edad.

—¿A su edad? Pero ¡si es usted un hombre joven!

—No para trabajar —él mismo se dio cuenta de que la respuesta no era razonable y sobre la marcha rectificó—: Quiero decir que en tiempos de escasez, cuesta más encontrar trabajo a un hombre de mi edad.

Era una mujer de principios en el sentido de que le gustaba interesarse por los demás, dar consejos, y no asustarse del pecado. Pertenecía a la liga de damas parroquiales de San Ignacio y le dijo:

—De todos modos puedo hablar con el señor párroco, por si él conoce de algún trabajo para usted.

El Gallego se quedó sin habla porque tenía la experiencia de que el tipo de trabajo que solían encontrar los señores párrocos carecía de interés para hombres de sus características. Pero supo reaccionar y decir:

—Yo se lo agradeceré, señora.

De momento consiguió que la cena de aquella nochebuena se la mandara la liga de damas parroquiales, pero procuraba no coincidir con la corsetera en la escalera, porque siempre le decía:

—No me olvido de lo suyo.

—Gracias, señora —replicaba, asustado de su tenacidad.

En el mes de enero sus temores se confirmaron y la señora Asun le comunicó gozosa que el señor párroco, en persona, le esperaba.

La iglesia de San Ignacio estaba en la plazuela de su nombre, frente a unos almacenes de vino y vinagre, que olían agrio, y le hacía sospechar que allí se manipulaba, por lo que nunca compraba en ellos, y advertía a Planicio que no lo hiciera. La plazuela estaría a unos quinientos metros de su casa y, sin embargo, la frecuentaba poco. Era una zona de interés relativo, con la iglesia que ocupaba mucho espacio, las escuelas municipales a un lado, y detrás de todo ello, la mar, a la que desde que dejó el oficio se acercaba poco porque las humedades le iban muy mal para el lumbago o el reúma. A su edad era lógico que tuviera alguna de las dos cosas, máxime teniendo en cuenta las privasiones de su vida, y que entonces mismo, en aquel invierno largo y lluvioso, el casetón de Miracruz, 10-B, húmedo, húmedo, estaba. «Bendito sea Dios.» Se dijo lo de bendito sea Dios, preparándose para la entrevista con el señor cura, al que suponía tendría que decir en determinada oportunidad alguna cosa así. El sacristán le conocía y se extrañó de verle por allí.

—¿Tú por aquí, Pachi?

Cuando se enteró de que venía a ver al párroco, comentó:

—Mal debes de andar.

Pachi no consideró oportuno darle explicaciones porque tampoco la amistad lo exigía; sólo se conocían de coincidencias en el «chiquiteo» o de alguna partida de cartas, aislada. El cura, de entrada, le dijo que ni de vista le conocía; parecía que la cosa iba mal, sin que tampoco le preocupara demasiado a Pachi, ya que allí lo que se trataba era de quedar bien con la corsetera, puñetera, y mantener los seis duros semanales que traía Planicio. Lo de que ni de vista le conocía, lo interpretó el Gallego como un reproche a su falta de asistencia al culto y se limitó a hacer como que no entendía porque el cura, al principio, le habló en vascuence.

—Siéntate, siéntate —le dijo el cura en castellano, y sacó una petaca de tabaco que ofreció al feligrés. Era un evidente signo de benevolencia y aclaraba que el señor párroco no iba a llevar por lo trágico su no asistencia al templo. Pachi pensó que podía darle alguna explicación de por qué no iba a misa, pero no se le ocurría —de momento— ninguna razonable y se limitó a liar un cigarrillo, lo más grueso que permitía el papelillo de fumar. El tabaco era de picadura corriente, sin preparar, y había que quitar las estacas, pero sólo las gordas, claro, porque si no se quedaba sin nada. El cura estaba en la misma operación y comentó:

—Cada vez está peor (se refería al tabaco) —y añadió—: Qué poca vergüenza tienen. (Se refería al Gobierno.)

Era un tema en el que era fácil estar de acuerdo, y Pachi asintió. El cura continuó:

—Es que estas estacas son brasas, verdaderas brasas, y mira cómo tengo la sotana.

Le enseñó a Pachi algún agujerito de quemadura y él volvió a asentir.

—Bueno —cortó el párroco—. A lo nuestro. Me han dicho que eres marinero...

—He sido —aclaró rápido Pachi—. Ahora ando retirado con el reúma.

—¿Qué pasa? —le preguntó el cura—. ¿Prefieres algún trabajo más tranquilo?

A Pachi le pareció que había un poco de sorna en la pregunta, pero él también tenía su oficio y supo responder:

—Reúma aparte, tengo un chico de trece años, al que tampoco puedo dejar solo —y añadió con compunción— : su madre murió va para tres años.

—Ya, ya. A tu mujer sí conocía. Era una Garmendía, de Alza. ¿No es así?

Así era. Por eso él no podía volver a navegar —reúma aparte— porque no iba a dejar al chico solo.

Resultó que la pregunta del señor párroco, sobre si era marinero, fue puro tanteo, porque lo que le tenía que ofrecer era un trabajo concreto: sacar a pasear a un señor inválido, en su sillón de ruedas. Había sido funcionario de Hacienda, alto funcionario de Hacienda, pero hacía un año ya que ni a la oficina podía ir. Parálisis general progresiva. Un caballero cristiano que llevaba su mal con admirable entereza. Un santo, un verdadero santo. Al llegar aquí, Pachi pudo decir lo que preparó durante el camino:

—Bendito sea Dios. —Lo dijo en un suspiro, como previsto, pero sin bajar la guardia, ya que entre otras cosas, el párroco le dijo:

—Te advierto que lo que se haga por este hombre es una verdadera obra de caridad.

Con lo que estaba de acuerdo el Gallego, pero esperó antes de asentir, porque ya se podía figurar el señor cura que él no estaba en aquellos momentos para obras de caridad.

—Afortunadamente a este hombre le ha quedado un retiro muy bueno, con el sueldo casi completo, y puede pagar este trabajo.

Volvió a repetir Pachi lo de «bendito sea Dios» pero por lo bajo y para sí, porque le pareció que el trabajo —para ser trabajo suministrado por párroco— no tenía mala pinta.

—Bueno —terminó el señor cura—. A ver si os entendéis. —Y se levantó dando por terminada la entrevista. Al despedirle le dijo a Pachi—: A ver si te veo algún día por la iglesia.

—Sí, padre —contestó humilde el feligrés, todavía con la boina en la mano.

Y, efectivamente, fue con frecuencia por la iglesia, porque cada domingo y fiesta de guardar llevaba a don Román Aldaiz a la misa de doce. Don Román vivía en la calle de Ramón y Cajal, casi esquina a la Avenida del Kursaal, y desde su casa se veía el mar. Tenía cincuenta y dos años, pero hubiera parecido más joven si no fuera por la obesidad que resultaba obligada por la inmovilidad a que estaba sometido. Tenía grandes luchas con el régimen alimenticio, para no engordar más, de las que no siempre resultaba vencedor, como conocería y compartiría más tarde Pachi Lourido.

El primer día que se conocieron no hablaron para nada de retribución, pero en cambio don Román se interesó por la vida del Gallego. Era muy preciso en todo, y, por ejemplo, quiso saber cómo le gustaba que le llamasen.

—Usted se llama Francisco, ¿no es así?

—Sí, señor.

—Pero ¿cómo le llaman?

—Pachi, o Pachi el Gallego, o el Gallego a solas.

—¡Ah! ¿Es usted gallego? Pues por la pinta yo hubiera jurado que era usted vasco.

Pachi le aclaró que vivía en el país desde 1909, y que por eso se le habían quedado el aire y las aficiones.

—¿Qué aficiones? —se interesó don Román.

—La pelota. Juego a la pelota, pero —añadió rápido— cuando el lumbago me permite.

—¿Pelota a mano?

—Sí, señor.

—Gran deporte. ¿Y qué otras aficiones?

El Gallego se encogió de hombros porque quizá las otras aficiones que le quedaron no le gustaran a un caballero tan cristiano y resignado que decía el párroco.

Convinieron en probar los dos a ver si se hacían, y desde el día siguiente Pachi le sacaba cada tarde a pasear. Don Román le esperaba al filo de las cuatro, sentado en una mesa camilla colocada en un mirador desde el que se divisaba un buen trozo del Paseo del Kursaal y al fondo el mar. Una hermana soltera —él también lo era— le cuidaba. Tenían criada, pero solía cambiar con frecuencia porque la hermana tenía problemas de carácter y las chicas no siempre aguantaban sus prontos. La hermana —la señorita Menchu— tenía buen aspecto, e incluso —opinaba el Gallego— no andaba mal de base, pero a pesar de ser joven —poco más de treinta años— se le había puesto aire de *neskazarra*. Eran cuatro hermanos, pero los otros dos estaban casados y vivían fuera de San Sebastián. Cuando llegaba Pachi a buscarle, decía el señor:

—¡Qué pereza!

Pereza porque estaba a gusto en la camilla, dormitando un poco, o mirando el mar, o a la gente que pasaba por el Kursaal. Si llegaba antes de las cuatro, le decía:

—Vamos a esperar que termine la «radio». Siéntese, siéntese.

Entonces EAJ-2, Radio San Sebastián, tenía emisiones muy cortas, y la del mediodía terminaba a las cuatro de la tarde. Terminada, ya no había más pretextos, y don Román decía:

—Bueno, vamos a ello.

La señorita Menchu le traía la silla de ruedas, que colocaba junto al sillón de la camilla. Era un sillón corriente, con la salvedad de que se podía quitar el brazo derecho para facilitar el trasvase de don Román a la silla de ruedas. Las primeras veces Pachi quería hacer la operación aprovechando sus fuerzas —1,85 de estatura y casi noventa kilos de peso, pese a las hambres del invierno—, haciendo un poco de alarde delante de la hermana, que tenía buena base y le interesaba que viera. Pero don Román se resistía:

—¡Cuidado, Pachi, cuidado! que no es cuestión de fuerza, sino de maña.

La maña consistía en que él —don Román— hiciera movimientos de desplazamiento lateral hasta conseguir colocarse en el borde del sillón; en ese momento, se concentraba, y con un movimiento de gran esfuerzo que le congestionaba el rostro, lograba ponerse en pie, y en esta posición, erguido, con las dos manos sobre el borde de la camilla para mantener el equilibrio, esperaba a sentir justo sobre las corvas el asiento de la silla de ruedas, y entonces se dejaba caer sobre ella.

Al principio, Pachi, pese a ser hombre escéptico y frío, contemplaba la operación con terror, y temía que si no acertaba bien al dejarse caer, se le soltarían las cuadernas sobre el suelo. Por eso intentaba ayudar y evitarle esfuerzos al inválido, sobre todo el violento movimiento de ponerse erguido, que le ponía el rostro violeta, pero don Román se mantenía firme en el procedimiento.

—Usted —le decía— mire cómo lo hace la señorita Menchu y así aprenderá.

La señorita Menchu hacía todos los movimientos con gran suavidad. Acercaba la silla, esperaba a que su hermano se pusiera en pie, retiraba un poco el sillón doméstico, aproximaba la silla hasta las corvas, le ofrecía su brazo para que le sirviera de punto de referencia, esperaba a que se sentara, y le ayudaba a rectificar posiciones sobre su nuevo asiento. La silla sólo tenía un brazo y sobre él se recostaba el inválido. En ocasiones —un poco por lo bajo— le decía el señor a su hermana:

—Cuidado, que me ha quedado un pliegue.

Entonces la señorita Menchu manipulaba entre las piernas para que los pantalones quedasen bien estirados y no le produjeran molestias.

—Ya puede usted pedir el ascensor —le decía la hermana a Pachi. Vivían en el segundo piso y el ascensor se pedía dando voces al portero por el hueco de la escalera.

Los hermanos, cada tarde, se despedían con un beso, cosa insólita en el país vasco, pero es que era grande la diferencia de edad. Don Román era el mayor de los cuatro hermanos, y la señorita Menchu la más pequeña, y también influían las circunstancias especiales de sus respectivas solterías, con aquella invalidez progresiva por medio. El hermano siempre le decía lo mismo:

—A ver si sales ¿eh? Hace una tarde muy hermosa para salir. ¿No es así, Pachi? —Éste asentía—. Llama a las amigas, y sal ¿eh? Nosotros no volveremos hasta las siete por lo menos. ¿No es así, Pachi? —Éste volvía a asentir—. Y luego si quieres vas al cine, que la muchacha se queda y yo no voy a necesitar nada.

Pero era muy corriente que volvieran y la señorita Menchu no hubiera salido de paseo aunque hubiera dicho que sí. El hermano se entristecía y lamentaba:

—¡Qué niña ésta!

Aunque la señorita Menchu tenía el aire amargo de *neskazarra*, y un tono seco cuando se dirigía a la criada, con Pachi era amable y le daba las explicaciones con afabilidad. Incluso tenía algunos apartes con él para explicarle que a su hermano en la cuestión del trasvase había que ayudarle lo mínimo porque convenía que hiciera esfuerzos.

—Sí, señorita.

—No por eso la enfermedad se va a detener, pero tardará más.

No decía lo que iba a tardar más, pero se sobreentendía. Pachi oía todo esto encogido y pensaba si no se equivocó al aceptar, y que en definitiva el trabajo iba a resultar —como se temió— trabajo de párroco. Pero en la calle las cosas cambiaban, y con la confianza y el tiempo don Román y Pachi corrieron sus aventurillas. Gastronómicas e interesantes.

Al término de la primera semana don Román le dio doce duros a Pachi.

—¿Le parece bien? —le preguntó.

Sí, porque tampoco podía pretender mucho más por sacarle a pasear dos o tres horas al día. Aparte de que su olfato de hombre en permanente necesidad le advertía que en aquella casa había posibilidades adicionales. Le bastó la primera semana para darse cuenta de que don Román era hombre muy conocido en la ciudad. Cuando su invalidez llegó a un punto que le impedía ir a la oficina, y tuvo que jubilarse, ocupaba el cargo de delegado de Hacienda de la provincia. En su casa tenía una placa de plata fechada en junio de 1941, que rezaba: «Los funcionarios, empleados y subalternos de la Delegación de Hacienda de Guipúzcoa en homenaje a su delegado, don Román Aldaiz, y en agradecimiento por sus desvelos.» Al cesar le dieron una comida de la que se hicieron eco los periódicos —pero Pachi no leía periódicos, ni nada, porque no sabía leer—, en el curso de la cual le entregaron la placa. Don Román era profesor mercantil y había hecho oposiciones a liquidador de utilidades. Siendo ya liquidador —entonces vivía en Madrid—, estudió la carrera de Derecho. Hombre de mucho mérito, le decían. ¿Y qué iba a hacer?, replicaba. Los síntomas de la parálisis progresiva empezaron de muy joven, y aunque al principio fueron muy lentos, se dio cuenta de que su vida no iba a ser como la de los demás. Por eso se dedicó al estudio, a su carrera administrativa, y fue una gran satisfacción terminarla como delegado de Hacienda en San Sebastián. Su padre era de Vitoria, pero su madre donostiarra y él se consideraba de Donosti, aunque nació en Salvatierra, provincia de Álava.

Desde que se jubiló preparaba alumnos para oposiciones a Hacienda. Daba a entender que le servía de distracción —y lo era sin duda—, pero tenía un poco de obsesión por el dinero, pensando que el día que él muriese su hermana quedaría desamparada, ya que no tendría ningún derecho a seguir cobrando la jubilación. Él se había preocupado desde muchos años atrás de invertir todos los ahorros en títulos y acciones a nombre de su hermana. Y seguía haciéndolo; por eso le venían bien los ingresos suplementarios de las clases a opositores. De todos modos, seguía pensando en su hermana como en una jovencita que cualquier día se casaría, y que aquellos ahorros servirían de dote. Por eso la estaba animando siempre a salir y a ir al cine. Le parecía que en esos sitios tenía que encontrar algún muchacho adecuado para ella. No le gustaba que la vieran por la calle con él, porque temía que la idea de un hermano paralítico espantase a los pretendientes.

En febrero dejó de llover, el tiempo se puso tibio, los días soleados, las comidas de fundamento otra vez en el sobreático de Miracruz, 10-B, y la vida, en general, con interés renovado para seguir aguantándola, y quizá con la esperanza —quién sabe— de que en el verano pudiera volver por el frontón de Atocha, porque un invierno largo borra muchos agravios. Y la señorita Menchu con una base importante, aunque él —Pachi Lourido— no tuviera proyectos especiales respecto a ella, pero quién sabía...

Lo habían pasado mal, mal de verdad, por eso aquellos duros —los del padre y el hijo— que llegaban cada semana con una regularidad sorprendente parecían algo. Por supuesto, no daban para comer carne, pero tampoco lo pretendían. Entre las manzanas picadas —comida de cerdos— que traía Planicio del Monte Ulía y la carne había posibilidades intermedias, estimables, cuando se conocía el oficio de cocinar, como era el caso de Pachi. En ropa no gastaban y el alquiler del casetón del sobreático tampoco lo pagaban porque ya les dijo Jacinto antes de marchar: «De eso no os preocupéis, que ya lo arreglaré yo con la señora condesa. En el verano haremos cuentas.» Marica, sí, pero con ellos se había portado como Dios.

Planicio tenía grandes deseos de conocer a don Román, porque *aita* le contaba cosas del señor que resultaban atractivas. Primero le conoció de lejos, viéndole un domingo en misa de doce, en la silla que empujaba su padre. En la parroquia de San Ignacio había una «sillera» famosa que con una hucha de latón, cerrada con candado, cobraba un perro gordo por usar las sillas de la iglesia, que eran reclinatorios de principios de siglo, con asiento de paja, que también servían para sentarse durante el sermón. Lo hacía con una ferocidad insólita, y si alguno no le echaba el perro gordo, meneaba ante su cara, con gran baraúnda interior, la hucha de latón, y si pese a ello no se daba por enterado le invitaba a abandonar la silla. Si se negaba, hacía comentarios en voz alta. El caso de don Román era especial porque la silla era suya y no tenía por qué pagar, pero no había problemas porque solía echar una monedita de dos reales en la hucha, y le daba otra igual a la «sillera». Aunque Pachi procuraba no tomarse confianzas con el señor, le comentó:

—Hace falta tener caridad para dar dos reales a esa bruja.

Don Román sonreía; le gustaban las cosas de Pachi y, sin duda alguna, el Gallego aquel estaba introduciendo novedades en su vida. Antes, el que le sacaba a pasear era el portero, pero sin asiduidad, porque no siempre podía. Otras veces lo colocaban en la acera de la calle y le daban un paseo entre su hermana y la muchacha. A lo más llegaban a una «plancha» que había a la derecha del edificio del Kursaal —donde en verano ponían el circo— y lo emplazaban mirando al mar—. En cualquier caso, nunca le pasaban del puente sobre el Urumea. Él se limitaba a mirar a los pescadores de caña en sus intentos con los corcones y las anguilas. Así hasta que era la hora de regresar. No tenía demasiado interés en salir a la calle, pero el médico le insistía en que debía tomar el aire y no apoltronarse. Cuando estaba triste, pensaba que el médico le hacía estas recomendaciones porque no se le ocurría cosa mejor que decirle, pero que en definitiva lo suyo era parálisis general progresiva, eso ya lo sabía, y que antes o después, tomase el aire o no, la paralización acabaría llegando a los centros vitales.

—Sí, sí —admitía el médico—, pero no olvide que es «progresiva» y que el que progrese más o menos depende de usted.

Tampoco se lo creía, pero se decía: por mí que no quede. Por eso contrató a Pachi; para poder tomar el aire todos los días, aunque cayeran chuzos de punta. Por lo menos hasta que se casara Menchu. Una vez colocada la niña, quizá le dejara a la parálisis progresar a su aire.

El Gallego introdujo novedades en su vida porque, pese al lumbago o el reúma —no estaba claro cuál de los dos males era el que le afectaba—, no tenía dificultades para empujar el carrito y eso les permitía aventurarse en excursiones a lugares que hubieran resultado remotos para las escasas fuerzas de la señorita Menchu. Ahora recorrían el Paseo Nuevo, que bordeaba el mar hasta terminar en el Puerto de pescadores, y don Román pensaba que la vida, desde un sillón de ruedas, tenía las mismas posibilidades en lo relativo al azul del cielo, al planeo de las gaviotas, a la espuma blanca de las olas salpicando contra las rocas, al olor de algas marinas, de la brisa del mar, a la música del movimiento de las aguas, a la fantasía de un barquito de vela en el horizonte, a las laderas verdes del Monte Urgull, a los niños que jugaban a la pelota en la explanada final, la que estaba junto al Puerto, y la madre les decía: cuidado no se os caiga la pelota al mar. La vida lo ofrecía igual, anduviera por su mismo pie o fuera en un sillón de ruedas. Pachi lo comentaba en casa con su hijo:

—Es de muy buen conformar don Román.

Una tarde de sol —aquel mes de febrero fue maravilloso—, Planicio tuvo que ir de recado a la calle Aldama, próxima al Paseo Nuevo, y se dijo: «a ver si los encuentro». Con su trotecillo ligero atacó, tranquilo, el Paseo Nuevo por una punta, ¡plas, plas!, hasta que los encontró pasado el rompeolas.

Aita empujaba el carrito sin esfuerzo y don Román volvía de vez en cuando la cabeza para decirle algo. *Aita* contestaba y los dos se reían. *Aita*, en invierno, vestía poco más o menos como en verano; la principal diferencia era que usaba americana. Planicio siempre le recordaba la misma, de color gris oscuro, casi negra, con algunas rayitas blancas, que con el tiempo casi no se notaban. Otra diferencia era que, cuando salía con don Román, se ponía la boina nueva, que no es que fuera nueva sino mucho menos vieja que la otra, que todavía guardaba escamas de cuando fue pescador. Así de espaldas *aita* parecía un gigante, y era lógico que empujase el carrito con tan poco esfuerzo. Ya sabía Planicio que era hombre de fuerzas colosales, que regateó en la bahía de la Concha, en una ocasión, con la tripulación de Pasajes de San Pedro, y en otra —ésa sí la recordaba él— con la trainera de Fuenterrabía. Y si no fuera por el lumbago o reúma que cogió de estar tantos años en la mar podría seguir haciendo hazañas semejantes. Paró su carrerilla y los siguió, andando, a una distancia prudencial, porque repentinamente le entró una de sus vergüen*s*as. Era día de trabajo y el Paseo estaba casi desierto. Serían las cinco de la tarde y el sol, camino del horizonte, calentaba lo suficiente y perfilaba la figura de *aita* y don Román, en contraste. Siguió un poco más y ya iba a dar la vuelta porque, decididamente, le daba vergüenza acercarse, cuando fue su padre el que volvió la cabeza. Tenía la luz a su favor y por eso, pese a la distancia, le descubrió. Paró el carrito y le dijo algo a don Román; luego giró la silla en la dirección de Planicio y le hizo un ademán. El chico inició su trotecillo, colorado, colorado por la situación. *Aita* le dijo:

—¿No sabes saludar?

Pero fue don Román el que se adelantó:

—Buenas tardes, ¿cómo estás?

Planicio contestó que bien y se rió un poco. Notó que a *aita* no le parecía mal que hubiera ido a fisgar y que incluso estaba satisfecho de que don Román le conociera. A pesar de todo, le dijo:

—Pero qué *narratza* (1) eres. ¿No ves cómo llevas la camisa?

Se refería a que se le salían los faldones, pero eso era inevitable, porque la tenía de hacía dos años, muy corta, y no la podía sujetar debajo del pantalón por mucho que se apretara el cinto. A *aita* no le preocupaban esas cosas, pero comprendía que delante del señor aquel, tan *pincho,* (2) tenía que decirlo. Se soltó el cinto, y mientras con una mano se sujetaba el pantalón, con la otra se remetía la camisa, aunque ya sabía que a la primera carrerilla se volvería a salir.

—¿Y qué te andas por aquí? —le preguntó *aita.*

—Vengo de un recado.

—Qué chico tan trabajador —comentó don Román—. ¿Cuántos años tienes?

—Trece.

—Va a ser también un buen mozo, como usted. ¿Tienes prisa?

(1) *Narratza*: desordenado, descuidado.
(2) *Pincho*: elegante.

Dijo que no, porque sabía que a aquellas horas ya no habría más recados.

—Pues anda, pasea un poco con nosotros.

Reanudaron el camino, Planicio un poco detrás porque no sabía qué decir. Don Román, como era costumbre en él, se interesó por detalles. ¿Por qué le llamaban Planicio? Pachi le explicó lo de los pies planos. El señor se echó a reír.

—Pero ¿usted cree que los tiene? Yo creo que no. Es un chico muy guapo.

El interesado pensó que no estaba en edad de que le dijeran que era un chico guapo, pero no comentó nada, claro.

El señor le preguntó:

—¿A ti te gusta que te llamen así?

Planicio se encogió de hombros y el padre le dijo si no tenía lengua para contestar.

—A mí me da lo mismo. Siempre me llaman así.

El padre ratificó:

—Siempre le hemos llamado así.

—El nombre es simpático —comentó el señor—. Planicio. Suena bien, ¿verdad?

Luego salió el tema de los estudios y Pachi se violentó un poco cuando aclaró que su hijo llevaba dos años sin ir por la escuela.

—¡Huy, huy, huy! —se lamentó el señor—. Eso no puede ser. ¿Te gusta leer?

—¿Éste? —se adelantó el padre—. De cualquier forma lee. Lo mismo le da del derecho que del revés, y aun de costado.

—¿Es verdad eso? —preguntó don Román volviendo la cabeza hacia Planicio.

Éste se hubiera encogido de hombros indicando que era cosa sin mayor importancia, pero no lo hizo porque ya le había advertido *aita* que la lengua era para contestar.

—Sí, señor.

Entonces *aita* le indicó que se pusiera junto al señor para que éste no tuviera que volver la cabeza.

—Vamos a verlo.

Don Román hizo unos movimientos para sacarse el periódico del día, que llevaba consigo por si le apetecía leer, aunque generalmente no ocurría, sobre todo desde que salía con Pachi y hacían cosas nuevas. El periódico se lo colocaba entre el cuerpo y el único brazo del sillón —el derecho— y lo tenía que sacar con algún esfuerzo con la mano contraria, ya que sólo tenía fácil el movimiento del antebrazo. Al principio Pachi había intentado ayudarle en estas situaciones, pero el señor le decía, un poco seco:

—Deje, deje.

Al fin salió el periódico y don Román se lo puso a Planicio, del revés. Lo sorprendente, incluso para un erudito como don Román, era la velocidad de lectura que alcanzaba el chico en aquella extraña postura, sin una vacilación, leyendo con igual facilidad los titulares que la letra pequeña.

—Estupendo —se admiró—. Ahora vamos a ver de costado.

De costado leía igual.

El señor comentó:

—Yo creo que de costado es más fácil ¿no?

Esta vez sí que Planicio se tuvo que encoger de hombros en el sentido de expresar que era lo mismo de una forma que de otra.

—A ver —dijo don Román—, voy a probar yo.

También podía leer del revés y de costado, pero meneando la postura para mejorar posiciones y con menor rapidez que el muchacho. Cuando terminó le dijo:

—Toma. Te lo has ganado.

Y le dio un duro. Se lo sacó de uno de los bolsillos del chaleco, que era un chaleco especial, que no se lo quitaba ni en invierno ni en verano, holgado, con bolsillos un poco más grandes de lo corriente, y en los que cabía de todo. Pluma, lápiz, agenda, billetero, monedero, pañuelo... Lo usaba así porque el pecho era una zona a la que sus manos llegaban con relativa comodidad.

Era un duro de plata y él alargó la mano tímida para cogerlo, aunque *aita* dijera que no, por Dios, que deje usted, porque sabía que esas cosas había que decirlas, pero también le tenía enseñado *aita* que no había que hacer desprecios a la gente.

—¡Hala! —le dijo el señor—. Vete a jugar con los amiguitos.

—Muchas gracias. —Y Planicio inició el trotecillo de despedida.

El señor le dijo:

—A ver cuándo vuelves a vernos.

—Sí, señor.

—Que todavía no hemos visto si sabes leer del derecho. —Y *aita* y él se echaron a reír.

Entre el rompeolas del Paseo Nuevo y la calle de Miracruz, 10-B existían muchas posibilidades con un duro de plata en la mano, que de algún modo era distinto que los que le daba la señora Asun en billetes de color grisáceo. Apetecía más guardarlo, pero apetecía más gastarlo, aunque fuera un poco —del todo hubiera sido disparate—, por la manera alegre con que se lo dio el señor. Gastarlo, pero bien acompañado. Por eso, sin dudar, se fue en busca de Ramoncho, el chaval un poco más pequeño que él —total tenía un año menos—, que se había quedado de amigo principal cuando los demás chicos de los «Urbistondos» le llamaron gallego *tranposua*. Bueno, se lo llamó uno y los demás se rieron. No es que a él le importara, y la prueba es que seguía amigo de todos y si no iba por Atocha era por no disgustar a *aita*. Pero el amigo era Ramoncho y con él jugaba a la pelota en la valla de la Estación, aunque desde que *aita* no jugaba él también parecía haber perdido afición.

Fue a esperarle a la salida de la escuela, pero un poco apartado para no encontrarse con algún maestro que le preguntara por qué no iba. Cuando le vio salir, le hizo un silbido que les servía de contraseña. Ramoncho levantó la cabeza, oteando, y Planicio repitió el silbidito para ayudarle a localizar. En cuanto le distinguió se apartó del grupo, se fue a Planicio y se quedó frente a él, sin saludarlo, porque no era costumbre, limitándose a poner cara de qué quieres. Planicio abrió la mano derecha y le enseñó el duro de plata.

—¡Anda la órdiga! —dijo el otro con satisfacción, porque aquel modo de enseñar implicaba actividades posteriores interesantes. Efectivamente, Planicio le dijo:

—Vamos.

El otro inició su medio trotecillo obligado, porque ya sabía que con Planicio no había otra forma de caminar.

—¿Adónde vamos?

—A Berridi —le contestó Planicio.

Lógico. En verano había la alternativa de la heladería del Paseo de Colón, pero en invierno ya se sabía: pastelería Berridi. Y dentro de la pastelería, pocas dudas, porque las bombas de Berlín —fritas por fuera, con crema por dentro— no tenían competencia en función de precio y cantidad. Tomaron una cada uno, y Planicio pidió otras dos, pero envueltas para llevar. Pasaron por casa de Ramoncho, para que su madre no se extrañara de que no recogiera la merienda al salir de la escuela —pan y chocolate— y se fueron al cine Trueba, a entrada de gallinero, que costaba cincuenta céntimos. La clasificación era, butacas de patio, sillones de entresuelo y paraíso. Este último se componía de bancos de madera, escalonados, sin respaldo, y las entradas se sacaban no en el vestíbulo principal del cine, sino en un callejón lateral, por donde también tenía el acceso. Normalmente se armaba tumulto a la hora de entrar y no era difícil colarse, aunque Planicio, claro, nunca lo intentó. En el cartelito de precios ponía «paraíso», pero todos le llamaban el gallinero. Vieron la *Hiena de la Quinta Avenida*, que era una señora mayor, con cofia y un camafeo encintado al cuello, que andaba con dificultad aparente, valiéndose de un bastón, y que por cuestiones que no quedaban muy aclaradas tenía que matar a bastante gente, generalmente envenenándolas mientras tomaban el té, pero en una ocasión que no le dio resultado remató a un señor a bastonazos. Todos eran parientes, había una herencia de por medio y la principal heredera era una sobrina, guapísima, de la que Planicio se enamoró en el acto, y pasó una sesión amarga porque todo el argumento consistía en que la tía hacía como que la quería muchísimo, pero en realidad estaba buscando la ocasión propicia para matarla. En el caserón de la Quinta Avenida había puertas secretas y cada vez que se entreabría una, en la proximidad de la bellísima sobrina, todo el gallinero del cine Trueba lanzaba un rugido de advertencia. Afortunadamente un periodista que se sospechaba algo estaba enamorado de la chica —lógico, cualquiera se hubiera enamorado de ella—, y a última hora la salvaba cuando ya la tía —que en realidad era la hiena— le había dado un poco de té del que ella hacía y la iba a rematar con un cuchillo por si acaso. Pero el periodista había sustituido el veneno por un ligero somnífero y en el momento oportuno entraba con una brigadilla de la policía, evitando así el cuchillazo final, pero por un pelo.

Ramoncho salió francamente aliviado de que terminara bien, y Planicio no tanto porque la imagen del cuarto que habían descubierto con todos los muertos anteriores no se le quitaba de la cabeza. Ramoncho se despidió:

—Adiós y gracias —luego añadió—: Ya sabes.

Ya sabes, quería decir, que cuando yo pueda te invitaré también.

Planicio cruzó la calle y se encontró en su casa porque el cine Trueba caía enfrente. La portera Francisca le dijo que su padre no había llegado y él se entretuvo contándole la película. La mujer decía a cada momento, *¡ené!*, qué barbaridad, pero pedía explicaciones para enterarse bien de las matanzas. Luego, para corresponder, le contó un crimen que hubo en un caserío de Rentería, también por cuestiones de una herencia, y que ella conocía con pelos y señales porque cuando ocurrió vivía en aquel pueblo.

Con la cabeza llena de crímenes, y sin que hubiera llegado su padre, Planicio trepó al sobreático, y se durmió un poco atemorizado, pero no demasiado, porque se puso a pensar en la chica de la película y en que él era el periodista.

Una tarde del mes de marzo que amenazaba lluvia iniciaron don Román y Pachi su periplo por el Paseo Nuevo, pero con dudas. En previsión llevaban paraguas y a don Román le puso la señorita Menchu sobre las piernas una gabardina. Al señor no le gustaba porque le hacía más inválido, y cuando se apartaron de la casa le pidió a Pachi que se la quitara. Éste obedeció y la puso en el respaldo, del que también colgaba el paraguas. Antes de llegar al rompeolas, le comentó Pachi:

—Don Román, el *s*ielo está de llover.

—¿Le asusta el *sirimiri* a un marinero como usted?

—Por eso que he sido marinero lo digo. No le digo de *sirimiri*, sino de llover en tormenta. Mejor nos metemos por aquí.

Los días anteriores había hecho demasiado calor para marzo, y eso terminaba en galerna. Se levantó una ráfaga fuerte de aire, acompañada de gotas gordas. Pachi aceleró el paso y ligero, porque con aquel viento no sería fácil abrir el paraguas, y le asustaba cómo podría sentarle una mojadura al inválido. La señorita Menchu, en los días dudosos, le advertía a Pachi cuando iniciaban la expedición:

—Por favor, Pachi, cuide usted de que no se moje.

Siempre que se dirigía a él, la señorita Menchu usaba un tono suave, muy distinto al que empleaba para la criada, e incluso para el mismo don Román. Él correspondía siendo respetuoso con aquella mujer, que era una verdadera señorita, con buena base —que no iba a ser para él, por supuesto—, que se extendía a las piernas finas, alargadas, siempre calzadas con medias de seda, con un modo de vestir tan austero que hacía difícil el realce de las gracias a que se refería la señora Asun en su anuncio. La cara la tenía de niña ñoña —aunque talludita—, pero eso a los ojos de Pachi le daba un aire distinguido, de persona desamparada con necesidad de consuelos. «Ya te daría yo a ti consuelos», se decía el Gallego, examinándole la base. Tenía un concepto muy ordinario de la clase de consuelos que necesitaba una mujer, y distinguía poco entre unas y otras. «Todas son iguales», filosofaba, pero la señorita Menchu un poco distinta, y a él le gustaba que una señorita tan fina le tratase bien. Por eso no le agradaba la idea de volver con don Román hecho una sopa. Pensó que les daría tiempo de apartarse del mar y llegar hasta el Bulevar para refugiarse en los soportales, pero no fue así porque la tormenta estalló antes de lo previsto. Fue una tarde peculiar. Justo les dio tiempo de refugiarse bajo un alero de la calle de San Vicente, próxima al barrio viejo y a la plazoleta del Museo de San Telmo. Era fantástico cómo caía la lluvia, y a don Román se le veía divertido con la aventura. Pachi le arropó con la gabardina, como si fuera un niño, y el señor se dejó hacer; aprovechando que en aquel refugio se notaba poco el viento abrió el paraguas, y así lo protegió mejor. Él no tenía remedio y tenía que mojarse porque ni el paraguas ni el alero daban para los dos. El señor le comentó:

—Pero usted se está mojando.

—No importa.

—Menudo *arrantzale* (1) está hecho usted —le embromó el señor—, ni se entera de cuando va a estallar la tormenta.

—No, si ya le advertí.

(1) *Arrantzale*: pescador.

—Advirtió, pero tarde.

El aparato de rayos y truenos aumentó y la lluvia caía de modo que ni la plaza de San Telmo se veía. Pero sí se veía el letrerito del bar-restaurante Aita Juan, allí mismo, debajo del alero de su refugio.

—¿Entramos? —preguntó con voz fuerte Pachi, porque el ruido de la lluvia era ensordecedor. Sin esperar respuesta, porque la cosa no tenía duda, maniobró con dificultad el carrito procurando no separarlo de la protección del alero; con la mano derecha abrió la puerta de Aita Juan y con la izquierda levantó la silla para salvar el escalón de entrada, primero las ruedas delanteras y luego las traseras. En la maniobra no le quedó más remedio que dejar caer el paraguas, que empezó a moverse calle abajo, impulsado por el aire. Pachi volvió a salir y de una carrera lo alcanzó. Se puso de cara al viento, y logró cerrarlo. Cuando entró en el bar, le comentó al señor:

—No le ha pasado nada.

Se refería al paraguas, que escurría mucha agua, al tiempo que Pachi revisaba las varillas y alisaba la tela. Luego se dirigió a la mujer que estaba detrás del mostrador, que era una muchacha saludable, con un poco de bigote:

—Le vamos a poner esto perdido.

La muchacha hizo un gesto de comprensión, porque en un bar había que contar con estos incidentes, y dijo:

—Traiga, traiga, ya le pondré a secar.

Pachi le dio el paraguas, y la mujer añadió:

—La chaqueta también, si quiere; buena la trae usted.

Pachi vaciló porque era dudoso que conviniera quitarse la chaqueta por muy mojada que estuviera, pero acabó accediendo.

Don Román, con la protección de la gabardina y el paraguas, no se había mojado nada, y eso le producía cierta satisfacción a su ayudante. Aunque don Román no tenía costumbre de ir a los bares, era hombre de mundo, y le comentó a Pachi:

—Habrá que hacer algún gasto ¿no le parece?

Sí, sí, le parecía bien. Además, Pachi en la elección solía tener pocas dudas: un poco de vino siempre iba bien. El chacolí o la sidra dependía de las circunstancias, pero el vino tinto, de la Rioja, en pellejo, no requería circunstancias especiales. Pidió dos «chiquitos» sin preguntar su opinión a don Román, que se limitó a sonreír con aparente extrañeza:

—¿Vino a estas horas?

Sí, ¿por qué no? Aunque no era su barrio, Pachi, casualmente, conocía aquel bar y sabía que tenían un vino de pellejo, bueno de verdad. Casualmente, raro era el bar que no conociera Pachi, y raro el vino que no le pareciera bueno, bueno de verdad.

La hora era tranquila —las seis de la tarde—, en dos mesas jugaban al dominó, y en otra, dos pescadores fumaban en silencio. Al principio, los jugadores miraron de reojo a los recién llegados porque no era una pareja corriente, pero con mucha discreción, porque no era costumbre del país el fisgar. Nada más verle coger el vaso a don Román, y paladear, Pachi se dijo: A éste le gusta.

—Sí, señor —admitió el otro—, tenía usted razón, es un buen vino.

Pachi se confirmó en que a don Román le gustaba el vino en general, no sólo el de «Aita Juan». Pidió dos «chiquitos» más, con ligera renuencia del señor, y se hicieron confidencias. Don Román le dijo:

—A mí, en casa, el vino me lo dan con agua.

Pachi se hizo repetir la frase para entender mejor aquella incongruencia.

—A mí no me conviene beber mucho porque engordo, claro. Como no hago ejercicio... Entonces, con la comida tomo un vaso de agua nada más, pero con medio de vino para darle sabor. Y otro a la cena.

Pachi le dijo con gran convencimiento:

—Yo creo que mezclar el vino y el agua es estropear los dos.

Don Román se rió porque aquellos dos «chiquitos» le habían dejado muy bien de ánimo. De vez en cuando Pachi se asomaba a la puerta, y decía:

—Sigue lloviendo.

Tuvieron que esperar hasta las ocho, en que el aguacero se convirtió en un *sirimiri* tolerable. A las siete de la tarde —hora de regreso habitual— hicieron dos cosas: telefonear a la señorita Menchu para que no se intranquilizase por la tardanza, y pedir un poco de merienda. En cuanto a lo primero hicieron bien porque la señorita estaba preocupada con aquella tormenta, aunque ya se figuraba que él —Pachi— habría procurado buscar buen refugio. En cuanto a lo segundo, hicieron mejor todavía, porque don Román hacía años que no tomaba una cazuelita de cocochas por ser sobradamente conocido que la gelatina de las cocochas era elemento engordador de primera categoría.

—Simplezas —le arguyó Pachi el Cimarrón—, son muy digestivas y lo que hace bien la digestión no engorda.

Lo decía con una autoridad reconfortante para don Román que tenía olvidado qué cosa primorosa podían ser unas cocochas en su salsa. Mientras comían y bebían —pidieron un tercero y último «chiquito»—, Pachi le detalló los alimentos que sientan bien, los que no, y las circunstancias que hacen que un alimento engorde creando grasa fofa, o pura musculatura. Le detalló también la alimentación que tomaban cuando se preparaban para las regatas de la Concha, y no por eso engordaban.

—Pachi —le interrumpió don Román—, me temo que mi caso no es el de los remeros de trainera. A mí me engorda hasta un «chiquito» de agua de Solares que tome.

Lo decía sin amargura, más bien en plan de humor, aunque era un tipo de broma que Pachi no cogía, o no le interesaba coger, porque se daba cuenta de que el incidente de la galerna con el obligado refugio en «Aita Juan» abría nuevas posibilidades a su condición de ayudante. La vida no era sólo deambular por el Paseo Nuevo, siempre de cara a un mar, que en ocasiones —y él lo sabía bien— se podía volver inhóspito. La vida tenía alternativas que también estaban al alcance de don Román, al que con las cocochas y los «chiquitos» se le había puesto cara de grandísima satisfacción.

—Pues ahora —le animó Pachi—, cuando llegue a casa no cena y asunto arreglado.

Don Román admitió la sugerencia, pero objetó:

—Sí, pero cuando se entere la señorita Menchu que he tomado esta cazuelita...

—No hay por qué decir —aconsejó Pachi el Cimarrón.

Cuando navegó en Terranova le llamaban el Cimarrón, expresión de la gente del mar para el marinero indolente, pero que en América —y había muchos marineros vascos que hacían las rutas del Cono Sur— también empleaban para el animal, y aun el hombre que se hacía salvaje... y astuto. Pachi navegó con un patrón que le tenía tomada la medida y le solía decir: «Menudo cimarrón estás tú hecho.» Lo decía más bien por las mañas que se traía para hacer siempre algo menos que los demás, y lo que hiciera que tuviera particular provecho para él.

Cuando salieron, el *sirimiri* era imperceptible, y por la parte del mar las nubes corrían, abriendo claros y retazos de estrellas con claridad lunar porque estaban en el plenilunio de marzo.

—Mañana cambia la marea —comentó Pachi—. Hala, vamos por la orilla del mar que con esta brisa se le van a quitar esos colores que le ha dejado el vinillo.

Don Román se rió, con evidente complicidad, porque estaba decidido a no decir ni media palabra a su hermana. Ni media palabra de los detalles. Se limitaría a comentar que había tomado alguna cosilla —por ejemplo, una merlucita a la plancha— y que ya no iba a cenar. No diría que no tenía ganas porque su hermana sabía que siempre las tenía; aun en el mismo momento de terminar de comer, seguía con ganas.

En el puente sobre la ría ya no llovía, las nubes corrían más de prisa y la luna rielaba en las aguas. La marea estaba baja y la ría olía fuerte, pero a verdines de mar, porque en aquellos años no había, todavía, el horror de los olores industriales.

—Pare un momento, por favor —le pidió don Ramón—. Mire allí, se ven las luces de Ulía.

Evidente, allí estaba el Monte Ulía, pero eso, a juicio de Pachi, no requería comentarios especiales, aunque comprendía que ese decir respondía a un estado de ánimo del señor. En alguna otra ocasión, don Román le había hecho declaraciones sorprendentes:

—Tengo que dar muchas gracias a Dios.

A Pachi le parecía una expresión muy propia de

caballero cristiano, que es como le tenía calificado el párroco de San Ignacio, pero no muy razonable porque el pobre señor estaba hecho la puñeta. Casi sin movimiento, y encima el tomar una cazuelita con media docena de cocochas era una hazaña irrepetible. Aunque ya se preocuparía él de que no fuera así.

El trabajo que hacía su padre con el señor Aldaiz le parecía a Planicio de mucha prestancia, y en su incipiente adolescencia le resultaba muy digno *aita* empujando la silla de don Román y hablando de cosas que suponía importantes, porque aquel señor lo era. Y además un santo. Se lo decía constantemente la señora Asun:

—Menuda suerte ha tenido tu padre con don Román. Un santo es el pobre, un verdadero santo. —Luego añadía—: Su hermana ya es otra cosa.

La señora Asun le conocía superficialmente, de verle por la iglesia, pero las referencias no dejaban lugar a dudas.

—Suerte y grande ha tenido tu padre. Y buena falta le hacía.

Esto último lo decía con segunda intención, para que advirtiera el chico que su padre no era precisamente un modelo de conducta y que, por tanto, la compañía de un santo le ayudaría a cambiar de costumbres. Pero Planicio creía que la buena falta se refería a los quince duros que cada semana les daba el señor.

En su incipiente adolescencia de aquel año, que cumpliría los catorce, Planicio se alegraba de que *aita* hubiera regañado con los pelotaris de Atocha y se hubiera convertido en ayudante del que había sido —en expresión de su padre— director de la Hacienda. Un día se fue a ver el edificio de la Delegación de Hacienda de San Sebastián, a espaldas del puerto de pescadores, edificio enorme, de piedra arenisca, con dos guardias a la puerta, y el que hubiera mandado allí don Román le pareció notable de verdad.

—Yo ahora —proclamaba *aita* en las tabernas del barrio— estoy de ayudante de campo del que fue director de la Hacienda.

Decía lo de ayudante de campo porque era el que le ayudaba a salir al campo. A partir de aquella primera tarde en que se conocieron —don Román y Planicio— y de aquella otra en que se confabularon —don Ramón y Pachi— en experiencias gastronómicas, los lazos se intensificaron.

—A ver cuándo vuelvo a ver a su chico —le había dicho don Román a su ayudante, y éste se lo transmitió al interesado, que en cuanto podía hacía una escapada para ver al señor.

—Señora Asun, ¿cree usted que habrá más recados para esta tarde? Es que me gustaría ir a ver a don Román.

Doña Asun siempre se lo concedía porque se sentía muy protagonista de aquella amistad conseguida por su mediación —no personalmente, sino por su condición de dama parroquial— y de la que tenían que salir grandes bienes para un padre descarriado y un hijo abandonado.

A Pachi —ayudante de campo— le venía muy bien un segundo ayudante —su hijo— porque entonces acometían aventuras superiores y entre los dos empujaban el carrito monte arriba, hasta llegar, en ocasiones, a la cumbre del Urgull. Don Román se violentaba un poco y protestaba.

—Pero me da apuro que tengan ustedes que empujar la silla con lo que yo peso, y estas pendientes tan fuertes.

—Tonterías, don Román. Si el chico puede solo.

Pachi, el Cimarrón, dejaba de empujar y Planicio acentuaba el esfuerzo impulsando la silla con verdadera fruición y si era un trozo de pendiente suave iniciaba su trotecillo de caballo de caserío.

—¡Por Dios...! —decía don Román.

—¡Déjele! —le animaba Pachi—. Si le ilusiona...

Ilusión y grande le causaba a Planicio llevar al señor cuesta arriba. Cuando llegaban a un repecho o a una curva pronunciada, el padre arrimaba una mano para ayudar.

—¡Deja, deja, *aita*, puedo yo solo! —protestaba Planicio, que estaba deseando llegar hasta la planicie donde estaban los viejos cañones, sin ayuda de nadie. El monte Urgull, con el barrio viejo a sus espaldas y enfrente el mar, bordeado por el Paseo Nuevo, siempre había sido lugar de fascinación y de aventuras para Planicio. Últimamente, las aventuras en que estaban interesados sus amigos eran confusas para Planicio. Solían decir:

—Vamos a Urgull a ver a las parejas.

Porque decían que al monte Urgull iban las parejas a meterse mano a pesar del celo de la autoridad —que en aquellos años estaba muy interesada en la moralidad pública— por evitarlo.

—¿Mira, ves? —Y le enseñaban un letrerito que decía que estaba prohibido que nadie circulase por el monte después de la puesta del sol—. Pues es precisamente después de ponerse el sol cuando vienen los tíos y las tías a meterse mano. Yo una vez vi a una tía con las faldas levantadas.

La idea de encontrarse una señora con las faldas levantadas no le producía la más mínima ilusión a Planicio, pero a pesar de todo alguna vez los acompañaba. Oteaban por todos los senderos para ver si veían parejas en actitud, pero generalmente no lo conseguían. Si veían alguna era en posición circunspecta, paseando por el camino asfaltado, con los dedos enlazados conforme a la costumbre de la época.

—Es que se esconden —se lamentaba uno.

—Es que ya os he dicho que hay que venir por la noche —decía otro.

Seguían hablando y fabulando, y al final se conformaban con lanzar algún grito procaz, a prudencial distancia, a cualquier pareja que encontrasen, por muy circunspecta que fuera su actitud.

Pero en aquellas tardes del mes de abril, que las hubo verdaderamente maravillosas de luz y color, el monte Urgull estaba para ellos solos, y los dos guardas de servicio saludaban atentamente a don Román y la compañía. Su padre se llevaba la mano a la boina para corresponder. Cuando pasaban por delante del cementerio inglés, don Román le contaba a Planicio la historia de los ingleses que vinieron a echarnos una mano en nuestras peleas con los carlistas o los liberales, de eso no estaba seguro. El cementerio estaba muy abandonado en aquellos años, en que ya no éramos amigos de los ingleses, y las zarzamoras proliferaban entre las tumbas. Se paraban y Pachi comentaba:

—Estas zarzas dan unas moras extraordinarias. ¿Le gustan las moras, don Román?

El señor asentía porque en general le gustaba todo.

—Pues en el mes de junio —continuaba Pachi— tenemos que venir.

Se quedaba un momento pensativo y añadía:

—Más bien hacia finales de junio, que es cuando están maduras.

Pero a continuación matizaba más:

—Quizá este año a mediados de junio, porque parece que estamos teniendo una primavera buena, buena de verdad.

—*Aita* —intervenía Planicio—, si venimos tarde por moras, la gente ya se las ha comido.

—Conozco yo unas matas escondidas que ni Dios es capaz de encontrarlas.

—Pachi, por favor —le reprendía don Román, que no gustaba de aquella costumbre de invocar el nombre de Dios en vano.

El Cimarrón se disculpaba porque comprendía la postura del señor, aunque ya le había aclarado que lo decía sin intención.

—Las moras —continuaba— cuando están maduritas tomo unas pocas de la mata, pero como están ricas, ricas de verdad, es con un poco de vino y azúcar. Y —se paraba porque iba a hacer una declaración importante— en contra de la lógica van mejor con vino blanco que con tinto.

Lo decía con humildad porque eran conocidas sus preferencias por el vino tinto y su menosprecio por el blanco. Pero en el caso de las moras se había tenido que rendir a la evidencia.

—Pero así preparadas engordarán mucho —decía don Román. Cada loco con su tema.

—¡Qué han de engordar, hombre, qué han de engordar! Pero ¿cómo van a engordar unas moras con un poquito de vino? Más bien ha*s*en de digestivo.

Dejaban el cementerio de los ingleses a sus espaldas y seguían subiendo hacia la explanada de los cañones antiguos. Según tomaban altura se atenuaba el ruido de las olas al chocar contra las rocas del paseo; el mar perdía sensación de movimiento, pero seguía trayendo en la brisa su olor, que se mezclaba con el del monte, tierra mojada, helechos verdes, mimosas salvajes, alguna hortensia... Don Román respiraba muy hondo, todo lo que podía, porque sabía que la muerte le llegaría cuando su parálisis —que era progresiva, no convenía olvidarlo— llegase a los músculos intercostales y los pulmones no pudieran trabajar igual. Aspiro, espiro, aspiro, espiro... El aire entraba y salía fluido de los pulmones, indicando que todavía los pectorales funcionaban bien. Entonces decía su frasecita:

—¡Cuántas gracias tengo que dar a Dios!

Pachi, el Cimarrón, decía para sí: «Yo no sé si éste no está, también, citando el nombre de Dios en vano.» Pero no comentaba nada y seguía con su tema.

—Este aire de la mar quema todas las grasas.

—¿Usted cree? —se asombraba don Román. Él no se lo creía, pero le convenía el aplomo que ponía Pachi en este tipo de aseveraciones.

—¿No he de creer? Experiencias tengo. Es el yodo de las brisas el que quema la grasa. Igual que el alcohol. Usted echa un poquito de grasa en alcohol y se disuelve, ¿sí o no?

—Sí, pero...

No había peros que valieran. Con el yodo igual, aunque, hombre, no era una disolución instantánea, pero poco a poco el yodo del mar iba haciendo su labor.

El mundo de Pachi Lourido —que también ejerció un tiempo de curandero en Pasajes de San Pedro— era atrayente, primitivo y conveniente para don Román, que llevaba demasiados años de semiinmovilidad, que se iba tornando en inmovilidad precursora de la definitiva; y en ocasiones tenía la sensación de que el contorno —la señorita Menchu, los otros hermanos cuando le visitaban, y el mismo señor párroco con su mejor intención— le estaba preparando para que hiciera un buen papel cuando le llegara la definitiva. Como si a ellos no les fuera a llegar, y quién sabe si antes que a él. Entre tanto le habían asignado el papel de caballero cristiano, y a él no le importaba que le tachasen de caballero y menos de cristiano, pero por separado; las dos cosas juntas le daban sensación de ridículo. Pachi no sólo le animaba a tomar el vino sin agua, sino que le convencía —así como suena, convencía— de su eficacia como elemento disolvente de las grasas. Y se permitía con él libertades que tenía que cortar en seco, pero que no dejaban de halagarle.

—¿Ha visto usted qué mujer, don Román?

Naturalmente que la había visto, pero mejor no mirarla demasiado, porque efectivamente era una mujer espléndida, y la parálisis general no lo era tanto, puesto que no le afectaba lo más mínimo a los órganos genitales y él tenía sus problemas al respecto, como cada hijo de vecino. En ocasiones de grave tentación pensó que ese don maravilloso de la procreación era una bendición con objeciones, sobre todo en su caso; pero con el tiempo prefirió sentirse luchador y entero, que no eunuco a la fuerza. Tenía la sensación de que la gente le consideraba esto último, por eso le encantaba que el Cimarrón le dijese:

—¿Ha visto usted qué mujer, don Román?

—Sí, Pachi, tengo ojos en la cara.

Si los pectorales le funcionaban bien —aspiro, espiro, la brisa del mar, el olor de los helechos, del musgo, de la tierra, de las coníferas, de la hierba, de la madera mojada— tenía que dar muchas gracias a

Dios, y lo mismo si le funcionaba bien lo otro porque era señal de vida, y la vida era algo maravilloso, sobre todo cuando Planicio, ilusionado, le decía: «¡Ya llegamos, don Román!» Ya llegaban al amurallado de los cañones antiguos, donde colocarían su carrito como un cañón más, en alguna tronera vacía. «Déjame, *aita*, que yo puedo», y el chico, solo, manipulaba la silla para que quedase bien colocada y don Román pudiese ver todo. Sensaciones, percepciones, amor. El sinvergüenza del Gallego percibía que él —don Román Aldaiz— también sintió el tironazo de aquella tía buena que se cruzaron en el puente del Kursaal y le miró a él —el inválido— con curiosidad, conmiseración, maldita sea, pero bendito sea Dios, que muchos estaban peor que él, y no tenían a Pachi ni a Planicio que le llevaban y traían en aventuras extraordinarias, y hacían que sintiese un deseo enorme de querer al chico que se ilusionaba porque su silla estuviera tan bien colocada en la tronera que pudiera ver todo. Todo el mundo ante sus ojos, el monte Igueldo a la izquierda, irguiéndose del fondo del mar, contra el cielo azul, rematado con un torreón de vigía, y a la derecha el de Ulía. ¿Quedaban más cosas que ver en este mundo? Se quedaban callados los tres y Pachi liaba un cigarrillo que ya no era de colillas. En aquellos años funcionaban las cartillas de racionamiento de tabaco y Pachi, además de la suya, tenía la de don Román, que no fumaba pero que transigió en sacarla —un poco en contra de sus principios— para su ayudante. También sus viejos amigos de Hacienda le regalaban, para atenciones, tabaco de decomiso. Entre las atenciones estaba Pachi, que lo agradecía, daba unas chupadas con verdadera maestría, y le decía a su protector:

—Buen tabaco fuman sus amigos.

Don Román disfrutaba viéndole saborear. Solía comentar el Gallego con sus amistades:

—Como un niño es ese *coitado* (1): disfruta con cualquier cosa.

Don Román creía que San Sebastián era la ciudad más bonita del mundo y Planicio compartía. En cambio, Pachi era escéptico.

—¿Por qué dice este *sinsorgo* —se refería a su hijo— que es la más bonita del mundo? ¿Es que acaso conoce todas las demás?

Don Román, que era evidente que no conocía el mundo entero, se sentía aludido.

—Hombre, Pachi, es un decir. Yo tampoco conozco muchas ciudades, pero de las que conozco es la más bonita.

—Entonces usted puede decir que es la ciudad más bonita que conoce y decir verdad, pero este *sinsorgo*, que no ha pasado de Fuenterrabía, ¿por qué tiene que decir que es la más bonita del mundo?

Planicio callaba porque allí estaba don Román para defender el tema, pero el señor no estaba interesado en insistir demasiado y se conformaba con un acuerdo de compromiso: que la Bahía de la Concha era excepcional, sólo comparable a la de Río de Janeiro, que ninguno de ellos conocía personalmente —sólo por postales—, pero que los que la conocían estaban unánimes en la comparación.

Planicio iniciaba una escalada por las rocas y cobraba altura con rapidez porque eran muy empinadas. En cuestión de minutos la figura de su padre y el señor se recortaban contra el mar, en miniatura. Al-

(1) *Coitado*: desgraciado, en expresión cariñosa.

canzado el límite de la ascensión —un morro de rocas sin continuidad— gritaba:

—¡Don Román!

Le gritaba al señor porque sabía que a éste le asombraba la hazaña. Efectivamente, le veía mover la cabeza en la dirección del grito, con dificultad, porque el cuello ya lo tenía afectado, y entonces *aita* le cambiaba la silla de posición para que le viera mejor. Con el antebrazo le saludaba un poco y él contestaba con sus dos brazos agitándolos como aspas encima de su cabeza. Iniciaba el descenso buscando la hendidura adecuada para colocar el pie, y le gustaba que le estuvieran mirando. La última parte del recorrido —también rocosa, pero suave— la hacía saltando de peña en peña con agilidad y riesgo, de modo que al llegar le decía el señor:

—Me da miedo verte en esas alturas.

—Cualquier día se rompe la crisma —añadía el padre, pero con cierta conformidad. A veces le cogía la cabeza y le decía—: *Buruandi* (1).

Notaba Planicio que *aita* delante del señor estaba más cariñoso con él y cuando don Román insistía en que no podía ser que el chico no fuese al colegio, el padre suspiraba como abrumado por el peso de aquella paternidad, en tiempos tan malos y difíciles, sobre todo para un viudo con problemas de salud (lumbago o reúma).

Advertían que el sol iniciaba su caída y por tanto llegaba la hora prohibida del monte Urgull —aquelarre de parejas deshonestas— e iniciaban el descenso. En los recodos empinados se decía Pachi: «Muy tranquilo va éste», pensando lo que ocurriría como se les

(1) *Buruandi*: cabeza dura.

escapara la silla monte abajo; pero Planicio sujetaba fuerte y seguro, y él, por si acaso, controlaba un flanco. Al final del Paseo, cuando ya las luces de la ciudad —concretamente del barrio viejo— empezaban a titilar, los dos conspiradores despedían al chico.

—Hala, tú para casa —le decía el padre.

Los más de los días don Román se empeñaba en dar una peseta y Planicio la cogía por no hacer desprecio, pero muchas veces prefería que no se la diera.

—Deje, deje, don Román. Si no necesito.

—¿Mañana vendrás? —le preguntaba don Román.

—Si puedo, sí, señor —e iniciaba su trotecillo de despedida.

Los dos conspiradores se internaban por lo Viejo.

—Me han hablado de un sitio, yo no conosco ¿eh? —advertía cauto el Cimarrón—, que hacen unos guisantitos, finos, finos. Zandi le llaman. No sé bien dónde está, pero ya encontraremos.

Lo encontraban, seguro, y sin necesidad de preguntar. Conspiradores, porque don Román le había dicho a la señorita Menchu que mejor le iba el no cenar, porque luego dormía mal y con pesadillas. En cambio, a las siete de la tarde hacía un poco de merienda —cosa ligera— y le resultaba suficiente. El que luego fuera ligera, o no, dependía del Gallego, que se ponía a hablar con las *neskas* (1), mitad en castellano, mitad en vascuence, investigando posibilidades. Don Román también entendía un poco, pero se dejaba traducir.

—Me dice que tienen un bacalao con tomate, cosa especial.

Antes de decidirse filosofaba un poco sobre si el bacalao admitía el tomate, o tenía que ser necesaria-

(1) *Neskas*: muchachas.

mente al pil-pil. También —en atención a don Román— consideraban propiedades digestivas, aunque estaba demostrado que comiendo con gusto difícilmente podía sentar mal.

—No, si yo no digo que me siente mal —se defendía, pero sin mucha intención, don Román—, sino que me engorde.

Pachi ponderaba la situación, abarcaba con su mano —manaza de pelotari— el plato, y, concluía:

—Don Román, no me sea niño, ¿cómo le va a engordar esa casuelita?

Puede que el antiguo curandero —aficionado— de Pasajes de San Pedro tuviera razón porque aquel mes no se había pasado de peso de modo apreciable y el análisis había dado corriente, es decir, regular de lípidos y colesterol, pero no mucho peor que otras veces. Claro que se moderaba bastante, aunque a Pachi le animaba:

—Usted repetirá ¿no es así?

Con tenue resistencia el interpelado repetía y don Román, viéndole degustar, ejercitaba su virtud porque tenía un apetito formidable, pero su obligación era vivir el mayor tiempo posible en las mejores condiciones posibles. Por la señorita Menchu y por aquellos alumnos que estaba preparando para liquidadores de Utilidades. ¿Y por algo más? También estaba Planicio en lo alto de la roca, gritándole ilusionado: ¡don Román! Y el vinillo aquel que había que saber alargar para no pasarse del segundo vaso, era cosa que valía la pena y la misma vida que la había recibido para vivirla, aunque muchas mañanas le gustaría no despertar por no empezar el terrible esfuerzo de ponerse en condiciones de que se notara que vivía —levantarse, asearse, afeitarse, vestirse— sintiendo que cada día era ligeramente superior el esfuerzo y más dificultoso hacerse el nudo de la corbata.

—Pachi, cuénteme usted cosas de cuando remó en la trainera de Fuenterrabía.

El ayudante de campo no admitía que la rutina se introdujera en sus planes. Al filo de las cuatro aparecía en el piso de la calle de Ramón y Cajal y por la forma de sonar el timbre sabían que era él. El primer toque sonaba largo, advirtiendo una presencia indefinida, luego un silencio, y a continuación un repiqueteo en borbotones, en grupos de tres.

—Ya está ahí ése —decía la señorita Menchu.

Decía «ése», pero no comportaba desprecio la expresión porque Pachi se presentaba fino y educado con las señoras. De todos modos sentía un poco de envidia cuando notaba a su hermano tan ilusionado con el paseo de la tarde, de lo que ella se alegraba, por supuesto, pero era demasiada la diferencia con los tiempos en que le sacaba a pasear el portero y había que obligarle a salir.

—¿Adónde iréis esta tarde? —preguntaba la señorita Menchu.

—No sé. Depende de lo que se le ocurra a ése.

También don Román decía «ése» por seguir la corriente, pero se ponía nervioso si la muchacha no abría rápido, y lo mismo si Pachi se retrasaba, porque el filo de las cuatro podían ser y media o las cinco menos cuarto. Entre otras cosas su ayudante de campo no tenía reloj ni necesidad, porque las horas las contaba *el de arriba* —y se tocaba respetuoso la boina al decirlo— y por mucho que miraras al reloj todas estaban medidas de antemano.

—Tarde andamos —le reprochaba don Román.

—No se preocupe, tenemos tiempo.

Pachi ya no necesitaba ayuda de ninguna clase para preparar la salida y hacía la operación de desencaje del sillón doméstico a la silla de ruedas con una limpieza admirable. Ni un movimiento superfluo y dejando que el señor trabajara lo más posible. El momento de despegue del sillón, cuando don Román se concentraba y a continuación impulsaba hacia arriba el corpachón, sobrecargado de grasa, seguía resultando impresionante. Le recordaba a Pachi el esfuerzo de la primera palada, seca, empujando el remo contra la mar con toda el alma porque del modo que arrancase la trainera podía depender la suerte de la regata. Igualmente, si don Román no conseguía buen impulso inicial se quedaba encorvado, con el rostro amoratado, un momento suspendido para volver a caer a plomo sobre el sillón. Y no valía acercarse porque él diría seco:

—Deje, deje.

Lo que valía era la soledad de su esfuerzo porque el día que no consiguiera empinarse sin ayuda sentiría que la «progresiva» se estaba acercando demasiado a los centros vitales. Pero aquella primavera lo conseguía siempre, generalmente al primer intento y a lo más al segundo. Cuando ocurría esto último solía comentar:

—¡Ay, qué perezoso estoy!

O sea que le había fallado el primer intento por no hacer el esfuerzo suficiente, no porque se encontrara peor. De todos modos, la señorita Menchu cada vez que iniciaba la operación de despegue solía decirle:

—Ten cuidado.

Así, genéricamente, que tuviera cuidado, pero sin

especificar de qué. Cosas de mujeres, pensaba Pachi, mientras examinaba disimuladamente la base de la señorita Menchu a la que encontraba, en ocasiones, con la cara lacia, poco arreglada, pero de cuello para abajo irreprochable, porque por mucho que descuidara el realce de encantos que preconizaba la señora Asun, no había forma de ocultar que las carnes de la base tenían las apreturas convenientes. Cuando la señorita le ayudaba a arrimar el carrito, él, con algún movimiento descuidado de cadera comprobaba, quedaba satisfecho de la comprobación y de que ella no protestara.

Mientras duraba la operación de despegue, solían guardar silencio. Una vez que don Román había conseguido la vertical —que tenía que ser irreprochable, con los riñones bien metidos para no desequilibrarse— se relajaba la tensión porque el resto ya era cuestión de habilidad. Una vez sentado en su carrito, a don Román se le ponía cara de niño satisfecho. La señorita Menchu los acompañaba hasta la puerta y más o menos siempre le decía lo mismo:

—Cuídemelo.

Lo decía con tono maternal, y el Gallego respondía:

—Descuide.

También solía añadir:

—No me vuelvan muy tarde.

Y el Gallego asentía. Lo de que hicieran un poco de merienda y así no cenara su hermano le parecía muy bien, no por razones dietéticas, sino porque ella se iba a tomar el té con las amigas a Garibay y así no tenían que preparar cena. Si la muchacha quería cenar, que se friera un huevo, y eso que eran tiempos que los huevos andaban escasos de verdad, los de caserío estaban por las nubes, y los de almacén sabían a paja y muchas veces no se podían tomar. Pero su hermano, por la noche, cuando veía que ella tampoco cenaba, le decía: «¿Ha cenado la chica?» Sí, hombre, sí; qué preocupación. Un santo, pero atontolinado, porque aquellas abusonas mejor que ellos comían y de alubias y garbanzos no querían saber nada.

Ya en la calle, el ayudante de campo se convertía en mariscal y mandaba.

—Don Román, hoy que está la marea viva y tenemos la pleamar a las seis vamos a ver saltar las olas. ¿Hace?

Hacía, y por el camino le contaba historias de sus navegaciones con olas que pasaban por encima del barco. Por eso, el Cimarrón conocía qué era una ola y cómo se comportaba en cada circunstancia, así que sabía dónde tenía que colocar el carrito de don Román para que viera el espectáculo de las olas rompiendo contra el Paseo, como si estuviera en primera fila de anfiteatro, pero sin que le salpicara una gota.

El mar se abombaba a media milla de la costa, se levantaba amenazador y parecía que la ola que se formaba sería tan terrible que se llevaría medio Paseo en su retorno —como había ocurrido en las mareas de febrero—, pero Pachi decía:

—Ésa no llega. Se deshace en las rompientes.

No daba explicaciones del porqué, pero su augurio se cumplía. Tampoco don Román preguntaba, fascinado por el misterio de no saber las razones de aquel comportamiento.

—Ahora va a ser ella —comentaba displicente el Gallego, y les gritaba a unos niños que jugaban junto al rompeolas, que cuidado, que se iban a mojar. Pero los niños no le hacían caso porque con esa intención estaban.

El mar, muy cerca de la costa, no más de un cuarto de milla, succionaba llevándose toda el agua, que se movía alborotada y espumosa entre las rocas, dejándolas al descubierto, relucientes de mejillones, percebes, lapas y líquenes, y formaba con aquella masa una ola precipitada, encrespada, fina como un látigo, que restallaba contra la misma arista del rompeolas de modo que un diluvio burbujeante barría el Paseo y ponía como sopas a los niños y a algún viandante descuidado. Nunca a don Román que para eso tenía un ayudante de campo que se pasó veintidós años en la mar. En ocasiones, y según posición del sol, sus rayos coincidían con el abanico de las aguas sobre el Paseo y por un instante se reflejaba el arco iris. Esto producía especial complacencia a don Román, y Pachi comprendía, aunque él estaba un poco de vuelta de los colorines. Pero animaba a su señor:

—Ya verá usted, don Román, cuando vengamos a ver las mareas vivas de septiembre...

Se quedaban los dos pensativos porque las mareas de septiembre eran leyenda y en más de una ocasión arrasaron las cabinas de la playa y aun el rompeolas hubo que reconstruir.

—Entonces esos *cholulos* —se refería a los niños que reían felices con la mojadura— tendrán que andar con cuidado si no quieren volverse con la ola al mar.

La vida con Pachi era un estallido de promesas; cuando llegara el verano —más bien un poco antes— subirían al monte a coger las moras maduras a un lugar tan escondido que sólo conocían él —Pachi— y el Supremo Hacedor, aunque esto último lo pusiera en duda el Cimarrón; luego las prepararían con vino y azúcar, admitido —como excepcional excepción— que el blanco les iba mejor que el tinto. Desde que se lo dijo el mes anterior, ya tenía don Román, en el paladar, el sabor ilusionado de aquellas moras silvestres y secretísimas. Cuando llegara septiembre le traería a disfrutar de las mareas vivas, con olas tan grandes que saltaban por encima de los puentes, como caballos de carreras, pero sin peligro, porque él —el astuto Cimarrón— conocía un lugar tan resguardado que ni una gota le había de llegar a su señor. Y su señor, que se pasaba las mañanas machacando con los alumnos la Tarifa III de Utilidades, pensaba que Pachi era un pacto con la esperanza de que el solsticio del verano también llegaría para él, funcionándole los pectorales —aspiro, espiro— razonablemente bien.

Pachi tenía la impresión de que su señor, en cuanto dejaba a la espalda el portal de Ramón y Cajal, era otro hombre. En el piso, en el ascensor de bajada, en la misma escalera del portal, se le notaba inquieto, desasosegado por las manipulaciones que requería su salida, que en su complejidad modulaban una sonata distinta de la esperanza del solsticio de verano. En la calle se dejaba hacer —vamos aquí, vamos allá— y todo resultaba natural. En el piso, su señor luchaba demasiado con lo que se veía que no podía ser. Si a él le dejaran, sin mayor esfuerzo le pasaría del sillón al carrito, ahorrándole la angustiosa operación del desencaje por impulso propio. En una ocasión —muy al principio de su ayudantía— resultó especialmente penosa porque el primer impulso del levantamiento falló y al señor se le escapó un viento bastante sonoro. Lo suficiente para hacer un comentario. Pachi dijo:

—Buen provecho.

Era una costumbre de la mar y siempre que no se abusara, tanto en los eructos como en los vientos, se tenía una frase de atención para el interesado. Distinto era cuando habían comido alubias con tocino y organizaban competiciones de sonoridad. Cosas de la juventud y del aburrimiento de los días en la mar. Además la competición la hacían sobre cubierta y no había problemas de olores aunque alguno se fuera en el esfuerzo.

Por eso, cuando al señor se le fue un viento, le pareció tan lógico en sus circunstancias que dijo:

—Buen provecho.

En cambio, don Román, aunque por el esfuerzo le correspondía estar violáceo, se puso rojo hasta la raíz de los cabellos y ni las gracias dio por la atención. A la señorita Menchu también la notó demudada, y se acordó de que su difunta Bea, que era de caserío fino, y que había cosido con las monjas de pequeña, le solía decir: «Cuando uno tiene un descuido, no comentar, hombre, no comentar.» Él no comentaba; expresaba buenos deseos y nada más. De todos modos, mejor estaba en la calle sin problemas de ésos. También pensaba que podía haber un poco de problema en la excesiva ternura que ponía la señorita Menchu para decirle: «Cuídemelo.» Lo lógico es que la ternura fuera por su pobre hermano, pero no lo veía claro. La señorita podía tener intenciones respecto de él, no en el sentido normal, sino en el de que fuera mejor padre y frecuentara más la iglesia, ya que también era de las damas parroquiales, y cuando se refería a Planicio decía: «Ese pobre niño.» Tampoco le hubiera extrañado que las intenciones fueran de las otras, porque Pachi siempre fue un conquistador y por eso se casó con una Garmendía, del caserío del Alza, cuando él era sólo un *arrantzale* del barrio gallego de Trincherpe, en Pasajes. El hermano mayor, que era un cabrón, se quedó con el caserío, por ley decía, y ni entrar dejaba a la hermana con el pretexto de que se casó contra la voluntad de los padres. Después de la guerra, con la necesidad que pasaron, no fue para mandarles unas vainas.

Don Román era especial para que le hicieran confidencias y algunas ya le hizo su ayudante de campo, que consideraba una pérdida de tiempo odiar al prójimo, como cosa poco práctica, pero que si pudiera le metería un cuchillo de los de descabezar atunes, a su cuñado.

—Por la barriga —le especificaba a don Román—, se lo metería por la barriga para ver la cara que ponía y para que se enterase de que era yo.

Don Román, pese al sambenito que tenía, no le decía que aquello no era cristiano y se limitaba a escuchar.

—Cuando murió la Bea fue al entierro porque no dijeran en el pueblo y quiso acercarse a mí, pero yo, delante de todos, le dije: «Ahora que ya no te tengo que tener respetos por ella, cualquier día voy y te doy una patada que te saco los cojones por la boca.»

Aunque aquel malabarismo era horrible y el lenguaje desusado, don Román sabía tener un gesto de comprensión.

—Él hizo como que aguantaba por respeto a la difunta de cuerpo presente, pero yo ni le dejé entrar a verla. Que se hubiera preocupado más cuando vivía, que ni unas vainas fue capaz de mandarnos después de la guerra, cuando no teníamos qué comer.

Don Román le daba la razón, pero le decía que bastante desgracia tenía su cuñado con ser así y que más que otra cosa lo que merecía era compasión.

—¿Compasión? La que él tuvo. Mientras estuvieron los otros en el pueblo, pasó tanto miedo de que e quitaran el caserío, que cuando vinieron éstos se dedicó a denunciar a todos los rojos y a más de uno buscó la perdición en Trincherpe.

Pachi, cuando mencionaba la guerra del 36 —cosa que hacía raramente— se refería a «éstos» y a los «otros» y se sabía lo que quería decir, pero quedaba claro que él ni de los unos ni de los otros, que para eso se fue a pescar durante dos años al Canadá. Esto no se lo decía a don Román porque eran años en que mejor callar esas cosas. Pero le aclaraba:

—El muy *baldarra* (1) anda ahora muy pincho con la boina colorada, diciendo que él de siempre ha sido tradisionalista, ¿sabe usted por qué?

No, claro, don Román no lo sabía, pero Pachi se lo explicaba:

—Porque tuvieron un abuelo que dicen que hizo la primera guerra carlista. ¿Y sabe usted en verdad lo que hizo?

No, no, tampoco lo sabía don Román.

—Pues traer mulas de Francia que luego vendía a los ejércitos carlistas. Con ese dinero compraron el caserío.

Don Román era especial para las confidencias porque escuchaba muy bien y le interesaban las cosas de los demás.

—Porque los Garmendía mucho presumen ahora, pero todo el mundo en Fuenterrabía sabe que el abuelo fue contrabandista, y mi suegro, antes de heredar el caserío, contrabandista fue también.

Pero él los jodió a todos y se llevó a la Bea, que era la única con sentido de toda la familia. Pachi era frío y escéptico, pero a pesar de todo no lograba de-

(1) *Baldarra*: desgraciado, inútil.

sechar la idea del cuchillazo en la barriga, no por él, sino por lo que hicieron sufrir a su mujer con los desprecios.

Don Román, además de escuchar bien, tenía cierta capacidad de adaptación al proceso mental de su interlocutor.

—Vamos a ver, Pachi —le argüía—, ¿usted cree que su difunta iba a tener el menor interés en que a estas alturas haga eso con su hermano? ¿O su hijo, Planicio?

—No —le tranquilizaba Pachi—, si no lo voy a hacer.

—Muchas veces es peor pensar que hacer. A la postre si usted le da una puñalada hizo la barbaridad de una vez, pero... toda la vida pensando que lo va a hacer, eso a la larga debe de ser malísimo. Usted de religión anda mal, Pachi.

—Mal, mal, de verdad —admitía el interesado.

—Si usted va sumando muchos pecados de odio, acaba peor que si hace una barbaridad de repente. Por ejemplo, esa que pensó el día del entierro de su esposa de darle una patada a su cuñado en cierto sitio para que le salieran ciertas cosas por la boca.

Pachi era socarrón, entendía a su señor, y le parecía una muestra de gran confianza que le gastase esas bromas.

La vida con Pachi era un estallido de promesas, más ilusionadas cuando aparecía Planicio. Al chico nunca le falló el instinto para localizarlos. Cuando el tiempo era bueno —y aquella primavera lo fue casi constantemente— buscaba en las proximidadel del mar, que para don Román tenía un atractivo magnético.

—A mí a distancia y con sol tampoco me disgusta

—condescendía su ayudante de campo—. Pero mal, mal lo he pasado yo en la mar.

En el 32, entrenando con Fuenterrabía, se les volcó la trainera fuera de puntas, con la mar arbolada, y dos horas tardaron en recogerlos, porque ni los bous de pesca podían salir en su busca. Él ya le había advertido al patrón que no era día para remar, pero éste le replicó delante de todos:

—Gallego mierdoso, ¿qué quieres? ¿Remar en el estanque de la plaza?

—¿Yo, miedoso? —se sulfuró Pachi, que entendió mal.

—No —le replicó el otro en castellano—. Mierdoso, con erre, de mierda.

—¡Ah, bueno!

Entonces los patrones tenían gran prestigio y autoridad y trataban mal a los remeros, insultándolos con muchas referencias a sus deficiencias testiculares. A Pachi también le daban la lata con lo de que fuera gallego, cosa que a él le traía al aire. Gallego, pero acabaron poniéndole de proel que era el puesto que precisaba más riñones, y también de lo otro.

Pachi le contaba estas historias mientras empujaba la silla por caminos que bordeaban el mar, bien hacia el monte Ulía, o por el Paseo Nuevo. Don Román oía interesado y pedía detalles. No demasiados porque a veces tenía dificultades en el habla; una rigidez facial que le obligaba a tartamudear. Dependía de los días, y eso le animaba a pensar que el problema era más bien de nervios.

En ocasiones Planicio se equivocaba, acometía el Paseo Nuevo y a la mitad del recorrido se daba cuenta de que allí no estaban, y sin pereza alguna daba media vuelta y reemprendía la marcha hacia el extremo opuesto de la ciudad, a las afueras, donde estaba el monte Ulía. Por eso echó su fama de *korrikolari* (1), prolegómeno del desafío de los puentes. Cuando divisaba en la distancia la pareja inconfundible, aceleraba el trotecillo. En los días calmos, solitarios, de mar tranquila, don Román oía las pisadas (¡plas, plas!, pisaba plano y por eso crujían un poco) y le decía a su ayudante de campo:

—Ya está ahí Planicio.

Otras veces era el chico el que gritaba desde lejos:

—¡Don Román!

El señor mandaba parar, y aunque le costaba mucho, tornaba un poco la cabeza y movía el antebrazo en señal de bienvenida. Su sonrisa no era bonita porque tenía la cara gordezuela, y en ocasiones le asomaba la punta de la lengua entre los labios, pero sus ojos eran grandes, de un oscuro profundo, rientes cuando se acercaba Planicio. Se quedaban los dos mirándose, sin decir nada, y el Gallego, para no quedar al margen del encuentro, asía por el hombro a su hijo. Estas cosas las hacía delante de don Román, aunque no era costumbre entre su gente, para que luego la señorita Menchu no dijese: «Ese pobre niño.» Porque resultaba evidente que el interés de la señorita Menchu no era por el chico, al que sólo había visto un par de veces, ni su ternura en la expresión se correspondía con su modo de tratar al hermano, y no digamos a la criada. Frecuentemente, Pachi pensaba que los dos hermanos estaban preocupados por su alma, y don Román le había hecho insinuaciones al respecto. Pero la preocupación de la señorita Menchu podía ser también de otro orden, ya que en las aproximaciones en

(1) *Korrikolari*: corredor, mediando apuestas.

que él comprobaba las apreturas de la base no notaba reticencias. Aunque se sabía conquistador, el asunto no le interesaba en absoluto, porque aquella ayudantía de campo le iba bien, le veía porvenir, y no iba a complicarla. Aparte de que aquellas mínimas condescendencias en la aproximación podían carecer de significado. Máxime en una clase social que él desconocía en absoluto. Se quedaba tranquilo con estas reflexiones, pero luego, cazurro, se decía por lo bajo: «De acuerdo. Pero todas las mujeres son iguales.» Se refería a su igualdad anatómica y reacciones consecuentes.

Se quedaban los dos mirándose y Planicio le decía:

—¿Ya me trajo, don Román?

—¿Que te tenía que traer?

Era como un juego de niños que Pachi contemplaba benévolo.

—El libro que me prometió, don Román.

Robinson Crusoe. Buffalo Bill. Dick Turpin. Veinte mil leguas de viaje submarino. Viaje al centro de la Tierra. La vuelta al Mundo en ochenta días. El Corsario Negro. Sandokán. Raffles, el ladrón de guante blanco. Libros con las páginas amarillas, los mismos que leyó don Román cuarenta años antes y que guardaba cuidadosamente en las anaquelerías de una habitación apartada, junto con los que utilizó para preparar la oposición de liquidador de Utilidades, estos últimos minuciosamente subrayados en rojo y azul.

—Pero, don Román, ¿qué libro le dio usted ayer que estuvo toda la noche moqueando como un idiota? —le reprochaba el padre severo.

—¿Cuál fue, Planicio? —se interesaba el señor.

El chico callaba porque le daba vergüenza reconocer que había llorado con el Tío Tom, que salvó con grave riesgo de su vida, pero sin darle ninguna importancia, a la niña Evangelina de las turbulentas aguas del Mississippi. Evangelina, la hija del rico hacendado Agustín de Santaclara, que pese a haberlo prometido, no fue capaz de dar la libertad a aquel negro ejemplar. Y eso que *aita* no sabía que cuando Evangelina, antes de morir tuberculosa, regaló una guedeja de su rubia cabellera al negro Tom, le entró a él —a Planicio— tal llorera que se tuvo que salir a la terraza para hacerlo sin recato. «¡Ay, *amá*!», decía, porque se acordaba de su madre, que nunca le dijeron de qué murió, pero que pudo ser una tisis como la de Evangelina. De todos modos, le entraba una pena tan grande por todos los negros de *La cabaña del Tío Tom*, y por los del mundo en general, que en la cama siguió sollozando, pero flojito, para que no le oyera *aita*, metiendo la cabeza contra la almohada. Pero la vida valía la pena mientras existieran personas como el Tío Tom, que murió perdonando a todos —incluso al negrero Legree, que fue el que lo mató a latigazos— en brazos de su antiguo dueño, el amito Jorge, que llegó tarde para comprar su libertad. Pero luego, en un aparte, se confesaba con don Román:

—¡*Ené*, don Román, qué angustias he pasado!

Y reverdecían en la mente del señor antiguas penas que pasó por personajes que pudieron existir.

—Pero ¿usted cree que existió de verdad el Tío Tom?

—Pudo existir.

—No tan exagerado —quería consolarse Planicio.

Don Román pensaba que quizá más, pero le sonreía con sus negros ojos, para mitigar su pena.

—¿Usted no lee? —preguntaba el señor a su ayudante, pero en el sentido de si no le gustaba leer.

—No, señor —contestaba el otro, pero en el sentido de que no sabía leer.

—Pues debería usted leer —le aconsejaba don Román.

—No ha dicho usted nada —replicaba socarrón el Gallego, que sabía lo que quería decir su señor, pero a él le divertía el equívoco, por simple travesura, no porque le importase descubrir que no sabía leer. Él no tenía nada contra la lectura y comprendía que los tiempos habían cambiado, aunque no acababa de convencerle un asunto que hacía moquear a un chaval de trece años.

Un día, a solas, Planicio se lo aclaró a don Román:

—Es que *aita* no sabe leer. Dice que en sus tiempos los chicos no aprendían y se hacían grumetes.

El señor se quedó violentísimo pensando que había ofendido a su ayudante. En la primera ocasión le pidió disculpas y se ofreció a enseñarle.

—Un hombre con su inteligencia natural aprendería en menos de un mes.

Pachi se quedó aterrado ante la idea, y cortó en seco:

—Muchas gracias, don Román, pero eso queda para hombres como usted.

¿Para hombres como él, paralíticos, que no servían para otra cosa? Por muy bien que aceptase su mal, a veces le entraban dudas de este tipo. Por eso le atraía de modo tan especial Planicio, que se acercaba a él con una ilusión desproporcionada.

—¡Don Romáaan…! —le gritaba desde lo alto de la peña, alargando bien la *a*, sólo para que él torciese el cuello y le echase una sonrisa.

Tenía la impresión de que en aquella ilusión no influía para nada su circunstancia y ni siquiera el chico le miraba con curiosidad cuando hacía movimientos raros para mejorar su posición en el carrito.

—¿Le ayudo, don Román? —preguntaba.

Y al chico sí le dejaba que le ayudase un poco.

—Anda, empújame un poco el hombro izquierdo hacia dentro. Así, así, no tan fuerte, hombre.

En los paseos largos el corpachón tendía a desplazarse a la izquierda, sin que nadie pudiera explicarle por qué precisamente en aquella dirección, y él tenía que contrarrestar sujetándose al brazo derecho del sillón. Admitía los empujoncitos del chico, que ponía una cara como si estuviera haciendo lo más importante del mundo.

—¿Así está bien, don Román?

Él decía que sí, aunque se le hubiera quedado un pliegue del pantalón en la entrepierna, porque el chico se sentía satisfecho de verdad.

Pachi, cuando el incidente del desafío de los puentes, llegó a decir de su hijo:

—Un poco más tonto y no naces.

Del mismo modo que se enfadaba cuando Planicio se dejaba ganar un partido de pelota de los que llevaba fá*s*il, fá*s*il, por delante, en los «Urbistondos», so pretexto de que, qué más daba, era en broma. Es decir, que su hijo desconectaba en los temas vitales —un partido de pelota, una carrera de desafío, con duros por medio, entre el puente de la Estación y el de Hierro— y en cambio se entusiasmaba con los empujoncitos a don Román, que, pobre hombre, necesitaba ayuda y él era el primero en prestársela, pero con fundamento. Con fundamento y con perspectiva. Y no es que pensara con esto último en la señorita Menchu, que aunque estuviera muy bien de base, e incluso, últimamente, muy mejorada de cara, tenía que ser asunto de enormes complicaciones. Sencillamente, pensaba en perspectivas que se iban cumpliendo. La meriendita de cada día era un alivio, porque en el sobreático de Miracruz, 10-B la cuestión de la comida seguía regular; la puñetera de la casera les vendía la leche cada día más aguada —serán las lluvias, decía la *sorgiña*—, y aunque a él le traía sin cuidado porque ni la probaba, comprendía que el chico estaba en edad de crecer. Claro que, él, todas estas cosas las comentaba con don Román y le había subido el jornal cinco duros más a la semana. A esas perspectivas se refería Pachi; a tener un amo que sabía comprender las dificultades.

—Muchas gracias, don Román. Es un alivio porque nosotros dos solos con poco nos arreglamos.

Tiempos malos, malos de verdad, fueron aquéllos, con la complicación de las cartillas de racionamiento.

—*¡Aita!* —le decía Planicio con aquella ilusión que ponía para temas menores—: Me ha dicho Francisca que hoy reparten aceite en la tienda. Dame la cartilla.

—La he perdido —le replicaba seco, su padre.

—¡Pero, *aita*!, ¿cómo has perdido...? —se asombraba el chico.

El padre le decía: la he perdido, pero no le aclaraba que la había perdido jugando a las cartas, cosa que le ocurría raramente, porque tenía calculado que ganaba más veces que perdía, pero la mala suerte que el día que se jugó la cartilla a las «siete y media», perdió.

El chico hacía gestiones y le informaba al padre.

—*Aita*, me han dicho que tenemos que decir que la hemos perdido en la Delegación de Abastos y nos darán otra nueva.

—¡Deja ya de hablarme de la cartilla! Para lo que dan, prefiero no tener cartilla.

Era cuestión de principios; prefería no tener cartilla. Ya se lo dijo con desprecio al que se la ganó:

—Para cuatro garbanzos duros que dan, te puedes quedar con ella.

De acuerdo, pensaba Planicio, los garbanzos serían duros, pero el pan se podía comer.

—¿A eso llamáis pan? —decía el Gallego, que siempre había sido pobre, pero de paladar fino—. ¿A esas bolas amarillas hechas con sobras de la *txerrijana* (1)?

Incluso, para reforzar su postura, se metía en política:

—¿Para eso se ha ganado una guerra?

Lo decía en tercera persona, para que quedase claro que él no entraba ni salía en quién había ganado aquella guerra. Sólo se refería a los resultados.

Cuando cobraba de don Román, compraba de estraperlo un pan blanco —aunque oscurecido por el salvado—, redondo, que llamaban de pueblo y pesaba un kilo.

—Ahí tienes —le decía a Planicio, como indicándole que ése era el tipo de alimento que quería para su hijo y no sobras de la *txerrijana*.

Planicio hacía porque el pan le durase toda la semana, pero pasaba mucha hambre. Lo partía en rajas muy finas y era verdadera obsesión la que tenía por comer. Con el dinero que ganaban podían comprarse pocas cosas y él confiaba en que el verano estaba cerca, y Jacinto, el criado de la señora Condesa, les seguiría haciendo visitas con aquellas cazuelas que *aita* también criticaba, pero solucionaban mucho.

—Tu tío no hay cuidado de que pase hambre. Antes contrabandistas y ahora ladrones.

Su padre se refería a los Garmendía, de Alza, y más

(1) *Txerrijana*: vasija para la comida del cerdo.

de una vez le recordaba al chico que tuvo un abuelo contrabandista. Planicio no comentaba, pero lo del abuelo contrabandista le parecía bien. Concretamente, Dick Turpin, en sus interminables luchas con los odiosos corchetes ingleses, recibía grandes ayudas de los contrabandistas y en más de una ocasión le salvaron la vida.

La casera de los bigotes blancos y la leche aguada también vendía pan de estraperlo. La vieja seguía llegando cada mañana en su carro tirado por el mismo caballo, con el mismo vestido negro, pero con una chaqueta de lana negra, sin desbastar, muy larga, y una toquilla de igual grosor encima. Cuando llovía se valía de un paraguas muy grande. Al caballito lo cubría con un hule. Se lamentaba mucho:

—¡*Ené* qué tiempos!

Pero en el barrio sabían que lo decía por decir y que se estaba inflando de ganar dinero.

El contenido de la tartana, lloviera o no, lo cubría también con hules, en compartimientos bien diferenciados, y no dejaba fisgar. Debajo de los hules, en primera fila, aparecían cosas inofensivas, generalmente verduras, y debajo de estas funcionaba el mercado negro: pan, aceite, harina y azúcar. Tenía atenciones con Planicio porque le daba pena con aquel padre que todos sabían que se había jugado el pan de su hijo a las cartas y que vivía de explotar al pobre paralítico de la calle de Ramón y Cajal. Las atenciones consistían en hogazas de pan de difícil salida, porque se había quedado duro. Planicio lo humedecía y luego lo metía en el horno. Quedaba regular, pero servía para hacer sopas con leche. El padre miraba despreciativo la operación y comentaba:

—No vale ni el carbón que gastas.

No era cierto porque el carbón lo conseguía Planicio recorriendo la vía del tren que pasaba por detrás de la casa, y por tanto no les costaba nada. Más bien eran escorias, pero sabía elegir las que no estaban consumidas del todo y volvían a arder lo suficiente para cocinar lo poco que comía. Su padre, decía, no quería quitar comida al chico y siempre se apañaba para hacerlo fuera. De todos modos, el Gallego estaba más delgado, la barriga casi le había desaparecido y resultaba más joven y airoso. De cara al verano, que se aproximaba, había hecho buenos propósitos; concretamente no volver a jugar a las cartas. Una cosa seria no podía quedar al azar de cualquier lerdo al que le saliera un siete y «la media». Desde que le aumentó el sueldo don Román empezó a ir al frontón Gros, que tenía un cuadro de señoritas raquetistas de categoría. «Lo que es la providencia», pensaba, el frontón Gros estaba junto a la casa de su señor, de manera que, cuando lo dejaba, le quedaba tiempo de asistir al último partido. Don Román ya le notaba precipitado en las despedidas, pero no comentaba.

Al principio sólo jugaba la quiniela, que suponía poco riesgo ya que una vez iniciada la partida por mucho que uno se acalorase no podías aumentar la apuesta. Eso era importante porque impedía que en un arrebato se jugase la cartilla de racionamiento, que a él maldita la falta que le hacía, pero que en el barrio había caído mal como si hubiera apostado su alma al diablo. Materialistas. Eso eran todos, unos materialistas. No pensaban nada más que en comer, aunque fuera comida de cerdos. También era importante ir conociendo a las señoritas raquetistas y sus posibilidades en las distintas combinaciones de la quiniela, aunque con la mujer había pocas esperanzas de sentido común, y por tanto las sorpresas en los resultados eran continuas.

Cuando tuvo confianza con el portero del frontón —que era de Irún y algo ya se conocían— empezó a meter con él a Planicio, sin pagar, naturalmente. Al principio el chico se admiraba del impulso que conseguían imprimir las señoritas a la pelota, pero ya le aclaró *aita* que no tenía mayor importancia y que aquello, comparado con la pelota a mano, era un arte menor.

—La pelota, para que sea pelota de verdad —le explicaba— se juega con esto (y abría su mano, que seguía siendo poderosa) y con éstas (y con la otra mano se señalaba cierta parte).

Quería decir que la pelota a mano era una modalidad que no admitía engaños, y que la mujer, tanto para realzar su belleza como para jugar al frontón, requería artilugios. Estos consejos le parecían muy bien a Planicio, aunque le daba un poco de vergüenza que *aita* se señalase aquella parte en público.

Pese a estas aclaraciones, el Gallego admitía como excepción el remonte, que le parecía algo fuera de lo normal, sobre todo cuando lo jugaban los Salsamendis. Se jugaba en el frontón Urumea con apuestas de categoría, pero con una mecánica de «corredores» y una cuantía mínima —siempre en duros— a la que él no llegaba. Además, los partidos solían ser a horas después de las comidas, en las que Pachi andaba con su ayudantía de campo. Pero no desesperaba de que su suerte mejorase y pudiera hacer experiencias en la «catedral de la pelota».

Aunque eran tiempos de gran moralidad pública, de vez en cuando se armaban escándalos en el Gros sobre posible comportamiento dudoso de las señoritas pelotaris. Había una, Chechu Larrañaga, de Éibar, hermosa, en el sentido de fuerte y poderosa, que era la número uno del cuadro. Tenía un poco de vello en la cara, pero resultaba muy atractiva por su poderío.

—A mí siempre me han gustado las mujeres fuertes —comentaba Pachi con los amigos, y éstos se reían, sin que Planicio se enterara bien de por qué.

—Y con buena base ¿no es así, Pachi?

Ya tenía observado Planicio que los amigos de su padre tenían para hablar de mujeres un lenguaje especial que él no acababa de entender.

La Larrañaga tenía que ganar todos sus partidos y cuando no lo conseguía le gritaban cosas extrañas:

—¡Con quién dormiste anoche!

A Planicio le sorprendía aquel interés por saber un detalle tan particular.

Alguno aclaraba, también a voces:

—¡No habrá sido con tu madre!

A Planicio le daba pena porque pensaba que igual la chica era huérfana como él.

Y alguno, aprovechándose del tumulto, gritaba el epíteto terrible:

—¡¡Puta!!

La interesada se mostraba deprimida y se veía que las compañeras la consolaban y le decían que no hiciera caso. Sobre todo a las ganadoras se las notaba muy comprensivas y consoladoras. Pero en ocasiones, la Larrañaga no podía soportarlo —sobre todo cuando le decían el epíteto— y se encaraba con el público y hacía gestos similares a los de Pachi cuando explicaba lo de la pelota a mano. Entonces el escándalo era mayúsculo y solía intervenir la pareja de servicio de la Policía Armada. Eran tiempos en que bastaba una pareja de la Policía para calmar a todo un frontón enfurecido. Cuando había terminado el follón, Pachi y sus amigos se reían y tenían comentario para rato. Planicio, en cambio, lo pasaba mal y le entraba una angustia tan grande que dejó de ir.

Planicio lo pasaba bien con don Román porque sentía al señor estando todo para él. Un poco la misma sensación que cuando *amá* le esperaba en el portal de Miracruz en las noches de verano —aunque él sólo recordaba las noches de un verano—, con la ilusión de que viniera hambriento porque para su madre era muy importante que él tuviera hambre y comiera mucho. Por mucha gente que hubiera en el portal, sentía a su madre sólo para él. Cuando murió, ya le explicó la señora condesa —que estuvo especial con él— que desde entonces era más suya y que de día y de noche *amá* no dejaba de mirarle un momento. Él indagaba mucho en las estrellas —y seguía haciéndolo— porque parecía lógico que desde el sobreático de una de las casas más altas de San Sebastián fuera más fácil el contacto. Además, ahora —y eso lo sabía él desde la catequesis—, *amá* estaba con la Virgen, por lo que tenía a las dos madres juntas, mirándole. Estupendo. De todos modos —sin ser lo mismo—, le hacía mucha falta que don Román estuviera para él solo. Alguna vez pensó en llevar consigo a Ramoncho para que conociera al señor, pero luego decidió quedárselo para él solo. Porque con don Román le pasaba como con su madre: nunca se olvidaba de nada suyo. Si *amá* le decía: «mañana te voy a hacer natillas», que era su plato favorito, no había cuidado de que se olvidara y una vez —estando ya enferma, poco antes de morir— se levantó de la cama sólo para hacérselas. Si don Román le decía mañana te traeré tal libro o tal otro, era seguro que lo hacía.

Cuando Planicio se retrasaba, notaba al señor —según se acercaba— mirando con dificultad para un sitio y para otro hasta que lo localizaba.

—Ya está aquí —ése era el comentario de don Román, al que se le notaba aliviado de que al fin hubiera llegado el chico.

Con *aita* era distinto porque le decía mañana haremos esto o haremos lo otro, pero nunca era seguro que ocurriera. O *aita* le preguntaba «¿qué has hecho hoy?», y tampoco era seguro que escuchara la respuesta. O le decía «vete para casa que ahora voy yo», y lo mismo no aparecía en toda la noche. Cuando trotaban juntos por la calle —trotaba él, *aita* siempre andaba muy pausado—, tenía la sensación de que si alargaba el paso y desaparecía, su padre no se enteraría, o le parecería muy natural que su hijo se marchara. Si se encontraba con un chaval y le decía: «*Aita*, me voy con éste», el padre seguro que le diría que bueno. Si era el padre el que se encontraba con un amigo, Planicio esperaba; si se enredaban en la conversación solía apartarse un poco porque *aita* tenía amigos que decían hostia y mecaguen en cosas sagradas, con todas las letras. Se quedaba aterrado y cerraba los ojos. Cuando el amigo con el que se encontraba sabía seguro que era de los que decían estas cosas, él se apartaba desde el primer momento y trotaba calle arriba, calle abajo, mirando los escaparates que se conocía de memoria porque casi no salía del barrio Gros y los recorridos eran siempre los mismos. El escaparate de la pastelería de Berridi seguía siendo muy interesante, pese a la escasez, porque allí seguían las bombas de crema de Berlín. Lo que no había era pan, pero en cambio la pastelería estaba bastante surtida, aunque a Planicio le interesaba mucho menos, porque el precio de cada pastel era disparatado y no duraba nada. De todos modos él no había vuelto a entrar desde el día que invitó a Ramoncho, al final del invierno, porque ya no era posible; su padre insistía en que eran malos tiempos de verdad. «Como caigamos con la gripe, se lamentaba, ni para aspirinas vamos a tener.»

Aita era capaz de estar mucho tiempo hablando con un amigo en la calle, aunque luego, al despedirse, dijera: «¡Valiente lerdo!» En las esperas, Planicio atendía a sus preferencias, pero sin quitar ojo a su padre. En la zapatería de Melchora había unas botas con suela de material y tachuelas que debían de ser formidables para el invierno. Además, cuando estaban nuevas, las tachuelas resonaban en las aceras con un chasquido metálico muy atrayente. Los chavales que las tenían se servían de ellas para resbalar sobre pavimentos adoquinados que reunieran condiciones para levantar chispas.

Si veía que su padre estaba muy enfrascado, se acercaba a la tienda de bicicletas de Miner y allí podía aguantar mucho. Lo malo es que estaba un poco metida en una calleja estrecha y si se descuidaba su padre desaparecía. Si *aita* terminaba la charla y no le veía, se iba. Luego le preguntaba: «¿Dónde te has metido?», o no se acordaba de preguntarle nada. El repartidor de la tienda de ultramarinos tenía un bicicleta de manillar muy alto, con una parrilla sobre la rueda delantera, en la que colocaba el cesto de reparto. Tenía dieciséis años y por muy cargado que estuviera el cesto montaba en la bicicleta siempre a la carrera. Es decir, colocaba el pie izquierdo sobre un pedal y con el derecho impulsaba estilo patinete hasta adquirir velocidad, entonces montaba basculando elegantemente la pierna derecha sobre el sillín, y si el camino era cuesta abajo, inmediatamente se soltaba de manos. Si podía, hacía todo esto con un cigarro en la boca. Planicio le veía hacer la maniobra, pero con disimulo, porque el chico de la tienda no le saludaba nunca a pesar de que habían coincidido en los «Urbistondos». También había otro chaval, en el número ocho de la misma calle de Miracruz, que tenía una bicicleta con manillar de carreras, pero sólo la sacaba en verano. Era estudiante y, desgraciadamente, tampoco tenía amistad con él. Planicio no soñaba nunca nada, ni siquiera en inflarse de bombas de Berlín, pero no podía evitar el inventarse figuraciones de lo que ocurriría y cómo cambiaría su vida si tuviera una bicicleta. Sería un rayo haciendo los recados de la señora Asun, pero con un problema insoluble: ¿qué haría con la bicicleta cuando llegara al lugar de destino? ¿Dejarla en el portal mientras subía a cumplir el mandado? Imposible; ni aun atada con candado dejaría él una bicicleta en la calle. También pensaba que cuando fuera a ver a don Román se acercaría hasta el carrito como una flecha y pararía en seco, justo al lado, y el señor se quedaría sorprendidísimo porque no se habría enterado de su llegada. Otra posibilidad era fabricarse un arnés para enganchar la silla de ruedas de don Román y, él tirando con la bicicleta, podrían darse grandes paseos. Esta idea no era suya, sino que la sacó de un grabado de *La vuelta al mundo en ochenta días*, de Julio Verne, en la que aparecía un chino haciendo esta operación. Pero dudaba de que el señor aceptase porque no se imaginaba muy digna su figura en el carrito de ruedas, y él tirando de la bicicleta. Aparte de que en China eso era corriente pero en San Sebastián eran muy *so-*

morros (1) para cosas que se salieran de lo ordinario. Su padre, una vez, tuvo una bicicleta francesa, una Peugeot, pero ya no la tenía, y no le explicaba por qué.

Para estar al día en lo relativo a modas y personas, la señora Asun compraba todos los domingos alguna revista ilustrada. A Planicio le interesaban menos que los libros de don Román, pero también las leía mientras esperaba las instrucciones precisas del mandado, que solían ser muy complicadas, porque la titular discutía mucho con sus sobrinas sobre si primero debía ir a un sitio y luego a otro, o cuál de los envíos era más urgente. También notaba Planicio que la cosa se había puesto más difícil para su patrona; el trabajo escaseaba y suspiraba por la llegada del verano, con su secuela de clientela elegante. Lo notaba en que le requerían menos veces, y cuando sucedía era para que hiciera varios recados a la vez y con combinaciones que no precisaran coger el tranvía.

—Te vas por la Avenida —le explicaba— y allí dejas el paquete de Ganchegui. Luego te vas al Buen Pastor y allí dejas el corsé de la señora de Goitia. Luego...

Y seguía explicándole cómo podía hacer divinamente un recorrido de varios kilómetros sin necesidad de tomar el tranvía. Planicio asentía porque en ningún caso había pensado en tomarlo, pero se daba cuenta que se quedaba sin los cuarenta céntimos del recorrido de ida y vuelta. La recomendación final de la señora solía ser la misma.

—¡Espabílate con las propinas!

Ya procuraba Planicio, pero sin demasiado éxito porque no era capaz de quedarse quieto, esperando, hasta que le dieran la propina o con la puerta en la

(1) *Somorros*: cazurro, retraído.

nariz. La señora Asun había endurecido tanto su postura en el tema de las medidas necesarias para recibir propina, que, en ocasiones, cuando volvía de vacío, decía que sí, que ya le habían dado, para no oír una vez más que así no iba a llegar a nada en la vida. Desde muy pequeño le preconizaron a Planicio diversas gentes que no llegaría a nada por no tener las condiciones necesarias para llegar a algo. Por eso él, de siempre, estuvo resignado.

La consecuencia es que muchos días de aquella primavera tan hermosa, llegaba a la noche sin una peseta en el bolsillo y tenía que esperar el regreso de *aita* a ver si a él le había quedado algo. Con el dinero de *aita* no se sabía nunca muy bien lo que iba a pasar, aunque estaba claro que lo que pasara estaba relacionado con el frontón Gros. Últimamente, Pachi había hecho amistad con el novio de una pelotari que le daba información segura de lo que iba a ocurrir. El Cimarrón cogía unos enfados terribles porque nunca ocurría, pero el novio le daba explicaciones razonables del por qué del desvío de la quiniela, y Pachi volvía a admitir sus consejos. Alguna vez resultaba el pronóstico y entonces lo tenía que celebrar y corresponder, de modo que *aita* llegaba a casa muy tarde, o no llegaba, o llegaba sin una peseta, y Planicio se acostaba sin cenar. Pero cuando la tenía se la daba a su hijo, y éste salía corriendo a la calle a ver lo que podía comprar. Eran horas en que todas las tiendas estaban ya cerradas y se tenía que ir hasta el puerto con la esperanza de que a una estraperlista que vendía chuscos de pan de los soldados le quedara alguno. Cuando la vieja le decía:

—No me queda ninguno. Pero ¿cómo vienes a estas horas?

Planicio no sabía qué contestar y a lo más insistía:

—¿Y no le queda otra cosa?

Pero ¿qué cosa iba a quedarle a aqúella hora? Pachi comprendía la postura de la vieja y a él le daba vergüenza su insistencia, pero tenía un hambre feroz.

A veces pensaba que podían ser recelos, porque ya le explicó don Román que había una ley con pena de muerte para los estraperlistas. Puede que la vieja mientras le vendía un chusco se estuviera jugando la vida, y quizá él mismo mientras se lo comía, aunque no era lógico. En esas circunstancias y en pleno crecimiento, el pan le parecía la cosa más deseable del mundo y no comprendía cómo hubo un tiempo en que en cualquier panadería, por diez céntimos, daban un pan bastante grande, y él no lo había aprovechado para comprar muchísimos. Ahora mismo, solía decir a su padre:

—*Aita,* cuando cobremos tenemos que comprar comida y tener en casa.

Él quería decir tener en casa alguna clase de comida para cuando se le producían esas hambres terribles. Por ejemplo, le habían dicho que en Rentería había una fábrica de galletas que vendía las rotas y malformadas —pero que sabían lo mismo— a peseta el kilo; debían comprar cinco kilos, meterlas en una caja de hojalata para que no se ablandaran, y usarlas sólo en caso de necesidad. El disponer de una caja grande con cinco kilos de galletas tenía que darle a uno seguridad en la vida. Y en cuanto llegara el verano se cuidaría —eso gratis— de almacenar manzanas, colocándolas bien extendidas sobre los vasares de la cocina ya que, aunque con el tiempo se arrugaban, servían. No dudaba de que con una dieta de galletas, manzanas y agua se podía resistir bastante, y ahí estaba para demostrarlo el caso de los «Robinsones Suizos». Esto también le consolaba mucho; el que todos los aventureros de las novelas que le prestaba don Román pasaran grandísima necesidad y con poco se arreglaban. A veces pensaba que investigando en el monte Ulía podía encontrar el «árbol del pan» que de tantas situaciones extremas salvó a los héroes de Salgari. De momento, lo más práctico era comprar los cinco kilos de galletas en la fábrica de Rentería. *Aita* estaba de acuerdo, pero nunca lo hacían porque el asunto del dinero era muy confuso. Planicio, con la nueva disciplina de la señora Asun y su insistencia en que se espabilase con las propinas no lograba un promedio ni de dos pesetas diarias. En cuanto a su padre, cuando cobraba no era el momento oportuno. O, más exactamente, cuando *aita* cobraba él no solía verle, y cuando le veía ya era tarde y se enfadaba:

—Pero ¿a ti quién te ha dicho que venden el kilo de galletas a peseta?

Se lo había dicho Francisca, la portera, que de joven trabajó en aquella fábrica y la conocía muy bien.

—¿Y te vas a fiar de lo que dice esa *sinsorga*?

Planicio le insistía que sí, que se fiaba, y le recordaba que Francisca trabajó de joven en la fábrica. Entonces el padre le interrumpía sarcástico:

—Entonces sería en el siglo pasado. Y desde entonces han cambiado mucho las cosas.

Como este tipo de bromas no las entendía el chico, le daba otros argumentos.

—Además, te vas a gastar en el tranvía más de lo que cuestan las galletas.

De todos modos Planicio no desistía de la idea de informarse muy bien de dónde estaba la fábrica, y aunque fuera andando —Rentería estaría a unos siete kilómetros de San Sebastián—, ir a proveerse.

En una de las revistas ilustradas de las que compraba la señora Asun, vio Planicio una fotografía muy sugerente: dos hombres que parecían carteros, pero que resultaron ser taxi-humanos, posaban junto a un tándem, es decir, bicicleta doble, que tiraba de una cabina capaz para dos personas, de apariencia ligera y muy semejante a la carrocería de un automóvil pequeño. El pie de foto indicaba que se trataba del «taxiciclo», vehículo de alquiler de tracción humana, que había comenzado a funcionar en Valencia. Efectivamente, en la portezuela de la cabina se podía distinguir la leyenda: «Taxi-ciclo N.º 1. Valencia.» El comentarista opinaba que pronto se popularizaría el citado vehículo ya que las previsiones sobre suministro de gasolina a la Península eran cada vez más pesimistas. De paso, insinuaba que la carencia de carburantes obedecía a la postura de alguna nación que se decía civilizada —pero que no lo era antes de que la descubriera España—, y sin embargo no nos podía perdonar la reciente derrota infligida al comunismo. Claro que a España, mientras tuviera hombres con riñones y con piernas suficientes como para tirar del taxi-ciclo, no le preocuaba el cerco internacional a que nos querían someter los que no nos podían perdonar lo que todos sabíamos.

Este matiz político no lo entendió muy bien Planicio, pero sí la posibilidad de que su padre y él tirasen de aquel carrito montados airosamente en el tándem y dentro de la carlinga don Román. O sea, que una vez más el grabado de Julio Verne había resultado una premonición de lo que científicamente ocurriría en el siglo XX. Porque el «taxi-ciclo» tenía características de seriedad. La carlinga iba pintada en negro, con techo, ventanillas con cristales practicables y guardabarros en las ruedas. La bicicleta-tándem, con doble juego de pedales, garantizaba una velocidad razonable. Pensó que para *aita* —que había sido capaz de llevar en triunfo a la trainera de Fuenterrabía a través de tres millas de mar arbolada— el tirar de aquel vehículo ligero y aerodinámico sería cosa de poca importancia. Él, que estaba acostumbrado a correr mucho, también sería una buena ayuda.

Consideró en recortar la fotografía a escondidas, pero no se atrevió y pidió permiso a la señora Asun. Le dio mucha vergüenza, pero no quedaba más remedio. La patrona dudó porque una revista ilustrada, entonces, era algo estimable, que tenía que durar y leer mucha gente, e intercambiar con las que compraban otras amigas. Miró el reverso a ver si traía algo importante y al fin dio la conformidad cuando Planicio le dijo que era para enseñarla a don Román. También se la enseñaría a su padre, pero primero al señor, porque su padre era escéptico para casi todo, menos para el juego, respecto del que sabía que tenía que haber un sistema para ganar más veces que perder, aunque todavía no hubiera dado con él.

La fotografía cada vez resultaba más atrayente. A los dos hombres con aspecto de cartero —gorra de plato muy ancha— se los notaba orgullosos mirando a la cámara, con seguridad. El de la parte delantera se agarraba al manillar de la bicicleta y tenía el pie derecho sobre el pedal, en posición de arranque, al estilo del chico de la tienda de ultramarinos. Llevaba bigotito. El de atrás, más posado, al pie de la bicicleta, colocaba su mano izquierda sobre el sillín. Tenía la cabeza muy erguida. Los curiosos, en la calle, habían despejado la zona de enfoque de la cámara, y miraban con respeto.

Planicio pensó que lo lógico era que su padre fuese delante, conduciendo, ya que sabía (antes de la guerra tuvo una bicicleta francesa —una Peugeot—), y él detrás, pero tirando fuerte. Si en la carlinga cabían dos personas, como indicaba el reportaje, también podría ir la señorita Menchu, aunque dudaba, porque no veía espacio suficiente teniendo en cuenta que don Román estaba muy gordo. El detalle no tenía demasiada importancia porque la cosa estaba pensada para este último, que así podría hacer excursiones estupendas. Había zonas de la ciudad —la playa de la Concha, Ondarreta, el ensanche de Amara, el puente de Hierro— de las que hablaban, pero a las que no podían soñar en llegar con el actual carrito de don Román, por distantes. Algunas veces, el señor le contaba a Planicio cosas de un caserío en Martutene, a orillas del río, que tenía un pequeño embarcadero, donde él —don Román— con otros niños corrían aventuras similares a las de Huckleberry Finn en el Mississippi. También le contaba sucedidos en Usurbil y en Hernani, siempre cerca de ríos, con pozas cristalinas y transparentes —era a principio de siglo—, y prados de hierba recién cortados. Don Román no hablaba mucho, pero Planicio le escuchaba con gran atención, se lo imaginaba muy bien y hasta sentía el aroma dulce de aquellos prados recién segados, que debían de ser distintos a los que él conocía. Planicio no se atrevía a aclararlo, pero por la forma de contarlo, era evidente que en aquellos años el señor era un niño que podía correr como los demás, aunque él no se lo podía imaginar. En Navidad iban a Astigarraga a coger muérdago para adornar la casa y porque decían los ingleses que si se encontraba a una chica debajo de un ramo de esa planta se la podía besar.

—Pero eso no puede ser verdad —le interrumpía Pachi, el Cimarrón.

Don Román le aclaraba que eso contaban chicos de Bilbao, hijos de navieros, que habían estudiado en Inglaterra.

—¡Bah! —decía el Gallego—. Los bilbaínos son peores todavía que los *maquetos* (1).

Estas cosas las decía Pachi por decir, ya que la cuestión de las regiones le traía sin cuidado, y él era gallego, que según los vascos era lo último que se podía ser —¡Gallego el último!—, aunque desde que su tocayo y paisano, el del Pardo, ganó la guerra, ese tipo de gritos se cuidaban un poco más. De todos modos, aun siendo gallego, reconocía que los bilbaínos eran especiales y siempre tenían que decir cosas raras para presumir. Para besar a una chica había que aprovechar circunstancias especiales —principalmente la oscuridad—, y lo del ramito de muérdago era una *sinsorgada* muy propia de los bilbaínos.

Pero lo que estaba claro en la cabeza de Planicio es que aquellos lugares —Martutene, Hernani, Usurbil, Astigarraga...— con sus ríos, sus meandros, sus plantaciones de maíz, sus prados suaves y ondulados, que olían especial, existían —aunque él no los conocía porque *aita* nunca estuvo interesado en excursiones— y con el taxi-ciclo se podría llegar fácilmente a ellos porque no distaban más de veinte kilómetros de San Sebastián y el reportaje decía que se conseguían «holgadamente» medias de veinte kilómetros a la hora en terrenos «suavemente accidentados». En llano, más. Era lógico suponer que el señor se alegraría mucho de volver a

(1) *Maquetos*: expresión despectiva en las Vascongadas para madrileños y castellanos en general.

verlos porque cuando hablaba de ellos se le notaba transformado por la ilusión.

Por otra parte, a Planicio le atraía enormemente la idea de circular por las calles de San Sebastián —casi sin tráfico entonces— de aquella guisa. No veía claro lo de la gorra de plato —no por él, que le encantaba, sino por su padre—, pero pensó que no era esencial y que podían ir los dos —*aita* y él— con boina. Unas boinas grandes, bien alisadas por la parte delantera, formando visera. Decididamente no interesaba que fuera también la señorita Menchu porque se imaginaba a don Román muy digno, cómodo, y con buena visibilidad, supuesto que fuera solo en la carlinga, y en cambio, encogido y un poco ridículo, caso de que la compartiera con su hermana. Otro tema dudoso era que pudiera subir cuestas aunque el reportaje admitía una tolerancia de escalada, según porcentajes de pendiente que citaba, y que Planicio no entendía, pero que el sentido común le decía que no. Aquello era para ir por lo llano y en cuanto se empinase un poco no lo veía claro. Pero mirando con más detalle observó que la bicicleta de la foto llevaba cambio de velocidades y entonces se animó porque era de ensueño su eficacia, y un chico en el barrio —otro distinto del estudiante— la tenía así y se había subido el Jaizquíbel.

Por la tarde le participó el descubrimiento a don Román. La tarde estaba rara; no llovía, pero ramalazos de viento que venían del interior olían regular y admitían la posibilidad de un aguacero súbito, traidor, por la espalda, porque no venía de la mar, que era lo suyo. Entre calles don Román y Pachi fueron a refugiarse a los soportales de la plaza de Guipúzcoa. El ayudante de campo, al principio, cumplió su cometido y le paseó por el jardín de la plaza enseñándole los cisnes del estanque. También le acercó al puentecillo de madera sobre el arroyo artificial para que viera nadar las truchas, que en aquel ambiente resultaban un poco ajadas, soltando escamas como si fueran a quedarse desnudas. El señor y su ayudante estaban mustios porque aquello no era plan. En cuanto cayeron cuatro gotas y Pachi dijo que ya lo había advertido se refugiaron en los soportales. Al señor lo colocó contra la pared para que estuviera más protegido y se puso a otear por si pasaba algún conocido, que seguro que pasaría, para charlar. También miraba a las niñeras, que entonces las había con delantales blancos y trajes a cuadros. Algunas incluso llevaban cofias, o moños altos, recubiertos de encajes, pero ésas le interesaban menos porque solían ser viejas, aunque en cuestión de mujeres no se debía generalizar ya que las había maduras pero con buena base. En cambio, muchas jóvenes atraían por el frescor de la cara, pero luego, al fijarse, como los chicharros: sólo hueso. Don Román hacía tiempo que tenía decidido no mirar a las mujeres y se fijaba en los niños. Éstos también se fijaban en él. Se acercaban a su silla de ruedas y le miraban muy atentos, extrañados, pero a don Román no le molestaba porque era lógico que se interesasen por su situación. Les sonreía y a veces les hablaba, pero entonces, generalmente, echaban a correr.

Planicio atacó, como de costumbre, el paseo Nuevo por el puente del Kursaal, pero como no los divisara a la altura del segundo rompeolas, derivó hacia el interior sin perder el ritmo —¡plas, plas!— y en pocos minutos estaba en la plaza de Guipúzcoa. Casi no llovía, pero era lógico que se hubieran refugiado en los soportales. A la primera los encontró. Su padre se había encontrado con el conocido y hablaba. Don Román, *coitado*, daba sensación de indefensión solo contra la pared. La gente que pasaba le miraba pero apartándose un poco, como para no molestarle.

A *aita* le saludó ligero para no distraerle y entró en materia con don Román. Al señor el asunto del taxi-ciclo podía no interesarle, pero la explicación de Planicio sí, porque desde aquella mañana había perfilado muchos más detalles de lo que podían hacer con el vehículo. Pachi seguía la conversación con el conocido —que por supuesto era un lerdo—, pero de reojo atendía a lo otro ya que se daba cuenta de que era una *sinsorgada* y no comprendía cómo el señor hacía caso al chico y le preguntaba detalles al tiempo que le aclaraba dudas. Efectivamente, le confirmaba don Román, el camino a Martutene era casi llano y no habría ningún problema en llegar. Suponía que seguiría existiendo el mismo embarcadero y desde luego le ilusionaría volver a verlo. ¿Hernani? Nada, una pequeña cuesta al desviarse de la carretera general, pero seguro que tampoco habría problemas en subirla. Después, el gran temor de Planicio:

—¿Costará muy caro, don Román?

El señor no lo sabía, claro, pero todo era cuestión de enterarse. El señor sabía que nunca podría montar en el taxi-ciclo porque era imposible que su corpachón, cada vez más grueso, cada vez más torpe, pudiera introducirse por la diminuta puerta de la carlinga. Y aunque pudiera tampoco lo haría. O si pudiera quizá sí lo haría porque la ilusión del chico valía por toda una vida.

—¿Se lo decimos a *aita*?

—Mejor nos lo pensamos primero y sobre todo me informo de lo que cuesta y cómo lo podríamos comprar, ¿no te parece?

Es decir, que había que conspirar y llevar el asunto bien. Don Román ya no estaba solo y siguieron desgranando posibilidades, ajenos al movimiento de los soportales. Pachi, en cuanto vio que guardaban la fotografía, se desentendió del asunto y le dio tiempo a cambiar dos veces de conocido. Conocidos poco interesantes, pero con los que podía hacer comentarios sobre la anatomía de las niñeras, sin que le cortaran en seco, como hacía su señor. Alguno también le facilitaba información sobre posibles resultados en el Gros aquella tarde, aunque el Cimarrón cada vez estaba más convencido que era difícil un pronóstico sensato a base de mujeres jugando a la pelota, y que tenía que buscar la oportunidad de introducirse en el Urumea, donde los Salsamendi, con el remonte, habían convertido el juego en una ciencia.

Los primeros síntomas de la parálisis se le manifestaron a don Román en Madrid cuando preparaba la oposición a liquidador de Utilidades en una casa de huéspedes de la calle de la Montera. Convivía en la pensión un estudiante de medicina, que al mismo tiempo quería ser torero y llegó a obtener carnet de matador con el nombre de «Niño de los Caireles». Fue el que le llevó al Hospital General y el caso les interesó mucho, porque era rarísimo que sin ningún antecedente familiar se fuera a quedar paralítico. Entre otros le examinó don Gregorio Marañón, que empezaba a ser famoso. Admitió que, efectivamente, era raro máxime cuando no constaba que los padres del chico —entonces don Román era un chico— padecieran enfermedad venérea grave, pero resultaba evidente cómo iban a terminar aquellas dificultades musculares. Marañón le alentó en el sentido de que podía vivir muchos años; por ejemplo, cincuenta. Lo que no le aclaró es cómo los viviría.

Por ejemplo, cincuenta años ya habían pasado, por lo que llevaba tres de propina. Y, últimamente, una propina sustanciosa porque le ocurrían cosas como las del taxi-ciclo de Planicio que no iban a suceder —ya sabía que nunca más volvería al meandro que formaba el río al pasar por Martutene—, pero que eran ilusionantes. Planicio se interesaba por él de un modo distinto incluso al del doctor Marañón, que fue muy cariñoso y le dio buenos consejos sobre la que sería su gran enemigo: la obesidad. Don Gregorio le explicó que pensaba escribir un libro sobre el tema y, efectivamente, cuando publicó su ensayo titulado *Gordos y Flacos* en 1926, le mandó un ejemplar dedicado. Al fin y al cabo era un enfermo más, por muy raro que fuera su caso, y el detalle era de agradecer. Pero lo de Planicio era distinto a todo, y aunque decía que no, luego pensaba que sí y estaba dispuesto a montarse en el taxi-ciclo —quizá, de encargo, pudieran hacer la puerta de la carlinga más grande para que cupiera— por no quitar la ilusión al chico. Y sin embargo, por olfato, no se atrevía a comentarlo con su ayudante de campo porque seguro que derribaría aquellas ilusiones como un castillo de naipes.

El ayudante de campo era un hombre práctico que no estaría dispuesto a montarse en un tándem, pero que tenía ingeniosidades de aplicación inmediata. Fue notable cuando le demostró a don Román que no había el más mínimo problema en ir al cine. La primera vez fueron al teatro Trueba a ver la película *Raza,* casi por patriotismo, porque en el filme se contaba todo lo que había pasado en la guerra, y lo lógico que era que hubieran ganado los nacionales. Entre Planicio y Pachi salvaron —suspendiendo la silla— los escalones de entrada, y luego, aunque no hacía falta, un acomodador los ayudó a subir el carro hasta una platea, donde quedaron instalados los tres. El acomodador se interesó por el caso y les preparó la platea como si fuera una *suite* particular. Movió las sillas y buscó el ángulo adecuado para que el inválido pudiera ver la película sin tener que forzarse. Don Román le dio propina, pero estaba claro que el hombre los había ayudado por ilusión profesional. Planicio estaba en la gloria, porque las pocas veces que había ido al cine fue a «gallinero» y el tener un sillón para él solo era un sueño. En la película lloró mucho, sobre todo en una escena en que fusilaban a unos frailes, que eran todos unos santos, a la orilla del mar, y pensó que no le hubiera importado ser uno de ellos. Don Román también estaba emocionado y en alguna ocasión se tuvo que quitar las gafas disimuladamente. El Cimarrón, como siempre en este asunto de la guerra, no se quiso manifestar, pero admitió que la película estaba muy bien hecha. Había una escena, al principio, de una fragata con las velas al viento apartándose del muelle, que dijo que era de maravilla porque él, de chaval, recordaba aquellos barcos, y, efectivamente, eran así.

La experiencia se repitió. Además se dio la afortunada circunstancia de que en el cine Miramar —que les cogía de camino cuando iban al Paseo Nuevo—, uno de los acomodadores trabajaba por las mañanas como ordenanza en la Delegación de Hacienda, había sido subordinado de don Román y les daba todo género de facilidades. Sólo sacaban entrada para don Román, y el Gallego entraba como ayudante. Se preocupaba de reservarles una platea para ellos solos y de que nadie los molestara. Por supuesto cuando iba Planicio entraba en las mismas condiciones de no pago. Aunque era un poco mayor que él, se enamoró de Diana Durbin, que hacía una película que se llamaba *Loca por la música*, y que era lógico que lo estuviera porque cantaba como una diosa. Hasta *aita* condescendió en verla más de una vez porque realmente la chica aquella cantaba.

Cuando estaban los tres sentados en la platea, viendo cosas admirables en la pantalla, con personajes que hablaban en castellano sin que se les notase el doblaje —las últimas películas que viera don Román pertenecían al cine mudo—, el señor se daba cuenta de que aquellos últimos años estaban resultando los mejores. No dudaba de que eran los últimos porque don Gregorio había mencionado como posibilidad extrema los cincuenta y él ya los había rebasado. Además lo notaba; incluso se dejaba ayudar por Pachi a incorporarse del sillón del cuarto de estar, porque el esfuerzo para levantarse por su propio impulso se estaba convirtiendo en una angustia.

A Planicio le compraba un paquete de cacahuetes que es de lo poco que vendían en el «descanso» y el chaval se lo comía con verdadera voracidad, porque lo del hambre que pasaba no era corriente. De esto no se daba cuenta don Román porque si no algo hubiera hecho para remediarlo, aunque tampoco a ellos les sobraba. Un cuñado suyo, que seguía viviendo en Salvatierra, era maquilero y les mandaba harina, pero la señorita Menchu tenía gran cuidado en no dispendiar, porque todos decían que la cosecha venía muy mala y que el siguiente año todavía sería peor.

Continuaban haciendo sus incursiones —Pachi y él— por el barrio viejo descubriendo tabernitas donde hacían la merienda que también les servía de cena; a don Román para no engordar —aunque ya estaba un poco desalentado en ese aspecto, pese a los consejos de Marañón— y a Pachi por falta de medios. En ocasiones entraba en el frontón Gros justo con un duro, sin más posibilidad, por tanto, que de hacer una sola combinación a las quinielas, y así no había forma de experimentar un sistema razonable de ganar. También pasaba mucha hambre porque la cazuelita que tomaba con el señor tenía para él categoría de aperitivo, pero no le gustaba abusar. El señor le decía:

—Repita usted, Pachi, que es joven y puede.

A veces lo hacía, pero no siempre; veía que don Román, por la forma de sacar las monedas y de contarlas, tampoco tenía dinero que tirar. O mejor dicho, no quería malgastar por la preocupación de ahorrar para la señorita Menchu, para cuando él faltara.

Don Román tenía una hermana en Salvatierra (Álava), casada con el maquilero, y otro hermano en Bilbao. Los veía poco. Menchu, su compañía habitual, andaba lacia —por lo menos con él—, siempre muy enfadada con la criada y dispuesta a despedirla, y, sobre todo, enormemente preocupada con la munición de boca. Guardaba todos los suministros en una despensa bajo llave y ése era uno de los motivos de constante fricción con la sirvienta porque hasta para sacar la sal había que contar con la llave, que sólo tenía ella. La hermana de Salvatierra les mandaba harina y aceite por conductos secretos y la señorita Menchu los almacenaba con todo género de precauciones; pese a ello, en una ocasión se le enmoheció un saco de harina y no había manera de consolarla.

Cuando don Román regresaba a casa de sus excursiones, la señorita Menchu solía contarle cosas tristes. Mejor dicho, eran cosas ordinarias, pero narradas con tanta lamentación que resultaban tristes. Le preguntaba su hermana:

—¿Y tú cómo te encuentras?

Pero en un tono que don Román sacaba la impresión de que ella misma se estaba respondiendo: ¿cómo te vas a encontrar, *coitado*, si cada día te veo peor y esta misma mañana, para lograr sacarte del cuarto de baño, ha sido un triunfo?

—Muy bien. Me encuentro muy bien —respondía él, pese a todo.

—Sí, ¿eh? —decía la señorita Menchu con una duda tan grande que desazonaba—. ¿Y lo del estómago ya se te ha pasado?

—No, si ya te he dicho que sólo era un poco de ardor que en cuanto tomé el bicarbonato se me pasó. Ya sabes que el estómago lo tengo de hierro.

—Vaya, menos mal —decía la señorita en un suspiro.

Se entendía que, menos mal que el pobre tenía algo bien. Don Román no era suspicaz y agradecía que la gente —y en particular su hermana pequeña— se interesara tanto por su salud, que él comprendía que era de pena, pero que no iba a mejorar porque se lo estuvieran preguntando cada cinco minutos. Por eso se encontraba tan a gusto en la platea del cine Miramar, con los dos Lourido, padre e hijo, viendo *El prisionero de Zenda*, con Madeleine Carroll. El Gallego, en un aparte le decía:

—Eso sí que es una mujer, ¿eh, don Román?

El señor admitía, porque era evidente. Otras veces le corregía:

—Usted siempre está igual, Pachi. Parece que no piensa en otra cosa.

También Pachi le solía contar algún chiste verde, pero como no fuera muy fino, don Román le cortaba. Entre otras razones porque ese tipo de conversaciones le excitaban, ya que no sólo le funcionaba muy bien el estómago, sino también lo otro. A veces pensaba que le hubiera gustado que la atrofia hubiera empezado por el aparato digestivo y el reproductor. Pero Dios no lo había querido así. Se resignaba, y por eso decían que era un caballero cristiano.

En la platea se encontraba muy bien y cuando Ronald Colman se batía a espada con un sujeto desaprensivo que contra toda razón quería suplantar al rey, prefería mirar el rostro de Planicio, mejor que la pantalla, porque valía la pena. Y valían la pena aquellos años que estaba viviendo de propina, por los que daba gracias a Dios, pero sólo con el corazón, porque si lo expresaba le colgaban el sambenito.

La primavera fue de poca agua y se perfilaba otro verano de sequías y dificultades. Cayeron aguaceros, pero inoportunos, que, según los caseros, más estropeaban que otra cosa.

Una tarde, a principios del mes de junio, a la hora de costumbre, llegó Pachi en busca de don Román. Le cogió el chaparrón por el camino y entró en la casa empapado. La señorita se interesó por la mojadura.

—¡Cómo se ha puesto usted! ¿Tanto llueve?

—Llueve, llueve —asintió Pachi.

La chaqueta la tenía mojada, pero no se la podía quitar porque no era costumbre. La señorita Menchu le invitó a sentarse junto al brasero; lo tenían encendido, con carbón de encina, porque a don Román se le quedaban las extremidades frías. Pachi siempre permanecía de pie en la habitación del señor, pero aquel día se sentó.

—Mala se nos ha puesto la tarde, don Román.

—Así parece.

—Además, hace viento —continuó el Gallego.

Don Román estaba un poco triste, pero a gusto. Había aprendido a combinar ambas cosas. Estaba a gusto porque el calor del brasero le ayudaba a dormitar y le convenía, ya que cada vez dormía peor por las noches. Estaba a gusto porque desde aquel asiento en el mirador podía ver el mar y si pasaba un vaporcito suponía cosas interesantes que estarían ocurriendo a bordo —marineros moviéndose, gritando, blasfemando...—, camino del Gran Sol, donde todo era muy diferente, y en las noches de calma algún marinero tocaría el acordeón y los demás cantarían. En su casa no se cantaba nunca. Aquellos barcos —que en tres o cuatro minutos se perdían en el horizonte— recalaban en puertos exóticos donde ocurrían cosas que ni Pachi se atrevía a contarle, aunque él se las figuraba y le turbaban.

—Se habrá quedado usted frío con esa mojadura —se interesó la señorita Menchu—. ¿Tomará usted un licor? Además, en esta época del año, por menos de nada se coge un catarro.

Pachi aceptó porque no tenía ningún interés en acatarrarse. La palabra «licor» era sospechosa y su temor se confirmó cuando le sacó una botella sin etiquetar con un líquido que hacían unas monjas de Azpeitia, con hierbabuena y otro ingrediente que no querían decir. «Ni falta que hace», pensó Pachi mientras degustaba. Él tenía comprobado que la excelencia de los licores que hacían los frailes y monjas no pasaba de ser leyenda. Además, por cuestiones de virtud, tenían poca gradación y ni efecto surtían. Se lo bebió de un trago y comentó.

—Suave ya es.

La señorita Menchu lo consideró un elogio y añadió:

—Y muy bueno para hacer la digestión.

Ésa era otra de las leyendas de los licores conventuales. Parecía como si los frailes tuvieran grandes problemas digestivos y se hubieran especializado en buscar remedio con esos mejunjes que siempre tenían un ingrediente que mantenían secreto para ellos solos, y esto último le parecía muy poco cristiano. Aparte de que él lo único que necesitaba para hacer la digestión era comer, y concretamente aquel mediodía Planicio y él se habían despachado con unos boniatos asados, variedad ínfima de la batata, y por tanto no tenía ningún problema digestivo.

Don Román se encontraba a gusto, porque le encantó que su hermana invitara a sentarse a Pachi. Si no, en aquella tarde tan mustia, oyendo en el fondo de la casa regañar a la señorita Menchu con la criada, se hubiera sentido muy solo. A media tarde su hermana le habría servido un té, pero muy ligerito porque no le convenía cargado, con sacarina porque el azúcar engordaba, y sin leche por la misma razón. Era patente que en aquella tarde de poca agua, pero de viento racheado, no podían salir. En otras ocasiones que ocurrió lo mismo —no demasiadas afortunadamente—, Pachi, después de dar su pronóstico meteorológico, se había despedido hasta el día siguiente; sin llegar a sentarse porque en definitiva era un criado, aunque luego en la calle fueran amigos. Pero aquel día la señorita Menchu le había invitado a sentarse e incluso le ofreció una copa de hierbabuena, aunque por aficiones ya sabía don Román que no iba a gustarle a su ayudante de campo.

En cambio, a él sí le gustaba aquel dulcecito empalagoso con sabor a bombón de licor, pero no le ofreció. Ya estaba acostumbrado.

También le gustaría que fuera Planicio a sentarse con ellos en la mesa camilla, pero sabía que no sería así. El chico, a media tarde, cuando hubiera terminado el último mandado de la señora Asun, atacaría el Paseo Nuevo por el principio, y visto el tiempo derivaría a los arcos de la plaza de Guipúzcoa, y al no encontrarlos se iría solo al sobreático de Miracruz, 10-B.

—Oiga, Pachi —se interesó el señor—, Planicio no tiene amigos de su edad, ¿no es así?

El interpelado se quedó un momento callado y luego dijo:

—Como tiene que trabajar, no le queda mucho tiempo para amigos.

—¡Pobrecito! —dijo la señorita Menchu con acento compungido, pero poco convincente.

—Ya tiene un amigo —la consoló Pachi—, Ramoncho, y andan por ahí juntos —pensó un poco más y añadió—: En verano tiene más. Juega muy bien a la pelota, pero —y esto lo dijo con acento preocupado— se preocupa poco por ganar.

El señor se puso serio:

—Pachi, el año que viene tenemos que preocuparnos de que el chico siga sus estudios.

El Gallego asintió aunque no comprendía a qué tipo de estudios se refería, porque Planicio leía de maravilla —incluso del revés y de costado— y sumaba y restaba sin dificultades.

La señorita Menchu dijo que los jesuitas tenían unas clases nocturnas en los «Luises» para chicos que trabajaban, y que ella hablaría con el párroco para enterarse bien. Le parecía muy propio de una dama de la liga parroquial hacer una gestión de esa naturaleza.

—Yo creo que sería mejor que estudiara en el Instituto Peñaflorida. Podría hacer el bachillerato como libre.

Esto lo dijo don Román y a la señorita Menchu le sentó mal; era una salida propia de su hermano, que no se ponía en la realidad de la vida, que en este caso era que el hijo de aquel pobre hombre tuviera una instrucción primaria que le sirviera para aprender un oficio. La señorita Menchu deseaba ayudar a aquel pobre hombre, pero razonablemente. Aquel pobre hombre tenía buena pinta; quizá desentonaran sus manos, grandes y poderosas, un poco deformadas por el juego de la pelota. Desentonaban, pero no dejaban de ser atractivas. No solamente eran anchas, sino también largas, con los dedos nudosos, marcándose las venas sobre la piel todavía juvenil, con las uñas muy cortas, y mejor hubieran estado un poco más limpias. «¿Qué edad tiene?», le preguntó un día a su hermano. «Treinta y cinco años», le contestó éste. «Pues parece mayor», opinó la señorita Menchu. Pero entonces no se lo parecía. Tenía entradas en las sienes que no se le notarían tanto si no fuera por su manía de no quitarse la boina. Es decir, que tenía el rostro atezado de tantos años en la mar, pero en aquella parte se le blanqueaba la piel y se notaba la señal de la *chapela*.

—Pero ¿para qué quiere el bachillerato? —se encrespó la señorita Menchu.

—Es que tiene mucha facilidad para el estudio —se disculpó su hermano. Don Román tendía a disculparse con ella porque tenía la sensación de que era una carga y que si se estaba quedando soltera era por cuidarle a él.

—Pues también puede estudiar en los «Luises» —insistió la mujer.

Por supuesto que podía, pero a don Román le ilusionaba matricularlo en el Peñaflorida, que era el instituto oficial de enseñanza media, y él, en ratos libres, en muchas tardes de invierno que podían no ser soleadas y resultaban tan largas, le explicaría lo que no entendiera. O aunque lo entendiera todo, porque era muy listo, le ayudaría a estudiar. Lo pensaba porque cada vez sería más difícil mantener la salida de cada tarde. Lo notaba. Claro que el bachillerato duraba siete años, o sea que cuando terminase Planicio él tendría sesenta años y bien claro le dijo don Gregorio que llegar a cincuenta ya era un éxito. La sesentena ni la nombró. Pero podría ayudarle los primeros años, que serían los más difíciles.

—¿Usted qué opina? —le preguntó la señorita Menchu a Pachi.

—Yo lo que ustedes digan —respondió el Gallego sin comprometerse, porque veía que cada uno opinaba una cosa.

—Ya lo ves —le dijo la señorita Menchu a don Román.

Era evidente que su hermana quería tener razón, por lo menos en aquel momento, y por eso interpretaba así. Don Román calló y miró a la mar. Distinguió una lancha pequeña, de remero solitario, que por la posición y la hora iría a la pesca del chipirón con anzuelo. Estuvo un rato ensimismado. Luego le dijo a Pachi señalando la lancha:

—Ya le habrá costado a ése llegar hasta allí remando.

El Cimarrón calculó distancias y dictaminó:

—Milla y media. No más de una hora remando tranquilo.

—¿Usted cree? —se admiró la señorita Menchu.

Entonces Pachi le explicó la regata de septiembre de 1931, en la bahía de la Concha, él de proel, con la camiseta azul de Fuenterrabía, que por la parte de abajo se le tiñó de rojo, por la sangre.

Don Román ya se sabía la historia y desconectó; pensaba que Planicio, al no encontrarlos, se subiría solo a su desván a leer algún libro. Los leía muy de prisa, y a don Román se le estaban acabando las provisiones. Tendría que buscar en un cesto grande, de paja, que guardaba en el trastero del sótano, con libros que no le cabían en el piso. Por ejemplo, allí tenían que estar unos libros que se editaban en papel de periódico, sin pastas, que él encuadernaba por su cuenta; sin duda estaría el del caballero Enrique de Lagardère, que tenía una estocada secreta con la que resolvía muchísimos problemas; incluso, en una ocasión, llegó a mantener un duelo a muerte, sosteniendo en su brazo izquierdo a una niña de pecho, que luego resultó ser hija de su propio contrincante, que si mal no recordaba era el conde de Nevers, que también tenía otra estocada secreta, aunque no estaba seguro si era la misma que la de Enrique, que se la había copiado, o viceversa. En todo caso se trataba de una estocada que venía de familia y el que la conseguía gozaba de grandes seguridades durante el complicado reinado de Luis XIV de Francia. Planicio leía estos libros y luego los comentaba con mucho detalle. El chico se emocionaba tanto, que don Román tenía que recordarle que eran historietas de ficción y se veía que el muchacho hubiera preferido que fueran de verdad. Y él también. Claro que cuando le dijera a su hermana que, por favor, le subieran del sótano el cesto grande, le pondrían todo género de dificultades porque... ¿para qué demonios quería aquel cesto? Y él no se atrevería a decir la verdad. Además —le explicarían—, el cesto no cabía en el ascensor y el portero cada día estaba más antipático y menos amigo de hacer favores. Ítem más, la bombilla del sótano estaba fundida y con tanto trasto sería dificilísimo encontrarlo. Y, por último, había ratas, y la señorita Menchu tenía verdadero horror a la especie. Todo eso le dirían, seguro, pero él pensaba que a Planicio la historia del conde de Nevers y el caballero de Lagardère tenía que encantarle, y a él mismo le interesaba recordar quién era el verdadero titular de la estocada secreta.

Pachi, el Cimarrón, le contaba a la señorita Menchu que a las boyas llegaron emparejadas las traineras de Fuenterrabía, Orio y Pasajes de San Juan y que en este momento fue cuando ellos consiguieron despegarse un poco porque tomaron la ciaboga como Dios. La señorita Menchu se turbó un poco porque no era el tipo de expresiones que se usaban en aquella casa. Si don Román hubiera estado atento, le habría reprendido: «Pachi, por favor...» Pero no lo hizo porque seguía con el tema del cajón de mimbre.

Salieron, pues, de la ciaboga, con esa pequeña ventaja, pero la vuelta hacia la bahía fue todavía peor; había que aprovechar cada ola para ganar una décima de segundo. El patrón gritaba: *¡champa!*, y los remeros —él sobre todo, que iba de proel, marcando— cambiaban el ritmo, siete u ocho paladas cortas y rápidas, que colocaban a la trainera sobre la cresta de la ola para precipitarla cuesta abajo. Esa sensación se tenía. Pero aquellas paladas suplementarias terminaban de romper a uno. Al cruzar la «barra» —entre las isla de Santa Clara y el Puerto—, el oleaje era especial y una ola de través le entró por estribor a la trainera de Pasajes de San Juan y los *pasaitarras* se fueron al carajo. Fue una gran satisfacción porque las camisetas amarillas de Orio andaban también con problemas de achique de agua, de modo que entraron los primeros en la meta entre el estruendo de todos los pesqueros de Fuenterrabía, que se volvían locos haciendo sonar las sirenas. Era la primera vez que conseguían la bandera después de cinco años de humillaciones, y, él, Pachi el Gallego, de proel. Cuando bajaron a puerto notó que la sangre le corría por las piernas porque —y se levantó para señalar a la señorita Menchu la rabadilla— se le había hecho una brecha de clavarla contra el filo del barco.

La señorita también se turbó un poco porque señalada un sitio desusado, pero los ojos le brillaban y preguntó:

—Pero ¿es que no iban ustedes sentados en el banco?

No, por Dios, imposible. Había que encajar el cuerpo de la siguiente manera: los pies firmes contra el asiento delantero, y las rodillas curvadas para que encajase también la rabadilla contra el propio asiento, de manera que en la extensión de piernas, cintura y torso, se conseguía el impulso que comunicaba con la pala del remo, a la que no había que perder de vista para que se introdujese lo justo. No más de diez centímetros. Eso cuando la mar estaba bien. Cuando estaba alborotada había que atinar a meter bien. Es decir, que sólo iban sentados cuando iban suave en plan de calentamiento. Por eso se les formaba también callo en salva sea la parte.

—Oiga, Pachi —le interrumpió don Román—. ¿Me querría usted hacer un favor?

—Lo que usted me mande, don Román.

—Mire, es que tengo en el trastero del sótano un cajón de mimbre que me hace falta y quizá pudiera usted subírmelo.

La reacción de la señorita Menchu fue conforme a lo previsto:

¿Para qué quería aquel cajón?

Respuesta: necesitaba unos libros que había dentro.

Pero ¿qué clase de libros podía haber en un cajón que llevaba allí más de diez años sin tocar?

Unos libros de cuando él preparó la oposición a liquidador de Utilidades y que necesitaba para sus alumnos de la mañana. (Aunque no tenía costumbre, esta mentira le salió muy natural a don Román.)

—¿Y precisamente los necesitas ahora?

—Más que nada —arguyó don Román—, por aprovechar que está aquí Pachi, que es hombre de grandes fuerzas y podrá subirlo con ayuda del portero.

—¿De ése? —replicó la señorita Menchu con seis meses de desprecio acumulados en la voz. Los mismos que llevaban enfadados desde que el portero dejó de prestar servicio a don Román y les dijo una inconveniencia de la que su hermano ya no se acordaba, pero ella sí.

—¿Es muy grande? —se interesó Pachi.

—¿El qué? ¿El cajón? —se preguntó y respondió la señorita Menchu—: Enorme.

Es decir, no es que fuera grande, es que era enorme; y por supuesto que no contara con la ayuda del portero, entre otras razones porque no estaría, porque nunca estaba cuando debía estar. Pues bien, el tema le interesó a Pachi, que se sentía conquistador, y dijo:

—Quizá pueda subirlo yo solo.

A don Román le entró un poco de preocupación pensando en el lumbago de su ayudante de campo y estuvo a punto de desistir. Su hermana había puesto morrete y para qué seguir. Ni siquiera podía asegurar que estuviera en el cajón *El jorobado de Lagardère*. Se hizo un silencio que rompió el Cimarrón:

—En todo caso, podemos probar. Por probar no se pierde nada.

—Además —insistió la señorita Menchu—, no hay luz.

—Bueno, eso con una vela nos arreglamos —dijo Pachi.

Así, en plural; o sea que se tenían que arreglar él con el cajón y la señorita Menchu sosteniendo la vela. Don Román dijo:

—Puede bajar la muchacha para ayudar a Pachi.

Lo decía por dispensar del trabajo a su hermana, pero a ésta le sentó mal:

—¿Ésa? Ésa nunca sabe dónde está nada. Como para encontrar el cesto en aquel batiburrillo.

—Bueno, bueno, pues lo dejamos.

Pero resultó que no dejaron la aventura del cesto porque aquella tarde la señorita Menchu estaba dispuesta a sacrificarse. Se arregló un poco porque una señorita, aunque sólo se tratara de bajar un piso, no podía andar por la escalera lo mismo que por casa. No le costó encontrar una vela con su palmatoria porque, a causa de las restricciones eléctricas, siempre las tenían a mano. Al salir, Pachi tomó la boina, pero la conservó en la mano sin ponérsela. En el portal, la señorita Menchu encontró cierta satisfacción en confirmar sus previsiones.

—¿Ve usted? Ya le dije que no estaría el portero.

De todos modos, para que no quedara duda, llamó en tono alto pero sin llegar a gritar:

—¡Paco! ¡Paco!

Paco no apareció y la señorita Menchu insistió:

—¿Lo ve usted?

Ese tipo de pesadez en mujer no le incomodaba a Pachi porque contaba con ella. En este aspecto todas eran más o menos igual de repetitivas, con un tipo de reiteración poco práctica. Generalmente, la previsión femenina, confirmada, de que los demás no hacían lo que debían, les producía gran satisfacción. Encendieron la vela para bajar la escalera del sótano, y la señorita Menchu con aquella luz tenue y vacilante no estaba nada mal. Él ya tenía comprobado que era mujer de buena planta y con una base poderosa que no se correspondía con la cara, deslucida no porque fuera fea sino porque se le había puesto aire de *neskasarra*. Lo de *neskasarra* se le notaba mucho más por un tipo de lamentaciones y suspiros común a todas las mujeres, pero que en solteras y viudas resaltaba más. Pachi, para esas cosas, era muy cínico y creía que era porque les faltaba el hombre.

El sótano olía a moho y a la señorita Menchu le daba miedo todo.

—Pero ¿vamos a abrir esa puerta? ¡Ay, Jesús!

«Ay Jesús te voy a dar yo a ti», pensó el Cimarrón mientras forcejeaba con la cerradura, enmohecida y roñosa; le costó muchísimo que el pestillo del cerrojo se moviera. Lo consiguió, pero la madera, dilatada por la humedad, impedía que la puerta se abriese.

—Siempre ocurre lo mismo en invierno, y mira que se lo hemos dicho veces al portero.

Luego repitió dos tipos de insistencia:

— que el portero no servía para nada,

— y que no comprendía para qué quería su hermano aquel cajón después de diez años.

La puerta estaba encajada de verdad y eso le satisfizo al Cimarrón porque con un simbolismo oscuro que se le movía por dentro, estaba deseando hacer un alarde delante de la señorita Menchu, que olía bien, o por lo menos con una clase de olor que a él le gustaba. Para colmo, ella le dijo:

—No va usted a poder.

—¿Que no? Ya verá.

Tomó impulso, proyectó bien sus muchos kilos contra el centro de la puerta, y al primer intento cedió, excepto la jamba inferior, que tuvo que rematar de un patadón. Se quedó a gusto. La señorita dijo:

—¡Por Dios, Pachi...!

«Por Dios, por la Patria y el Rey te voy a dar yo a ti.» Esto lo pensaba con mucha intención el Cimarrón, aunque seguía considerando que por muy propicia que estuviera la cosa, aquel asunto tenía que ser de enormes complicaciones.

—¿Habremos roto la puerta? —se inquietó ella.

—No creo que tenga mucho que romper. Está que da asco. Mire este entrepaño. —Y lo quitó de un manotazo. Luego lo volvió a colocar para que la señorita se quedara tranquila, porque la puerta era la de entrada general al sótano y temía que los demás vecinos protestaran.

—¿Y vamos a entrar ahí? —preguntó con un temor equívoco.

Por supuesto que iban a entrar. A eso habían bajado.

—Mire que como nos salga una rata...

—¿Cuál es el trastero de ustedes?

Estaba al fondo a la derecha, y tuvieron que recorrer todo el pasillo que tenía el suelo de cemento con humedades, que en algún punto llegaban a formar un pequeño charco. En el techo había telarañas.

—¡Qué asco, cómo está esto! Hacía tiempo que no bajaba. No creo que cueste tanto tenerlo un poco más limpio.

Lo malo de las mujeres era eso; por muy propicias que estuvieran se desconcertaban con cualquier tontería. Seguro que si intentaba tumbarla —cosa a la que no estaba muy decidido—, pondría muchísimos reparos por cuestiones de limpieza.

La puerta del trastero de los Aldaiz no ofreció dificultades. El interior presentaba mejor aspecto y estaba relativamente ordenado, aunque la señorita Menchu tuvo que decir:

—¡Por Dios, cómo está esto! ¡Qué desorden!

No demasiado, y la prueba es que en seguida encontraron el cesto de mimbre cuadrangular. Pachi tanteó y comprobó que pesaba como un demonio. No era muy grande, pero los libros pesaban mucho.

—¿Usted cree que podrá?

—Pesar ya pesa.

Lo abarcó con los brazos para tomarle la medida y pensó que si encontraba postura podría.

—Lo malo es sacarlo de aquí, porque no puedo agarrar por aquel lado.

—A ver si le ayudo —dijo la señorita Menchu y dejó la palmatoria, con la vela alumbrando, sobre una cómoda vieja.

En previsión había bajado un trapo para el polvo y comenzó a desempolvar. Pachi la miraba hacer. Era un poco rubia y le caía una guedeja sobre la frente. Con aquella luz no se le notaban descoloridos los labios y resultaban apetitosos. Cuando terminó de desempolvar, la señorita tuvo que hacer algunos movimientos que acentuaban formas, para lograr colocarse enfrente de Pachi al otro lado del cesto; le costó porque había muchos trastos por medio. Por eso tuvo que hacer ese tipo de movimientos y Pachi no le quitaba ojo.

—Bueno, ya estoy aquí —dijo la señorita—. Vamos a ver si somos capaces de levantarlo. A la de tres, ¿no?

—¿Cómo dice?

—Que decimos, una, dos y tres, y a la de tres levantamos los dos a la vez, ¿le parece?

Aunque *neskasarra,* tenía cositas de niña chica, no porque no fuera razonable lo del un, dos, tres, sino por la forma de decirlo.

—Vale —dijo Pachi—. ¡Un, dos, tres! ¡Aúpa!

Por la parte de la señorita Menchu se levantó un poco y por la de Pachi nada porque se le quedó el tirador en la mano. Los dos se rieron con enervante complicidad. El escepticismo de Pachi consistía en que nunca dio importancia a que fuera hijo de gallego, en un pueblo de vascos, porque a la hora de jugar a la pelota pocos podían con él; del mismo modo que en la trainera azul tuvieron que acabar poniéndole de proel, pese a que el hijo de puta del patrón le llamara gallego mierdoso, con erre de mierda. Esto le daba un equilibrio en la vida que se traducía en un desprecio por las palabras, que cuando no le gustaban procuraba que le entrasen por un oído y le saliesen por el otro. Ese escepticismo le hacía difícil de enamorar. Por supuesto no le interesaba, en absoluto, enamorarse de la señorita Menchu. Es más; no pensaba hacerlo aunque la sintiera dentro del cuarto oscuro neutralizando con cierto perfume el moho circundante. Un tipo de perfume distinto al que usaban las chicas de una casa de la calle de Zabaleta, a la que iba cuando no le quedaba más remedio. No es que el de la señorita Menchu le gustara ni más ni menos; sencillamente, que era diferente. Mujer dispuesta, le dijo:

—Mire usted, ahí detrás tiene una soga, la pasamos por debajo del cesto y entre los dos yo creo que lo sacamos de aquí.

Siempre entre los dos. Las dificultades que acertadamente previó la señorita Menchu momentos antes, en presencia de su hermano, se habían quedado chicas ante la realidad. Estaba resultando endemoniado conseguir que aquel cajón, que más que de mimbre parecía de hierro, se moviera una pulgada. Y, sin embargo, ni por un momento mencionó la señorita la palabra desistir. Para colocar la soga debajo del cesto hubo movimientos de aproximación entre ambos, e incluso contactos de manos, que en aquella oscuridad se notaban mucho más. Al final decidieron despejar de trastos el camino hasta la puerta y arrastrar el cajón. Pachi tiraba de la soga y ella empujaba por detrás. Pero empujaba bien, porque de esfuerzos físicos, Pachi, por lo poco que le gustaban, entendía. Era una mujer fuerte y a él siempre le gustaron las mujeres fuertes. Pensó que, pese a sus dengues, podía haber sido una excelente pelotari, como Chechu Larrañaga, la de Éibar. Cuando se encontraron en el pasillo, él dijo:

—Deje, deje.

Allí ya tenía sitio para maniobrar y estaba dispuesto a hacer el alarde, por si acaso. Por si acaso cambiaba de opinión sobre lo que podía ocurrir entre la señorita Menchu y él.

Colocó el cajón de pie, se puso la boina, pidiéndole previamente permiso a la señorita Menchu; pasó la soga por la única abrazadera válida, la anudó, se la colocó en la cabeza, protegida por la boina, se arrodilló, con sus dos manazas enganchó por debajo, y de un impulso se puso de pie. Hizo unos movimientos y el cesto cuadrangular quedó colocado sobre su espalda con el peso bien distribuido a lo largo de sus dos brazos y el punto de sustentación de la cabeza. La señorita seguía anhelante la operación y el pecho le subía y bajaba jadeante, porque ella también había hecho su esfuerzo. Una vez —cinco años antes— tuvo un pretendiente, que era profesor mercantil al servicio de Hacienda y que trabajaba a las órdenes de su hermano en la Delegación. Cuidado que éste le insistió y le demostró cuánto le convenía aquel hombre, pero ella no pudo. Usaba cuello duro y fumaba cigarrillos emboquillados que se hacía él mismo en una maquinilla. Era en tiempo de guerra, estaba militarizado en Intendencia, y cuando se ponía el uniforme resultaba todavía peor.

Pachi emprendió el camino con paso firme y la señorita Menchu delante, alumbrándole con la vela. En el portal, Paco el portero —cuya especialidad era estar cuando no hacía falta— les preguntó si necesitaban ayuda y la señorita Menchu le contestó que a buena hora. En cambio, Pachi le echó una sonrisa porque no tenía ningún interés en enemistarse con el portero.

La señorita Menchu entró triunfante en el piso. Don Román seguía contemplando melancólicamente el triángulo marino que permitía la disposición del mirador.

—¡Ahí lo tienes! —le dijo a su hermano. Luego añadió—: ¡Jesús!

Aquella tarde les preparó merienda, porque el esfuerzo había sido grande; ella se tomó un té bebido.

Al día siguiente la señorita Menchu estaba todavía más triunfante porque había despedido a la criada y eso le producía euforia.

—¡Qué se habrá creído ésa!

Es decir, llegaba un momento en que la criada —la que fuera— hacía ostentación de ser imprescindible, y en aquella casa, con los problemas de la invalidez del señor, todavía más. Y de repente se la despedía, ¡qué alivio!; allí no había pasado nada y todo seguía funcionando.

—¿Sabes lo que digo? —le explicaba a su hermano—, que es mejor que cojamos una interina. Hace su trabajo, cuando termina se va, no la tenemos encima día y noche, fisgándonos, y encima sale más barato.

Don Román no opinaba demasiado, pero se daba cuenta de que aquella bruja que acababan de despedir, a él le entendía bastante bien y por lo menos sabía manejarle con la silla de ruedas de un lado a otro de la casa. Y manejarle a él cada día iba a resultar más complicado.

Aquella tarde, don Román y su ayudante salieron a pasear como de costumbre. El día andaba entre nubes y bordearon el mar hacia el monte Ulía. Planicio se unió a ellos y el señor le dijo que ya había pedido información a Valencia sobre el taxi-ciclo. También le entregó *El Jorobado*, de Paul Féval (efectivamente estaba en el cesto), y aseguró que le gustaría. Para mayor fortuna, en el mismo tomo —encuadernado con pastas de cartón duras y lomo de tela, por un artesano de la calle del Pez, de Madrid, en 1930— había otras novelas interesantes: *Ivanhoe*, de Walter Scott; *El asalto al Correo de Lyon*, que no mencionaba autor porque era un «relato rigurosamente histórico»; *Fabiola*, del cardenal Wiseman; *La vida es sueño*, de Calderón de la Barca...

—Esta última —le advirtió don Román— no te gustará. Es para mayores.

También le solía advertir:

—Cuídamelos.

Se lo decía para que el chico los apreciara más. Éste le respondía:

—Descuide, don Román. —Y como prueba de su celo agarraba el libro con las dos manos y si llovía se lo guardaba debajo del jersey para que no se mojara.

Cuando regresaron a casa, la euforia de la señorita Menchu se difuminaba porque aquel piso era demasiado grande para atenderlo una mujer sola. Había hecho prospecciones en la vecindad sobre interinas de confianza y le dieron pocas referencias y desalentadoras. Lo de siempre: muchas pretensiones y pocas ganas de trabajar. Al día siguiente iría a la Parroquia con la esperanza de que conocieran alguna mujer necesitada, en posición inversa, es decir, con más ganas de trabajar que pretensiones.

De todos modos, tuvo una sonrisa para Pachi y le pidió algunos favores mientras solucionaba su problema de servicio: tenía que recoger de «La Burgalesa» el paquete que le mandaba todos los meses su cuñado, el maquilero de Salvatierra, ¿le importaría ir? De paso —le cogía de camino—, le rogó que le sacara dinero del Banco porque a ella, la mañana siguiente, le iría muy mal salir, entre otras razones porque la bruja, a la que no tuvo más remedio que despedir, le había dejado la casa hecha un verdadero asco. La habilidad de aquella mujer para esconder el polvo en los lugares más recónditos resultó sorprendente, y ella había estado ciega durante aquellos meses. Más que ciega, era muy confiada, y prueba de ello es que le dio a Pachi un cheque de trescientas pesetas de la cuenta que le abrió su hermano para los gastos de la casa. Pachi a todo dijo que sí y fue su perdición.

Por la mañana recogió el paquete de «La Burgalesa», lo sopesó y calculó que debía de ser harina, pero ni se le ocurrió abrirlo. Luego se fue al Banco —era la primera vez que entraba en un establecimiento de esa clase— y todo le pareció muy fácil. Entregó el talón en la ventanilla que le indicó el ordenanza y allí le dieron un cartoncito con un número. El empleado le dijo:

—Ahora llamarán su número y tiene que ir a la ventanilla que pone «Caja».

Efectivamente, a los pocos minutos así ocurrió. El cajero le preguntó:

—¿Cómo lo quiere?

—¿Cómo dice? —se extrañó Pachi.

—Que si lo quiere en billetes de ciento, o suelto.

Pachi no sabía qué sería más ventajoso y en la duda dijo que en billetes de a ciento. Le dieron tres muy nuevos, tan pegados uno a otro que no se notaba que fueran tres. Eran tiempos en que todo había que aprovecharlo, y los mismos billetes de Banco circulaban meses, quizá años, y acababan deteriorados, pegadas unas partes a otras con sindeticón y papel transparente, porque todo billete, con tal que se leyese la numeración, valía. El paquete lo dejó en el sobreático y él se fue al bar, porque la señorita Menchu no le urgió en lo del dinero.

El día estaba tonto, desapacible, pero sin llover de fundamento, de modo que los caseros estaban cada vez más sombríos. Con aquel tiempo no tendría mucha prisa el señor en salir a pasear, y le dio tiempo de pasarse por el frontón Urumea, después de comer, porque ya le habían advertido que jugaba Salsamendi III en una combinacion de partido fásil, fásil, para ganar dinero. El tercero de los Salsamendi iba a dejar chiquitos a todos sus hermanos porque la cesta de remonte formaba parte de su brazo; aquello era un látigo y ni Dios veía la pelota cuando salía disparada. Muy malo tenía que tener el día para perder un partido. Pero aquél lo tuvo.

Salsamendi III no sólo era elegante en la cancha, sino también en la calle. Vestía siempre de corbata y chaqueta, cosa insólita en un pelotari, y era sabido que las mujeres estaban locas por él. Gastaba ropa muy fina y, pese a su juventud, tenía unas entradas que amenazaban calvicie, pero que entonces le daban aire distinguido. Mediría con holgura el metro ochenta, pero andaba tan erguido que parecía más alto. El verano anterior aseguraron que una marquesa quería casarse con él, y aunque nadie sabía puntualizar de qué marquesa se trataba, a todos les parecía muy lógico que así fuera. No era nada creído y respondía a todos los que le saludaban por la calle. Entonces no había la costumbre de los autógrafos, pero a los niños que se le acercaban les hacía *sirris* (1).

Pachi estaba cada día más desilusionado con las señoritas pelotaris del Gros y no era la primera escapada que hacía a la «catedral», pero sin jugar; iba a galería y desde aquellas alturas los corredores no admitían apuestas. Claro que la iniciativa privada suplía, y un sujeto llamado *el Potro* se colocaba en un extremo de la delantera de galería y hacía las veces. Había «puntos» que decían que era preferible jugar en gale-

(1) *Sirri*: caricia.

ría, porque como *el Potro* trabajaba espontáneo, sin tener que pagar comisión a la casa, se salía mejor. *El Potro* tenía que tomar muchas precauciones y no admitía apuestas sin el dinero por delante. A su vez él no se lo guardaba, sino que lo ponía en montoncitos, sobre el banco, a la vista del público. Pachi puso veinte duros a colorado —el color de Salsamendi—, que salía favorito tres a uno. Entonces o nunca.

El partido se mantuvo igualado hasta la mitad, pero a partir de ese momento el compañero de Salsamendi empezó a fallar en todo. Era un chaval de Elgóibar, casi debutante, y le comieron los nervios. El público le chillaba y era peor todavía. Pachi ni rechistaba porque, pese a su proverbial cinismo, se daba cuenta de que iba a costarle salir de aquel apuro.

A pesar de todo quedó claro que Salsamendi era un maestro, pero no se le podían pedir milagros. Cuando terminó el partido estuvo caballeroso consolando a su compañero, pese a que le había tirado el partido, sin hacer caso del público, que seguía gritando al pobre chico.

Era evidente que la única forma de salir del apuro era probando suerte otra vez. El siguiente partido era de pala, y se jugó veinte duros azules, atendiendo a referencias de algún «punto» amigo. Tampoco hubo suerte. En los restantes partidos intentó otras combinaciones, y a las siete de la tarde abandonó el frontón con los últimos cinco duros en el bolsillo. No tuvo tiempo de jugárselos.

Segunda parte

La eclosión del verano

La eclosión del verano comenzó con el regreso de la casa condal a Miracruz, 10-B, el día 20 de junio, con un esplendor superior al del año 1933, en que un caballo del señor conde, importado de Francia y con jinete de aquel país, ganó en Lasarte el Gran Premio de la Villa de San Sebastián.

El esplendor consistió en varias cosas. Al fin, y como consecuencia de un decreto de 1939, por el que se acordó la devolución a sus dueños de coches requisados por el Ejército «siempre que se tratase de personas o entidades afectas al Movimiento Nacional», la señora condesa —gracias a la tenacidad de Jacinto— consiguió recuperar el Hispano-Suiza de carrocería amarilla y cubierta negra, que pese a los años transcurridos no había perdido línea. El automóvil hizo la guerra pacíficamente, al servicio de un general del Estado Mayor, y se hallaba en buenas condiciones. Mucho mejor que el promedio de los pocos que circulaban por las carreteras en aquellos años. Jacinto, en su celo, logró recuperar hasta el plumero de avestruz auténtico y volvió a refitolear por la calle de Miracruz.

Con Pachi y su hijo estuvo cariñosísimo, conservando su admiración por el atleta y su simpatía por el chico, pero se le notaba muy otro, en el sentido de que el administrador de la familia había delegado en Jacinto todo lo relativo al esplendor de la casa condal. Fue un año especialmente intenso para el señor administrador; todo el país iba muy mal y comían pan de *borona* (1), pero no tan mal porque parecía claro que en la guerra mundial España no entraba. Recuperó —o más bien clarificó— todas las acciones que pertenecían a esta casa condal en el Banco que fundó el primer señor conde, padre del difunto señor conde, con tanto acierto que desde entonces siempre hubo títulos nobiliarios para todos los descendientes, porque, aparte de su acierto financiero, el primer señor conde tenía entronques de sangre azul que afloraron cuando la consolidación del Banco permitió mantener la dignidad. Por parte de la señora condesa —que tenía un origen de fortuna más convencional—, el señor administrador revitalizó una mata de montes en Puente del Arzobispo, provincia de Toledo, que sólo se utilizaba de bellotar y pasto ovejuno, pero que valía la pena sembrar de cebada para hacer pan de centeno.

La distancia de posición entre el señor administrador y Jacinto era grande, pero el primero, que de joven fue zurupeto, no dejaba huecos a sus espaldas y menos a Jacinto, que como marica seguro que tendría muy mala idea. Las cosas iban bien y había para todos. Por eso delegó lo relativo al esplendor de la casa condal y sus secuelas económicas en el que fue *valet de chambre* del señor conde, que se resistía, por pura afición, a quitarse el chalequillo de rayas amarillas sobre fondo negro, aunque era evidente que ya no se le podía considerar como simple criado de la casa. La prueba es que, tras breve forcejeo, la vieja y sucia cocinera, la que hacía la merluza con salsa verde como si fuera engrudo con perejil, fue confinada —pese a su condición

(1) *Borona*: maíz.

de cocinera en tercera generación de la casa condal— en la alquería de Puente del Arzobispo. Sin rencor alguno; sólo por el bien de la casa.

A las veinticuatro horas de su llegada, Jacinto estaba perfectamente enterado del *affaire* de las trescientas pesetas que se jugó Pachi en el frontón Urumea, con tan mala fortuna.

—Pero ¿qué pretendías con eso?

Es decir, a Jacinto le parecía muy natural participar de los bienes ajenos —en su caso de los de la casa condal— con prudencia y prestando al mismo tiempo un servicio, pero no le cabía en la cabeza que un sujeto que de tonto no tenía un pelo se apropiara de trescientas pesetas para jugárselas al frontón. Pachi necesitaba ayudas y por eso dio explicaciones:

—Ganar.

—¿Cómo ganar?

—Ganar, ganando. Apostando a Salsamendi, que llevaba tres a uno a su favor, y por tanto, lo normal...

Era un tema que tenía muy maduro, y era capaz de explicar de una manera sugerente y convincente cómo lo normal era ganar apostando al frontón, siempre, claro está, que se hiciera con cabeza y un poco de suerte.

—A mí cabeza no me falta, pero últimamente me está fallando la suerte.

Jacinto opinaba justo lo contrario en el sentido de que demasiada suerte había tenido para las tontadas que había hecho con la cuestión del juego, empezando con la faenita del pasado verano en el frontón público de Atocha, de la que salió sólo con un ojo hinchado, cuando lo normal era que le hubiesen abierto la cabeza; siguiendo con la apropiación de las trescientas pesetas que sólo le costó el empleo, cuando de no ser por don

Román —que todo el mundo sabía que era un santo— hubiera terminado en la cárcel. Y sin olvidar lo del año 30 cuando apostó contra todo un pueblo, el suyo, el de Pasajes de San Pedro, porque sabía que su trainera —en la que él iba de proel— no tenía ninguna posibilidad de ganar. ¡Hacía falta valor!

Pero Jacinto tenía sus debilidades y una de ellas era Pachi el Cimarrón, sin que en ello tuviera nada que ver su desviacionismo; sencillamente que le caía bien, y su amistad —pese que a sus espaldas le llamaran gallego *tranposua*— siempre le había dado prestigio y aun protección. Cuando le hincharon el ojo en la taberna de Eguía tuvieron que participar tres, porque uno solo era impensable que pudiera con el Cimarrón.

—Tenemos que arreglar eso —le dijo.

—¿El qué?

—Lo de don Román. Hay que pensar cómo le devuelves el dinero.

—Difísil va a ser.

El gallego leyó en aquella mirada algo que admitía traducción. En las pupilas de Jacinto lucía un brillo de poderío, porque era un hombre que podía prestar trescientas pesetas, que en 1942 era muchísimo dinero. Podía prestarlas porque en un mundo convulsionado por la guerra, la casa condal se asentaba sobre la roca firme del Banco y de la mata de montes de Puente del Arzobispo. Y lo que era bueno para la casa condal, lo era también para él, que tomaba su partecita, pero correspondiendo. Últimamente, no sólo les hacía la manicura a las señoritas, sino también la ondulación permanente a base de los acreditados saquitos Solriza, producto íntegramente nacional. Lograba sacar bastante partido de los saquitos, porque las condesitas —que de cara no valían mucho— tenían un pelo muy agradecido, con el que conseguía peinados airosos, erguidos como diademas simbólicas de su nobleza. Quizá los *coiffeurs* franceses, por los que tanta admiración sentía, tuvieran que objetar por la mecanización del procedimiento, pero él no dejaba de ser un aficionado que aprendía el oficio sobre la marcha.

A pesar de que el gallego leyó en la mirada lo del posible préstamo de las trescientas pesetas, insistió:

—Difí*s*il va a ser.

Difícil porque por don Román la cosa pasaría, sobre todo mediando Planicio, pero la reacción de la señorita Menchu se produjo de manera intranquilizadora.

En el mes de junio la sequía, de puro escandalosa, atronaba. Los caseros ya no sabían cómo lamentarse. Si de la tronada salía un aguacero solía ser de pedrisco. Las manzanas del monte Ulía estaban entecas y golpeadas, todavía sin madurar, pero hasta el mismo Cimarrón se las tenía que comer porque desde que cesó como ayudante de campo de don Román sus recursos eran cero. En su caída arrastró a Planicio, que perdió su condición de recadero.

Lo único que seguían comprando cada día era la leche para Planicio. Al gallego le parecía que era lo menos que debía hacer un padre por su hijo, aunque él tuviera que volver a fumar de colillas. Planicio compraba una peseta de leche, que era el tercio de un litro. En las tiendas la leche costaba tres cincuenta el litro, pero la casera de los bigotes se la ponía al chico, como especial atención, a tres pesetas. Planicio comentaba el detalle, ilusionado; pero el padre, cínico, le decía:

—No me gusta que me hagan favores. Dile que te eche dos reales más de agua, y en paz.

El día que salió del Frontón Urumea con los cinco duros en el bolsillo se fue a la calle de Zabaleta, porque ya, total, por cinco duros daba lo mismo.

Cuando en la casa de don Román la duda fue realidad, se hizo un silencio precursor del fin del mundo. La señorita Menchu estaba pasando un día especial porque resultaba imposible atender la casa y el inválido ella sola. Encima su hermano no comprendía y le había dicho varias veces:

—Me gustaría afeitarme.

Cada mañana conseguía incorporarse en la cama agarrándose fuerte con las dos manos a la cabecera de metal reforzado, un poco más alta de lo corriente para facilitar el tirón. La criada le entraba una palangana con agua caliente y los útiles de afeitar. Se arreglaba bien con la maquinilla de seguridad y procuraba no darse cortes porque, aunque restañara la heridilla con papel de fumar, era probable que manchara el cuello de la camisa, y entonces la hermana pequeña le regañaba:

—No tienes cuidado.

O se ponía misericordiosa y era peor:

—Si te cuesta, yo puedo ayudarte.

Si te cuesta. Le costaba enormemente llegar al comienzo de cada nuevo día, y cuando ocurría —y eran ya muchos los días de los años que conseguía la hazaña— le costaba todavía más emprender la jornada. Procuraba alargar la sobremesa de la noche y para ello ponía gran atención en todo lo que le contaba su hermana. Generalmente versaba sobre lo mal que se portaban los otros hermanos, a los que ella había escrito y no había recibido respuesta; o la respuesta no aclaraba lo que ella les preguntaba; o el maquilero de Salvatierra anunciaba mala cosecha y posible reducción del envío de harina; o se confirmaban sus sospechas de que la cuñada de Bilbao era una sin fundamento que traía a su marido por la calle de la amargura. Claro que lo de éste era una verdadera vergüenza: hacía dos años que no iba a verlos y la última vez que lo hizo fue para pedirle un favor a él —a don Román—, que todavía era delegado de Hacienda, y entonces todos se preocupaban de bailarle el agua.

También le hablaba de sus amigas, y don Román seguía escuchando, porque no quería quedarse solo de noche, buscando postura en la cama, con la esperanza de encontrar una tan buena, que se dormiría en el acto. Pero el resultado era que se quedaba boca arriba, en una duermevela temerosa. Al principio, mientras la señorita Menchu y la criada seguían levantadas, velaba, sintiéndose acompañado por cada ruido de los últimos preparativos. Las dos mujeres estaban ya cansadas y no reñían. O no lo hacían por no molestar al señor, al que ya habían *colocado*. Así se lo decía, literalmente, la señorita a la muchacha:

—Vamos a colocar al señor.

Quería decir colocar al señor en la cama para que empezara su noche. Y ellas quedarse solas a puntualizar lo que ocurriría al día siguiente:

—¿Qué ponemos mañana de primero? —condescendía en consultar la señorita.

—Podemos poner alubias de Tolosa.

—¿Quedan?

—Sí, señorita.

Se hacía un momento de silencio, ilusionado para

don Román —ya en su postura irremediable de boca arriba—, porque las alubias rojas de Tolosa le gustaban mucho.

—Bueno, póngalas, pero sin tocino.

Esto último le sonaba mal, porque las alubias de Tolosa, sin tocino, tenían mucho menos interés. La muchacha era de la misma opinión y negociaba:

—Podemos poner un poco de tocino en el refrito.

La señorita decía que no, y, además, añadía:

—Y al señor páseselas en puré.

Y para que fuera más digestivo, a última hora lo aligeraría con agua caliente, de modo que cuando le pusieran el plato delante estaría tibio y soso; y cuando pidiera un poco de sal, su hermana pequeña le recordaría que el médico le había recomendado las comidas más bien sosas.

—¿Y de segundo qué ponemos?

Don Román se desinteresaba de la respuesta porque lo que fuera, sería a la plancha, muy hecho y sin grasa. Es decir, con todas las agravantes, según opinión de su ayudante de campo, al que perdió por trescientas pesetas, que en 1942 eran mucho dinero, pero no tanto como para perder a un amigo.

Se cerraban las puertas, sonaba el chirrido del cerrojo de la principal, y a pesar de todo la señorita Menchu preguntaría: «Malen, ¿ha echado usted la llave?» «Sí, señorita.» Y empezaba el silencio de la noche. Don Román entreveía resplandor de luz a través del quicio de la puerta, pero en seguida se apagaba. Pared por medio dormía la señorita Menchu, crujía un poco la cama de muelles al acostarse, y un último suspiro:

—¡Ay, Dios mío!

La señorita Menchu era muy aficionada a suspirar,

implorando. El silencio era ya irremediable y la posibilidad de que aquella noche terminara y llegase la luz del nuevo día se le ofrecía como una posibilidad remota. A veces sonaba la cisterna incontrolada del retrete del piso superior, durante toda la noche, y era un ruido que en ocasiones le acompañaba y en otras le irritaba, pero daba lo mismo, porque no podía hacer nada por evitarlo.

—Si necesitas algo, me avisas —le decía cada noche su hermana al terminar de *colocarle*. Pero nunca lo hizo. Lo haría cuando le tocara morir, que no dudaba sería por la noche. Es más, prefería que fuera por la noche y sin molestar demasiado. Suponía que sería de un ahogo cuando el último músculo fatigado no pudiera ayudar a sus pulmones. De noche, en un sueño, casi inadvertido, con el tiempo justo para decir, Dios mío, o, Señor mío Jesucristo, Dios y hombre verdadero.

Un día le preguntó al médico:

—¿De qué voy a morir yo?

El médico estaba encantado con él, porque era un enfermo edificante que daba toda clase de facilidades. Toda clase de facilidades para no tener que andar dándole siempre respuestas periféricas, y que no quería saber de su enfermedad más que el mismo médico, que sólo sabía que los músculos se atrofiaban cada vez más, pero no el porqué.

—¿Morir? ¿Quién habla de morir?

Él, don Román Aldaiz hablaba de morir porque era un tema en el que estaba interesado.

—Pero si usted nos puede enterrar a todos nosotros...

Y a continuación le detalló una vez más lo que tenía que hacer —ejercicios musculares, mucho tomar el aire, supresión en las comidas de grasas animales, féculas, embutidos, conservas...— para enterrarlos a todos ellos. Como no le resultaba demasiado interesante esa función enterradora, don Román le insistió:

—De acuerdo, doctor, pero como algún día todos tenemos que morir, le pregunto si usted pudiera anticiparme algo dadas las peculiaridades de mi enfermedad.

El médico se quedó unos momentos pensativo, adoptó un aire festivo, y como el que da una buena noticia le dijo:

—Puede que de un paro cardiaco, ¿qué le parece?

Bien, le parecía bien. Por su cuenta interpretó que sería un ahogo el que provocaría el paro cardiaco. En cualquier caso, con nocturnidad.

La llegada del día, las primeras luces filtrándose por las rendijas de la persiana, eran un alivio tan grande que se dormía. Justo se dormía cuando entraban a despertarle, o se lo parecía. Y en esos momentos tenía la sensación de que la sociedad entera esperaba de él que llevara una vida normal —levantarse, trabajar, entrar, salir— y que incluso en el afeitado pusiera el cuidado suficiente para no darse cortes que enrojecían el cuello de la camisa. Pasar del día a la noche, de la noche al día, del sueño a la vida, suponía tanto esfuerzo para sus estropajosos músculos que le parecía ideal que la beatitud del Cielo consistiera en la contemplación estática de Dios. Algunas noches se decía: «Ahora, ya, me desprendo de este cuerpo averiado y pienso que estamos solos los dos. *Él* me mira y yo le miro.» En los primeros años de su enfermedad, que todavía se arreglaba peor en la soledad de la cama, le parecía su situación lo suficientemente penosa para que se le compensara con alguna visión. Con el tiempo se hizo más resignado y comprendía que con aquel ruido de fondo, de cisterna, era muy difícil conseguir el éxtasis. Pero en compensación solía acceder a una situación de bienestar que le transportaba al sueño (el no ser) tan deseado; a tal extremo que en ocasiones le producía remordimientos de conciencia.

—Me acuso —le decía al señor cura párroco en la confesión— que cuando me pongo a pensar muy profundo en Dios, me duermo.

El señor cura pensaba que aquel caballerazo tenía, en ocasiones, cosas de niño pequeño y ganas le entraban de preguntarle si soñaba con los angelitos.

Ésa era otra; que no soñaba precisamente con los angelitos, sino con una mujer hermosísima —no siempre la misma, pero de parecidas características—, con la que iniciaba contactos lejanísimos y muy suaves, que terminaban de aquella manera que luego era tan difícil de explicar en la confesión.

—¿Ha consentido usted?

—Yo creo que no, porque estaba dormido.

—Pues entonces ni siquiera es necesario que lo cuente en la confesión.

Creía que estaba dormido, pero al producirse se despertaba y durante un tiempo se quedaba embargado de un suave sopor, pensando que si así era en sueños, en la realidad todavía sería mejor. Luego, durante el día, tenía que luchar contra el recuerdo que reverdecía al paso de formas femeninas. En la explanada del Kursaal había una niñera de busto poderosísimo que le saludaba cariñosa:

—Buenas tardes, don Román.

Él le respondía mirándola por encima de la cofia, hacia el mar sin límites, porque si miraba un poco más abajo todos notarían lo que le pasaba por dentro. Y sin embargo, pese a estos sufrimientos, daba gracias porque la parálisis no le afectase a los genitales. Luchaba; vivía. Aunque alguna noche le costó llorar de rabia, desconsuelo o impotencia.

Cuando en la casa de don Román la duda fue realidad, se hizo un silencio precursor del fin del mundo, porque de puro impensable era locura creer que Pachi se hubiera quedado con los sesenta duros y el paquetón de harina de maquila.

Hasta las siete de la tarde no tuvieron las primeras noticias. Planicio, como de costumbre, una hora antes hizo su recorrido de localización. No los vio por el Paseo Nuevo, recaló en la plaza de Guipúzcoa, sin éxito; preguntó al portero del cine Miramar si habían entrado, obtuvo respuesta negativa, y emprendió su trotecillo de media urgencia camino del sobreático de Miracruz. De media urgencia, porque si aceleraba podía terminar aquella tarde *El jorobado Enrique de Lagardère*, y así aclararle a don Román las dudas que tenía sobre quién era el verdadero titular de la estocada secreta, si Enrique o el conde de Nevers. Pero cuando llegó al portal, Francisca le remitió a la señora Asun, que había recibido ya tres llamadas telefónicas preguntando por el inquilino del sobreático.

—¿Qué pasa con tu padre? —le preguntó un poco rara la corsetera.

—No lo sé.

—Pues le llevan toda la tarde esperando en Ramón y Cajal.

Planicio no sabía lo que tenía que contestar y la señora Asun comentó:

—A saber dónde se habrá metido.

Aun sin conocer lo del cheque, la imagen en el

barrio es que si el Gallego no aparecía no era porque le hubiera ocurrido una desgracia, sino porque se había metido donde no debía.

—Bueno, pues vete tú a dar explicaciones.

Se lo dijo para que la señorita Menchu —con la que coincidía en la Liga de Damas— no le hiciera una cuarta llamada. Planicio obedeció a la patrona aunque no sabía qué explicaciones tenía que dar.

Le abrió la puerta la señorita Menchu y le espetó:

—Hombre, por fin aparece alguien.

El vestíbulo comunicaba con el cuarto de estar de don Román y el señor hizo un esfuerzo para asomar la cara por la puerta y decirle a Planicio:

—¡Pasa, pasa!

Porque no quería dejarle solo con su hermana. Seguía sin afeitar, pero ya resignado porque lo peor fue dar la clase a los opositores, con aquella barba rala, mal distribuida, que —a su juicio— incrementaba su aire porcino. Se pasaba la mano por la cara y se notaba sucio. Pero la hermana le había contestado varias veces:

—¡Ya te afeitarás más tarde, hombre!

Así, gritándole, porque bastante tenía ella con toda la suciedad que le había dejado la guarra aquella. A don Román le dolía que llamase «guarra» a Malen con aquel odio, pero no se atrevía a defenderla. Cuando terminó sus clases se arrinconó en su mesa camilla, como un *gisajo* (1) siempre mirando al mar, que a lo lejos sólo se le notaba el movimiento por dentro. Como a él. Aunque seguía encantado con la idea de la beatitud celeste, como contemplación extática de Dios —antítesis del levantarse, acostarse, pasar del sillón al

(1) *Gisajo*: ser insignificante y acomplejado.

carrito y viceversa—, tenía la esperanza de que se le concediera que el Cielo estuviera allí, donde se juntaban el cielo y el mar, y no porque la tierra fuera redonda y el horizonte su consecuencia óptica, sino porque no había nada más hermoso que el trozo de cielo que mar adentro, entre la isla de Santa Clara y el monte Urgull, era azul oscuro al amanecer y rojo al atardecer. Y la esperanza era que cuando le diera el ahogo —y consiguiente para cardiaco— le llevarían al Cielo aquel, en un barquito de pesca, con las primeras luces del amanecer, pero lo suficientemente despacio como para que la arribada fuera de atardecida cuando el horizonte empezaba a enrojecer. Alguna vez le preguntó a su ayudante de campo:

—Oiga, Pachi, ¿a qué distancia cree usted que está el horizonte?

—¿Cómo dice?

—Allí a lo lejos se juntan el cielo y el mar, ¿lo ve?

Pachi decía que sí, pero con cautela, porque era el tipo de pregunta abstracta que le producía desconfianza.

—¿Qué distancia puede haber hasta allí?

—Difí*s*il de saber.

Pero don Román quería saber.

—Piense lo que tardaría un barquito pequeño de pesca en llegar hasta allí y calcule. Usted ha sido marinero.

—Dice usted... ¿hasta que lo dejáramos de ver?

La precisión era buena. Francamente buena, porque don Román llegaría al cielo cuando lo dejaran de ver: don Román preguntaba y luego no atendía demasiado la respuesta de si serían cinco o seis millas y si se tardarían tres o cinco horas en llegar, porque se quedaba pensando lo que le esperaría detrás de la línea del horizonte enrojecido. A veces con el corazón atenazado. Pero lo que fuera, que fuera allí. Aquella tarde tan triste, mientras su hermana repetía una y otra vez, desesperada, que Malen era una guarra y que le había dejado la casa como para llamar a los servicios municipales de desinfección, él miraba más fijo que nunca el triángulo de mar que le permitía el mirador. A partir de las cuatro la señorita Menchu preguntó varias veces a ver qué pasaba con Pachi, que no llegaba. Una de las veces dijo:

—Además le he mandado dos recados.

—¿Qué recados? —le preguntó su hermano.

—Que me recogiera el paquete de harina de La Burgalesa y que me cobrara un cheque.

Entonces se le atenazó el corazón, no por lo que pudiera ocurrirle detrás del horizonte, sino porque sabía que a Pachi el Cimarrón no se le podía dejar andar por la calle con trescientas pesetas. Luego se arrepintió muchas veces porque con ello impidió todo posible remedio, pero no pudo evitar la espontaneidad:

—Pero ¿cómo se te ha ocurrido, mujer?

—¿El qué?

—El mandar a que te cobrara ese dinero. Parece que no lo conoces.

De primera intención no se dio cuenta la señorita Menchu; si le interesaba la llegada de Pachi no era porque le urgiera el dinero o la harina, sino porque pensaba pedir a su hermano que aquella tarde suspendieran el paseo, y Pachi le ayudara a ella en algún movimiento de muebles para cerciorarse hasta qué puntos de suciedad había llegado la Malen. Que le ayudase como le había ayudado a subir el cajón cuadrangular de mimbre, desde el sótano, dos días antes. Con eficacia y sin que pasara nada, pero de un modo que ella se sintió muy a gusto. Y muy acompañada. Por eso le costó pasar de una espera ilusionada a una duda terrible. La de que se hubiera quedado con *su* dinero; la de que las gentilezas en el sótano y los alardes de fuerza con aquel cajón que pesaba como el plomo y que presuponía una anatomía vigorosísima en todos los aspectos hubieran sido simple reclamo para ganar su confianza. Le costó pasar de un estado a otro, pero cuando pasó se enganchó al teléfono para comunicar con Miracruz, 10-B, vía Asun la corsetera. Don Román estaba demudado y no hacía más que decirle: «Espera, mujer, ¿a quién llamas? Yo no he querido decir eso, pero ¿qué has entendido?, si todavía no son las seis.»

Que esperase, por favor. Aunque se hubiera quedado con las trescientas pesetas, ya lo arreglarían. Además, seguro que no se las había quedado propiamente. Por favor, que esperase.

—¿Y Planicio tampoco está? —inquiría la señorita Menchu al teléfono—. Pues yo te ruego, Asun, que el primero de los dos que llegue que venga aquí.

Cuando oyó citar a Planicio, don Román se lo imaginó recorriendo las calles con su trotecillo de caballo de caserío, ilusionado en su búsqueda para reverdecerle y precisarle las aventuras del caballero de Nevers, y se sintió desarmado y con ganas de llorar. Cuando su hermana colgó el teléfono, le dijo don Román:

—Si viene Pachi, déjame hablar a mí primero con él.

—¿Es que yo no tengo boca?

—Yo lo que te digo es que por favor...

Don Román no sabía lo que tenía que pedirle por favor y acabó suplicándole:

—Por favor, si viene Planicio déjame a mí hablar con él.

Pero no le dejó.

Si hubiera sido posible anudar la tristeza de Planicio y la de don Román hubiera florecido algo especial aquella noche.

Si quedaba alguna esperanza de que todo quedara como si hubiese sido un equívoco, la señorita Menchu lo cortó de raíz:

—O sea que ya sabes, le dices a tu padre que es un ladrón, así como suena, un ladrón. ¡Valiente golfo!

Además miraba a Planicio suponiendo que el hijo sería poco más o menos lo mismo. El chico no dudó que lo que decía la señorita Menchu era verdad porque no era lógico que lo dijera de no serlo. Y allí estaba el silencio de don Román para confirmarlo. La medida de la indignación le parecía proporcionada a la sustracción, porque trescientas pesetas era una cifra inconmensurable a nivel de sobreático de Miracruz, 10-B, 1942.

—¿Y de la harina tampoco sabes nada?

Don Román, cuando le daban oportunidad de hablar con calma, se expresaba bien y con propiedad, pero tratándose de polemizar tenía que abstenerse porque la lengua, siempre un poco saliente entre los labios gordezuelos, la sentía rígida, y tartamudeaba. Por eso estuvo callado soportando aquel estúpido interrogatorio. El chico no se atrevía a mirarle, y él no podía consolarle con la mirada. Lo más que decía era:

—De...déjalo ya, Men...Menchu. El chi...co no...no tiene la cu...cu...culpa.

—¿Es que acaso le estoy yo echando la culpa a éste?

Pero éste no dudaba de que también tenía la culpa de tener un padre así.

La furia era por todo, pero principalmente por lo que hubiera hecho con las trescientas pesetas el ladrón. Entre la calle de Miracruz y la de Ramón y Cajal mediaban quinientos metros y se sabía todo. Se sabía que mientras vivió su esposa fue mediano solamente, pero cuando enviudó, pasada la primera pena —si es que la tuvo—, frecuentaba la calle de Zabaleta, que era una vergüenza, con aquellas pobres desgraciadas por las que había que rezar, pero las muy asquerosas se estarían refocilando con el Cimarrón a costa de sus trescientas pesetas.

—¿Es que yo le echo alguna culpa al chico? Le estoy haciendo el favor de que le diga a su padre que o trae el dinero o le llevo a la Comisaría.

Don Román decía, como podía, en tono bajo, porque era imposible contrarrestar el vigor de su hermana, que no, que no se preocupara, que no haría eso. No te preocupes, Planicio, que ya hablaré yo con tu padre. Dile que venga a verme, ya hablaremos. Lo decía entrecortado y casi no sonaba. Pero el chico no le oía porque era imposible distraerse del aluvión de la señorita Menchu. Además, le había paralizado en el quicio de la puerta del cuarto de estar, y don Román y su camilla quedaban en el contraluz distante del atardecer —era el momento de poniente, cuando el sol enrojecido buscaba el camino triangular del mirador—, de modo que ni se le distinguía y menos aún, le oía

Para terminar, la hermana, cuando le puso en la puerta de la calle, le conminó:

—O sea que ya lo sabes.

Don Román dijo un par de veces Planicio, Planicio, pero la puerta ya se había cerrado.

Si hubiera sido posible anudar la tristeza de Planicio y la de don Román, hubiera florecido algo especial aquella noche.

El Cimarrón apareció en el sobreático, a las once de la noche, tranquilo, suponiendo cosas, pero dispuesto a solventarlas. Planicio, que tenía los ojos secos y el corazón macerado, le dijo:

—Pero ¿qué has hecho, *aita*?

El Gallego le miró distante porque no eran tiempos en que los padres tuvieran que dar explicaciones a los hijos.

—¿Qué dices?

—Dice la señorita Menchu que te has quedado con trescientas pesetas que te dio para cobrar.

El Gallego tenía una postura muy clara:

—Tenía una necesidad, pero ya se las devolveré.

Entonces Planicio, que tenía grabada en su mente y en su corazón cada palabra de la señorita Menchu, le dijo:

—¡*Aita*, pero eso es robar!

No es que pretendiera dar lecciones de moral a su padre, sino más bien explicarle cómo había calificado la señorita Menchu la cosa. Pero lo cierto es que le salió lo de *aita*, eso es robar.

Entonces *aita* se acercó lo suficiente y aunque Planicio, por instinto, reculó un poco, recibió el bofetón en mitad de la cara. En el barrio de Trincherpe, de Pasajes de San Pedro, era corriente que los padres pegasen estos bofetones no simbólicos.

—¡Límpiate las narices! —Se lo dijo porque le sangraban abundantemente. Estas cosas eran las que le preocupaban de su hijo. Todos los chicos, cuando su padre levantaba la mano, se figuraban que era para cobrar y tomaban precauciones. Concretamente su padre —el del Gallego— le tenía que pegar con un cinto porque con la mano era difícil que le acertase. Y además lo agarraba por la punta para que los cintarazos los recibiera por la parte de la hebilla. En cambio Planicio se quedaba como un poste y, claro, recibía el golpe en medio de la cara.

En el fondo le hizo un favor porque cuando el padre se durmió pudo empezar a llorar, que buena falta le hacía. El sobreático se componía de un dormitorio y la cocina, con sus vasares, el fogón, un armario, una mesa, cuatro sillas, el sillón desvencijado de la casa condal y una ampliación de la cocina, que era donde estaba la cama de Planicio. Cuando murió la madre, Pachi sacó del dormitorio la cama de matrimonio, la puso junto a la de su hijo y allí se quedó.

El padre se durmió en el acto, porque cuando tenía preocupaciones era lo mejor. Él le había dicho a su hijo: ya se las devolveré. Pero no sabía cómo. Había pensado que podía ser descontando del sueldo que le pagaba don Román, pero lo mismo lo tomaban por la tremenda y a esas horas ya estaba despedido. A juzgar por cómo le recibió su hijo, más bien se temía esto último.

Cuando su padre se dormía nada le despertaba; pero, por si acaso, Planicio salió fuera para su desahogo. A veces tenía remordimientos porque se olvidaba de su madre, sobre todo desde que conoció a don Román, que estaba todo para él cuando se juntaban. Como *amá*, que parecía no tener otra cosa en el mundo que esperar que él llegara a casa para decirle: ¿dónde has estado?, ¿cómo vienes tan sucio?, ¡pero métete la camisa por el pantalón, qué *narrasa* (1) eres!, te he hecho natillas, ¿te apetece?, anda, ven aquí que te lave un poco, pero ¿cómo traes el pelo tan enredado? No te preocupes, que no te doy tirones.

El Gallego, que era un cínico, lo veía y decía:

—Madre no hay más que una. A Dios gracias.

La madre le iba desenredando el pelo con mucho cuidado, de modo que resultaba una caricia, y aunque le tuviera que pasar el peine estrecho de hierro, para las liendres, no le hacía daño. Cada semana le lavaba la cabeza con agua que había calentado previamente en el fogón. Les llevaba bastante tiempo, porque tenían que ponerse de acuerdo sobre la temperatura.

—¡Cuidado, *amá*, que quema!

—Pero ¿cómo puedes decir que quema? Mira cómo meto yo las manos.

De todos modos echaba un poco de agua fría. El jabón era de muy mala calidad, tardaba mucho en hacer espuma y Planicio lo prefería porque *amá*, con sus manos cortas y vigorosas, le restregaba cuanto hiciera falta, a contrapelo, empezando por la nuca y haciendo paraditas para rascarle.

—¡Ahí, ahí! —le decía él—. Que me pica.

—A ver si vas a tener piojos —comentaba la madre, pero lo decía por decir, porque buen cuidado tenía ella de que no ocurriera.

Mientras tanto en el fogón seguía calentándose otro puchero de agua, porque la jabonadura la enjuagaba con agua limpia, derramándola poco a poco, de una jarra, sobre la pila de fregar, pasándole la mano a favor y a él le daba tanto gusto que se le ponía carne

(1) *Narrasa*: desaseado.

de gallina. Luego le envolvía la cabeza en la toalla grande y al principio le daba unos meneos fortísimos que le mareaban. Le friccionaba muy fuerte porque era lo mejor para que el pelo creciese vigoroso. Terminaba más suave reclinándole la cabeza sobre su busto. La madre le apartaba un poco y le quitaba la toalla para comprobar si estaba bien seco. Pero Planicio le decía:

—Sécame más.

Se volvía a reclinar sobre el pecho de *amá* y ésta terminaba rascándole la espalda. Por eso Planicio prefería que cuando le lavara la cabeza no estuviera *aita* en casa, porque esas cosas le parecían debilidades. Ahora pensaba que aunque viviera *amá* ya no le lavaría la cabeza, porque era muy mayor. Cuando se puso enferma y no podía levantarse de la cama, se sentaba en el suelo junto a la cabecera y ella le pasaba la mano por el pelo.

—¡*Ené*, cómo tienes este pelo!

—Yo me lo lavo, *amá* —le decía él.

Ella le daba instrucciones de cómo tenía que hacerlo, que él seguía al pie de la letra, aunque se las sabía de memoria. Pero luego, cuando había terminado los enjuagues, se acercaba a la cama, se volvía a sentar en el suelo y *amá* le terminaba de secar con la toalla, aunque ya no podía darle fricciones para que le creciera el pelo vigoroso.

A veces tenía remordimientos de no acordarse de su madre, y otras tenía la sensación de que nunca estuvo muerta del todo. Era una de las primeras noches del mes de junio y le costó llorar, no por temor a su padre, que era impensable que se despertara, sino porque seguía teniendo el corazón muy prieto. En esas ocasiones todavía le salía el decir por lo bajo: *Amá*,

amá, estoy aquí... Para que su madre supiera el apuro que estaba pasando. El día estuvo regular y en cambio la noche se había puesto estrellada, muy bonita, dibujándose nítido el carro de la Osa Mayor, que era la única constelación que él conocía. Su padre conocía muchas de cuando fue marinero pero como elementos útiles para la navegación, y por lo tanto con muy poco interés en la ciudad, por lo que no comentaba.

Quizá si Planicio se hubiera atrevido a mirar a don Román, éste le hubiera dicho algo, pero no tuvo ocasión porque el aluvión de la señorita Menchu le dejó clavado; además, al señor, allá en el fondo, en el contraluz del mirador, no le podía ver. Con trece años que tenía se había dado cuenta de que su padre, a veces, hacía cosas raras como ésa de coger las trescientas pesetas con idea de devolverlas. O lo que ocurrió en el frontón de Atocha el último verano, que pasó de ser el *baranda* a ser el Gallego *tranposua*. Él siempre tuvo la sensación de ser el hijo de alguien distinto. Distinto a los demás. Cuando ganó la regata de la Concha en el 31, eran trece los remeros y el patrón, pero cuando el vaporcito desembarcó a la tripulación en el muelle de Fuenterrabía resultaba claro que la regata la ganó Pachi (a secas, sin el remoquete del Gallego) sentado en la proa, solo, no emparejado como los otros *arrantzales* (1) y tirando de todos ellos. ¡Aúpa!, rugía, y el remo se le combaba, clavado contra la ola, como para partirse, pero salía del apuro de modo que la trainera brincaba sobre las crestas, y a los demás remeros no les quedaba más remedio que seguir el ritmo del proel. El patrón marcaba los golpes, en vas-

(1) *Arrantzale*: pescador, remero.

cuence y accionando con el brazo izquierdo, pero el verdadero impulso partía de la proa. Por eso, cuando se acercaban a la boya, el patrón le gritó, ¡atento, Pachi, a la ciaboga!, porque la cosa estaba en tomarla muy ceñida, acortando mucho la remada, en forma de champa a base de golpes secos y rápidos. Lo hizo el Cimarrón obligando a los demás, y el patrón, al ver que enfilaban la bahía en cabeza, le dijo a gritos algo hermoso a Pachi y éste, no tan alto, hizo una referencia a su puta madre —a la del patrón—, que cuando estaba en tierra le llamaba gallego mierdoso, con erre de mierda.

Cuando Pachi contaba su regata, la gente se interesaba por un momento, o por mucho tiempo, porque ya para siempre fue un proel famoso, y el patrón de Orio, que se llamaba Olaizola, dijo públicamente que con un proel así, él también hubiera ganado la regata. Pero al cabo de un tiempo la gente se olvidaba de sus hazañas y no le perdonaba las otras cosas. Planicio no se olvidaría nunca, porque cuando ocurrió, aunque era muy niño, siguió la regata en el pesquero del armador, con *amá*, y todos en el barquito lo decían. Por eso su padre entendió mal cuando le dijo: *aita*, pero eso es robar. Es decir, que él quería que *aita* aclarase cuanto antes la cosa, principalmente con don Román, para que no dejasen de ser amigos. Pero después del bofetón pensó que ya todos estaban enfadados, que las cosas serían muy difíciles y otra vez volverían tiempos de soledad.

La misma soledad que anudó la garganta de don Román, mientras su hermana le explicaba que ahora sí que habían quedado claras las cosas y que además lo cumplía. O devolvía el dinero al día siguiente, o lo denunciaba a la Comisaría.

—No debías habérselo dicho al chico.

—Pero ¿es que yo le he dicho algo al chico? Yo con él no tengo nada.

Aunque luego añadió que de tal palo tal astilla.

Al señor se le puso la lengua rígida, entre los labios, y no supo argüir más.

—Cuando puedas me ayudas a acostarme —le pidió a la señorita Menchu.

Así lo hizo ésta, pasado un rato, y para consolar a su hermano le dijo que al día siguiente hablaría con Paco el portero para que le sacara a pasear como antes, mientras buscaba otro ayudante. Don Román no comentó aunque le resultaba difícil imaginar la vida sin el Cimarrón. Precisamente llegado el tiempo en que las zarzamoras estaban a un punto de madurar y le había descubierto Pachi el lugar secretísimo en que se escondían las más gordas y sazonadas y la receta exacta para prepararlas con azúcar y vino blanco. Le resultaba imposible pensar en volver a lo de antes. Paco el portero le sentaría en la *plancha* del Kursaal, de cara al mar, y él se pondría a desear que llegase cuanto antes el vaporcito de la madrugada que muy lentamente —para que diera tiempo a la atardecida— le llevara al otro lado del horizonte. Como contrapunto, la niñera del busto poderoso volvería a saludarle y él procuraría desviar la mirada, pero sin parecer descortés. Los niños —como siempre— se le quedarían mirando interesados por su situación, pero distantes. Cuando él les sonriera echarían a correr. Si les hablaba harían lo mismo, y alguna madre, apurada, regañaría a su hijo y le diría: contesta al señor. Pero el niño haría un mohín porque era un señor muy raro y daba un poco de miedo. Alguno más atrevido, por juego o por apuesta, se acercaría por detrás, tocaría su silla de inválido y echaría a correr. Paco el portero les gritaría y entonces él se quedaría todavía más aislado en espera de su vaporcito. Por eso notaría más que la falta del Cimarrón la de su hijo, que también era un niño, pero que en cuanto le veía aceleraba la carrera y le gritaba ilusionado: ¡Don Román! Todo el mundo se le quedaba mirando, pero el chico no prestaba atención y se llegaba junto a él, jadeante, para comentarle algo importante, que leyó el libro y le gustó —no había ninguno que no le hubiera gustado muchísimo—; que la señora Asun le mandó a un recado a la calle de Urbieta y la dueña de la casa le dio recuerdos para don Román porque sabía que él —Planicio— le veía todos los días, porque a su vez ella —la dueña de la casa— los había visto pasear juntos; que se había enterado de que el sábado cambiaban de película en el Miramar y que ponían una —ya era suerte— de Diana Durbin que se llamaba *Mentirosilla.* Y sobre todo, y desde que salió el tema por primera vez una tarde lluviosa en los soportales de la plaza de Guipúzcoa, Planicio no dejaba de preguntarle:

—¿Ha tenido usted noticias del taxi-ciclo?

Las había tenido, pero no se atrevía a decírselas, o se las decía a medias. El vehículo resultó con problemas de estabilidad y en las curvas pronunciadas se volcaba la carlinga.

—De todos modos —tranquilizaba al chico—, este verano tenemos que organizar una excursión a Martutene. Conozco yo un taxista...

Como remedio no estaba mal, pero Planicio prefería que solucionasen el defecto del taxi-ciclo para que *aita* y él, los dos con su *chapela* bien estirada, paseasen al señor por las calles de San Sebastián pedaleando fuerte en el tándem.

Pasar de este mundo de esperanza a la inmovilidad de la *plancha* del Kursaal sería —confiaba don Román— el esfuerzo cenital de su vida. Además, Paco el portero, como gran distracción, le leería el periódico cuando supusiera que estaba aburrido. Como si a él pudiera interesarle ya lo que dijera el periódico. Aquellos días sintió que podía odiar a su hermana. La señorita Menchu no le denunció en la Comisaría, pero al menor pretexto decía a ver qué se había creído el sinvergüenza ese y que a ella no le tomaba el pelo. Siempre recalcaba lo de *ella,* dando al tema un tono muy personal. Como si mediara algo entre los dos que hacía la acción más vituperable. Don Román oía y callaba porque para qué. De todos modos, no dejaba de pensar que el dinero era suyo y que él sabía que Pachi tenía esas aficiones. El Gallego procuraba ser elegante y no abusón en las tascas del barrio viejo y aunque por su gusto siempre hubiera tomado el doble —y eso se notaba—, se conformaba con lo que pedía don Román o a lo más repetía si el señor le insistía mucho. En cambio, en las pocas oportunidades que tuvo, se le pegó el dinero de don Román. En una ocasión le encargó que le comprara un libro y le dio cinco duros. Al día siguiente le dijo: «No lo tenían, pero me han dicho que lo reciben un día de éstos, o sea que volveré.» Si volvió o no, no se supo, pero pasado un tiempo, don Román desistió de preguntar y renunció a los cinco duros. Alguna otra faena de éstas le hizo, pero don Román pensó que se podía tener un amigo que de vez en cuando fuera así. Lo de las trescientas pesetas, con ser mucho dinero, hubiera tenido arreglo si él no cometiera la torpeza de decirle a su hermana: «Pero ¿cómo se te ha ocurrido, mujer?» «¿El qué?», respondió ésta. «El mandar que te cobrara ese dinero. Parece que no le conoces.» De todos modos, la reacción de la señorita Menchu fue desproporcionada y con acentuado despecho personal. Es decir, que su furia con Malen, la criada despedida, era consecuencia de una cualificación estética e higiénica: la suciedad que logró acumular aquella mujer era una ofensa objetiva para ella —la señorita Menchu— y para cualquier persona con un mínimo de sensibilidad. En cambio, lo que hizo Pachi no tenía nombre. Lo decía como si hubiera hecho un enorme esfuerzo para calificar el acto y hubiera llegado a la única conclusión lógica: lo que le hizo a ella no tenía nombre.

El silencio entre el sobreático de Miracruz, 10-B y Ramón y Cajal duró todo el mes de junio, y durante ese tiempo tuvo lugar el desafío de los puentes que a Planicio no le quedó más remedio que aceptar pese a que andaba desnutrido porque más hambre no podía pasar. Las cazuelitas y atenciones que tenía Jacinto con ellos eran algo, pero que se digería tan rápido que a veces Planicio tenía la sensación de que se quedaba con más hambre que antes. *Aita* volvió por Pasajes Ancho y se traía sobras de pescado que cocinaban con vinagre y sal.

—Muy digestivo —comentaba, despectivo, el padre.

La señora Asun se armó un lío sobre si los hijos debían pagar los pecados de los padres, o suponía que tenía que quedar bien con su cofrade la señorita Menchu, o le sobraba Planicio porque el trabajo seguía escaseando: el caso es que lo despidió.

Se lo comentó a la señorita Menchu en una reunión de la Liga.

—Yo también he tenido que despedir a Planicio.

—¡Ah, sí? ¿Te ha hecho alguna de las suyas?

—No, a mí no, pero, hija, después de lo que te han hecho a ti...

Propiamente no le despidió, sino que le advirtió que cuando tuviera algún encargo le avisaría. Y no volvió a avisarle.

El esplendor de la casa condal fue más notable porque el piso tercero de Miracruz, 10-B, que estaba vacío desde que empezó la guerra, lo ocupó la sobrina de la señora condesa, hija de un hermano pequeño del difunto conde, casada con un cubano de origen español, educado en Inglaterra, que revitalizó para su esposa y para él un marquesado de la Mata. Esto lo explicaba muy bien Jacinto, que era un marica limpio y heráldico. Lo mismo que por parte de la señora condesa tenían una mata de montes de Puente del Arzobispo, por parte del señor conde tenían una mata de títulos que rehabilitó su padre, el fundador. Se refería al fundador del Banco familiar, financiero de sangre azul, que tuvo en nómina a un genealogista de profesión, que a lo largo de los años investigó las hazañas castrenses de los antepasados que comportaron títulos nobiliarios, y los agrupó para su distribución posterior. De esa mata de títulos tiró el cubano, desgajando un marquesado, que pese a su superior nominación era de inferior categoría al de la casa condal, que aunque no se notara —por la sencillez de la señora condesa— implicaba grandeza de España.

A la sobrina marquesa se le apreciaba poco la alcurnia. Sin ser fea andaba un poco desvaída y excesivamente preocupada por la educación de sus tres hijos.

En cambio, el marqués consorte resultaba esplendoroso e internacional. Su padre le mandó a educarse en Inglaterra porque tenía negocios con los yanquis y éstos respetaban el acento de Cambridge. Además —y esto también lo heredó el hijo—, el estilazo de los ingleses le producía vértigo.

Jacinto tenía verdadera devoción por el marqués y fue el que le convenció de que veranease en San Sebastián. El marqués veraneaba habitualmente en la Costa Azul o en el sur de Inglaterra, pero Europa seguía guerreando y tuvo que resignarse a meterse en un piso de la calle de Miracruz. Su fortuna, a nivel americano de accionista de la «Cuban Telephone Company» y la «Havana Electric Light Power Co.», que, muerto ya su padre —emigrante distinguido—, consistía en dólares mensuales vía Ginebra, era más lucida que la de la casa condal.

Jacinto, con enorme reverencia, se lo presentó a Pachi un día que coincidieron en el portal. Jacinto era muy entendido no sólo en heráldica, sino también en formas de presentación. Es decir, la distancia entre el marqués y el Gallego era tal, que la presentación tenía que ser de modo que cada uno supiera quién era el otro, pero sin llegar a darse la mano, porque no se trataba de que fueran amigos.

—Señor marqués, éste es Pachi Lourido, del que ya le he hablado.

Lo decía al tiempo que interponía su cuerpo no fuera a ser que Pachi alargara la mano. Por parte del marqués no había cuidado, no por desprecio, sino porque en todas sus formas era inglés y en Inglaterra era excepcional que la gente se estrechara las manos.

—Encantado —contestó cortés. Su acento resultaba como el de un sajón que hablara muy bien el castellano, y tenía que estar muy enfadado, cosa que nunca sucedía en público, para que le saliesen modismos del Caribe.

—Pachi fue un gran remero y en el 31 ganó la Bandera de Honor para la tripulación de Fuenterrabía.

—Ya me lo había dicho usted.

Se lo había dicho porque el marqués también fue remero de *outridge* en Cambridge. El marqués lo explicaba de una manera que no quedaba muy claro si realmente había participado en la famosa regata Oxford-Cambridge. Él decía: «Yo remé con la tripulación de Cambridge», pero no especificaba más.

Miraba con simpatía a Pachi porque los remeros vascongados eran notables y Sarasua se hizo famoso en una regata internacional remando en una yola individual, pese a que lo suyo era la trainera. Al marqués el deporte le parecía cosa importantísima, era un excelente jugador de tenis, y consideraba benévolamente los deportes populares del País Vasco.

—También —continuó Jacinto— es muy buen pelotari.

—¿Jai-alai? —se interesó el marqués. Se refería a la cesta-punta, que era la especialidad más conocida en Miami y Cuba.

Pachi entendió la pregunta y le aclaró que él jugaba pelota a mano. El marqués mostró extrañeza por este aspecto de la personalidad de Pachi, porque no le parecía lógico golpear una pelota con la mano. Eran los ingleses los que habían descubierto todo lo que se podía hacer para proyectar una pelota de modo que le creara una situación conflictiva al oponente —*cricket, tennis, voley-ball, foot-ball*...— pero nunca pensaron en utilizar la mano como elemento de percusión. La mano como elemento prensil, capaz de coger una pelota y enviarla contra el contrario, le parecía bien, pero usarla, desnuda, como utensilio que golpea, no. Así se lo explicó a Pachi, que contestó:

—Sí, señor.

El Gallego lo estaba pasando mal de verdad, en un ambiente social que no quería comprender que lo de las trescientas pesetas era un asunto particular que él resolvería en cuanto pudiera con la familia de Ramón y Cajal. Por eso le dijo al señor marqués que, sí, señor, que era una brutalidad golpear la pelota con la mano desnuda.

—¿Y no se les hincha la mano jugando así?

—Sí, señor, mucho.

—No me extraña —dijo el marqués complacido de haber acertado.

—Pero lo peor —continuó Pachi dispuesto a darle gusto— es cuando se nos abre.

—¿Cómo es eso?

—Mire, aquí —y le enseñaba su mano derecha— sentimos a veces como si se nos abriera una raja, pero —aclaró— no por fuera sino por dentro, o sea, que se nos separan los músculos por dentro y hay veces que ni terminar el partido podemos.

—Lógico, lógico —asentía el marqués encantado de que la realidad de aquella brutalidad fuera más lejos, todavía, de sus previsiones.

De todos modos, Jacinto no resistió la tentación de hacer una observación:

—¿Ha visto usted qué mano, señor marqués?

El señor marqués pensó que resultaba un poco deforme, pero dentro de una línea de poder. Por su parte Pachi pensó que un caballero que estaba dispuesto a dedicar un tiempo, de pie y en un portal, a cambiar impresiones sobre cómo hay que golpear una pelota podía tener un interés en su vida, por lo menos en unos momentos en que nadie se interesaba por esa vida y él, padre consciente, empezaba a preocuparse de la desnutrición de su hijo y del hambre que él mismo pasaba.

—Pues encantado de haberle conocido, Pachi —dijo el marqués y se tocó ligeramente el ala del sombrero flexible.

Pachi se quitó la boina y le hizo una media reverencia, improvisando.

El marqués subió los tres pisos andando porque aquel ascensor no le merecía confianza. La combinación estética de la escalera cambió con la llegada de los sobrinos. Hasta el primer piso seguía igual la escalera de mármol, desnuda; del primero al segundo —el de la condesa— mármol recubierto de alfombra de nudo, gruesa, que se quitaba cuando los señores regresaban a Madrid. A partir del segundo, la escalera era de una mezclilla de cemento con chinitas de río que le daba aire de fregadero municipal, y que el señor marqués amortiguó recubriéndola con otra alfombra de nudo más gruesa y más ancha que la de su tía. La condesa y el sobrino se llevaban de maravilla aunque este último a veces dudaba de que su tía hiciera lo suficiente por mantener el tono de la casa condal. Cuando se instaló en Miracruz, 10-B le propuso a la condesa que deberían poner alfombra, también, en el tramo de escalera que llevaba a la corsetería. La señora condesa, amable pero firmemente, denegó porque siempre había sido así. El marqués insistió porque le parecía lógico subir alfombradamente hasta el tercer piso. La señora condesa, hábilmente, dijo que en todo caso lo estudiarían para el siguiente verano. El marqués calló pensando que era muy difícil que él volviera otro verano porque confiaba que habría terminado la guerra europea, y, de no ser así, tomaría en alquiler alguna villa de la zona de Miraconcha. El piso de Miracruz le resultaba angosto. El caso de su tía era distinto, porque el hecho de que su portal fuera el 10-B significaba que había un A y además un C; así que a la residencia de la señora condesa se entraba por el B, pero luego el piso se ramificaba a través del A y del C ocupando una superficie de más de mil metros cuadrados, lo que permitía suficiente número de estancias y salones de recibo y decoro. En cambio, el tercer piso era el del 10-B, sin más extensiones.

Cuando pasaron quince días del silencio, Planicio pensó que nunca más vería a don Román. No se atrevía a acercarse a la zona del Kursaal por no encontrarse con él. Incluso los días de fiesta fue a la iglesia de los Capuchinos, en lugar de a la parroquia, por temor de toparse con la señorita Menchu y que le recordara lo de la Comisaría. Porque la señorita bien claro le dijo: dile a tu padre que trae el dinero o le llevo a la Comisadía. Y cuando le despidió le remachó: «O sea que ya lo sabes.» Él, a *aita*, ni le nombró lo de la Comisaría ni le volvió a hablar del tema después del bofetón.

Planicio se quedó solo. Cuando llegó la casa condal anduvo entretenido con el movimiento que produjo, sobre todo los muebles que metieron en el tercer piso. Algún día ayudó a los de la mudanza y uno de los hombres le dio una peseta. Al piso tercero vinieron tres niños, que eran una niña de su edad, otra más pequeña y un niño chiquitín, pero que ya andaba. Tenían una *miss* inglesa que siempre les hablaba en su idioma. Francisca, la portera, estaba un poco amedrentada con tanto señorío, y no sabía cómo acertar. Especialmente le desconcertaba el señor marqués, que subía la escalera andando y ella se quedaba desasosegada con las puertas del ascensor abiertas. A Planicio le rogaba distintas cosas: que no bajara la escalera corriendo, que no anduviera entrando y saliendo constantemente, que no se quedase parado con su padre en el portal, que si coincidía con el señor marqués en la escalera, le cediese la parte de la barandilla, pero a ser posible que procurase no coincidir. Planicio tomaba toda clase de precauciones y oteaba con mucho cuidado la escalera antes de subir o bajar. En una ocasión coincidió con el señor marqués, pero el día estaba oscuro y él se pegó tanto contra la pared, para no molestar, que no le vio. Oficialmente no conoció al marqués hasta el día del desafío de los puentes.

Volvió a ir por los «Urbistondos», pero lo encontró todo cambiado en el sentido de que sus amigos no estaban. Sólo había niños pequeños. Con Ramoncho se veía poco porque estaba de aprendiz en una imprenta.

—Jacinto —le pedía al criado—, a ver si me encuentra usted algún trabajo.

—Ya encontraremos, no te preocupes. He hablado con el de la tienda y me ha prometido que cuando necesite un chico te avisará.

Se subía al monte Ulía a por manzanas y miraba muy fijo hacia la *plancha* del Kursaal, porque se imaginaba que allí estaría don Román. Entre las zarzas de las rocas apartadas, próximas al mar, encontró moras espléndidas, madurísimas, pero no quiso coger porque no tenían vino blanco para prepararlas. Tampoco azúcar. Además, quedaron en que iban a tomarlas con don Román.

Un domingo de sol se fue con Ramoncho hacia el

ensanche de Amara, que estaba en las afueras de la ciudad, bordeando el río Urumea. Con las lluvias se formaban pequeñas lagunas y ellos navegaban sobre tablones viejos. Ramoncho leía poco, pero le gustaba que le contara Planicio. Cuando iban a las lagunas de Amara le narraba las travesías de Huckleberry Finn por el Mississippi. En una laguna había un coche viejo, abandonado, que le llegaba el agua hasta las ventanillas; maniobraban con un tablón hasta llegar a él y se subían a la cubierta que imaginaban podía ser la de un barco como los del río Mississippi.

Cuando terminaron de navegar se pusieron a echar carreras de salida, se adelantaba Ramoncho, pero le acababa cogiendo Planicio. Éste se puso a decir que podía dar la vuelta a San Sebastián en dos horas, corriendo. El otro le discutió —porque de eso se trataba—, y Planicio insistió, más que nada porque le había parecido muy interesante la apuesta de Phileas Fogg, que consiguió dar la vuelta al mundo en ochenta días, en medio de grandes dificultades. Luego empezaron a matizar y supusieron que podía dar la vuelta a la ciudad en ese tiempo, pero cogiendo algún tranvía. También discutieron qué se entendía por la *ciudad*, porque si tenía que llegar hasta el monte Igueldo por un lado, y hasta el alto de Ategorrieta por el otro, imposible aunque cogiera tranvía. La discusión empezaba a declinar cuando dijo Planicio:

—Yo doy la vuelta a los puentes en menos de quince minutos.

—¿A qué puentes?

—Al que va desde la estación hasta el Puente de Hierro.

—¿Ir y volver?

—Claro. Mira, yo salgo de la estación, me voy por

el Paseo de los Fueros, llego hasta el Puente de Hierro, lo cruzo y por el otro lado del río vuelvo a la estación.

A Ramoncho le parecía una gran distancia porque en el Paseo de los Fueros se terminaba San Sebastián; el Puente de Hierro sólo servía para que pasara el tren y daba la sensación de estar muy lejos. Por eso dijo que no hacía todo eso en quince minutos. También lo dijo porque ellos, en su regreso, pasaban por la estación y la tarde del domingo se estaba poniendo lánguida, sin dinero y sin nada que hacer. En el Puente de la Estación algunos pescadores de caña intentaban la pesca del corcón. Los dos chicos se acodaron sobre el pretil para matar el tiempo no porque les interesara el asunto de la pesca, que estaba muy visto.

—¿A que no lo haces ahora? —le dijo Ramoncho.

Planicio sabía que se refería a lo de dar la vuelta en quince minutos, se lo pensó un poco y dijo que sí, porque no tenía nada que perder y era un entretenimiento. Surgió el problema de que ninguno de los dos tenía reloj y eso sí que era dificultad grande. Pensaron que podían preguntar la hora a uno de los pescadores cuando arrancase y volvérsela a preguntar cuando volviera. Pero les daba un poco de apuro y, además, en el intermedio el pescador podía irse. Luego se les ocurrió lo del reloj de la estación, pero lo miraron con gran desconfianza porque era un reloj muy desprestigiado. Frecuentemente estaba parado. Miraron y comprobaron. Las seis y cuarto.

—¿Yo creo que anda, no?

—Eso parece. Vamos a ver.

Los dos miraron fijos a la esfera grande con aspecto de destartalada y oxidada. Les parecía que pasaba mucho tiempo con las agujas inmóviles, pero no debía de ser así porque se apreció que la más larga pasaba a la posición de *y veinte*.

—Vale ¿no, tú? —dijo Ramoncho.

—Vale.

—Sales a *y veinticinco* y tienes que llegar a *menos veinte*. ¿Te parece?

—Bueno.

Luego le entró una duda a Ramoncho.

—¿Y si me haces trampas? Es decir, dices que has hecho todo el recorrido y no lo haces.

Planicio no se ofendió por la sospecha; en este tipo de asuntos se contaba que el que podía hacer una maña por salirse con la suya la hacía. Por eso se quedaron los dos callados, pensando, y al poco Planicio le dijo despreciativamente:

—¿Y cómo te voy a hacer trampas, *chocholo*? (1). Si tú te quedas aquí esperando y yo echo a correr por los Fueros sólo puedo llegar otra vez dando la vuelta por el Puente de Hierro.

Esto era evidente, pero como no tenían prisa, Ramoncho insistió:

—Cuando ya no te vea puedes cruzar el río nadando y pasar al otro lado.

Lo dijo por decir, porque Planicio nadaba estilo perro, lo justo para no ahogarse, y si tenía que cruzar el río a nado, entonces sí que tardaría mucho más de los quince minutos. Por eso, antes que el otro le dijera nada, condescendió Ramoncho:

—Bueno, anda, me fío de ti.

Decidieron esperar a las seis y media para que fuera más sencilla la cuenta.

Planicio salió con su trotecillo habitual, pero me-

(1) *Chocholo*: atontado.

neando los brazos más en plan de carrera. Ramoncho le siguió con la mirada a lo largo del Paseo de los Fueros hasta perderlo de vista. Pasado el parque infantil de Amara empezaba el descampado, donde en verano ponían el circo. Allí terminaba la ciudad y el camino se le empezó a hacer muy largo a Planicio. Aquello le resultaba más aburrido que cuando trotaba entre calles, haciendo recados. Todavía no se veía el Puente de Hierro y pensó en dar la vuelta porque estaba visto que había echado mal las cuentas. Mejor dicho, no había echado cuentas sino que dijo que lo hacía en quince minutos por decir algo; porque le daba la sensación de que Ramoncho se aburría con él; porque las semanas eran muy largas y por lo menos los domingos tenía el entretenimiento de salir con Ramoncho y le parecía obligado ofrecerle algún aliciente. Le parecía obligado para, por lo menos, disponer de un amigo. El no tener madre no era corriente, pero de eso él no tenía la culpa, pero el no tener amigos le daba vergüenza.

Un matrimonio con pinta de caseros de ciudad se paseaban al sol, empujando un coche de niño pequeño. El marido iba arremangado, Planicio le vio el reloj y se paró a preguntarle la hora.

—¿Me dice la hora, por favor?

Entonces no todo el mundo tenía reloj y el que lo tenía estaba acostumbrado a que le preguntaran. El hombre miró el suyo concienzudamente y le contestó:

—Las seis y media.

—Muchas gracias —le dijo Planicio y siguió corriendo encantado de que no hubiera pasado nada de tiempo. Además ya se veía el Puente de Hierro. En cuanto lo doblara le parecía que la cosa estaba hecha y además tenía la sensación de que la otra ribera del río era cuesta abajo. Atravesar el Puente de Hierro era un entretenimiento porque propiamente no era para personas, sino para trenes, y por tanto, había que andar sobre una chapa fina y estrecha que al correr retumbaba mucho. Cuando se coincidía con un tren, daba miedo. A la mitad del camino de vuelta le dio una punzada en el costado, que ellos llamaban *limaco*, y se paró un momento para ver si respirando hondo se le pasaba, pero luego pensó que era mejor seguir corriendo más despacio y apretándose fuerte la mano contra la costilla. Cuando vio la estación a lo lejos apretó la marcha cuanto pudo porque le daba la sensación de que llevaba una hora corriendo y que Ramoncho, cansado de esperar, se habría marchado. Pero no, allí seguía. Planicio jadeaba, pero no demasiado. Entre resuellos, dijo:

—¡Jo...de!

Luego preguntó:

—¿Cuánto he tardado?

Los dos miraron el reloj que marcaba las siete menos veinte, pero acercándose a las menos cuarto.

—Jalas un rato, tú —admitió Ramoncho.

—¿No he tardado el cuarto de hora? —se extrañó Planicio.

El otro dijo que no, que más bien diez minutos. Un pescador que estaba aburridísimo, porque aquella tarde no se pescaba nada, había seguido un poco las manipulaciones de los chicos.

—¿Has ido hasta el Puente de Hierro? —le preguntó a Planicio.

—Sí, señor.

—Pues ida y vuelta deben de ser los tres kilómetros.

Ya no hablaron más porque la cosa tampoco lo

merecía y se marcharon cada uno para su casa. Por la noche Planicio comentó con su padre:

—*Aita*, he hecho una apuesta a que daba la vuelta a los puentes de la Estación y de Hierro en quince minutos y la he hecho en diez.

—¿Y que apostabais?

—No, apostar nada. Que yo decía que lo hacía y Ramoncho que no.

Esas cosas de su hijo le preocupaban. Nunca aprovechaba sus posibilidades. Si le remontaban un partido de pelota que iba ganando fácil, decía: «Qué más da, *aita*; era jugando.»

El Gallego tenía observado que su hijo, pese a lo de los pies planos, corría fá*s*il, fá*s*il, y al día siguiente, en el bar, hizo algún tanteo. Últimamente en el bar lo pasaba mal de verdad, porque generalmente tenía que andar de gorrón. Claro que vivía de las rentas, porque él nunca fue remiso a invitar cuando tenía fondos; sobre todo si eran ganancias del juego, le parecía obligado que fuera así. De todos modos, estaba comprobando que no todos correspondían. También el dueño le permitía que dejase algo a deber, porque eran muchos años de cliente. Pero era corriente que tuviera que conformarse con un par de chiquitos de tinto, que los necesitaba como una medicina porque cada día andaba más deprimido. Cuando le entraba la depresión la tomaba con su cuñado, el de Alza, que de repente, de la noche a la mañana, se hizo carlista, le nombraron concejal del Ayuntamiento, no se quitaba la boina roja ni *pa* Dios y se dedicaba al estraperlo. Claro que de cuando en cuando le llegaban buenas noticias: se casó *mutiltzar* (1) con una chica joven, de Irún, posti-

(1) *Mutiltzar*: solterón.

nera, que era casi seguro que le ponía los cuernos. Lo que era seguro del todo es que la mujer bebía y ya le tenía armado más de un escándalo en público.

Al día siguiente hizo algún tanteo porque al bar iba un tornero que trabajaba con Vitorio Luzuriaga, que tenía un chico que había ganado los mil metros en el campeonato provincial del Frente de Juventudes, en el estadio Berazubi, de Tolosa. El tornero lo había contado varias veces y a lo que más importancia daba es a que hubiera sido en el Berazubi, de Tolosa, que entonces era casi el único estadio de atletismo que había en España. El tanteo salió bien porque la cosa era fácil, el ambiente propicio, y el Gallego llevaba muchos años en el asunto de provocar apuestas. El tornero quería que la carrera no fuera demasiado larga porque su hijo era corredor de medio fondo.

—Pues el mío de fondo entero —le replicó Pachi, y todos le rieron la salida.

El otro se picó y le dijo:

—Y hablando de fondos, ¿ya andas tú en fondos para apostar?

Se hizo un silencio tenso porque la frase tenía muy mala uva. El Gallego se limitó a decir: sí, y el otro admitió.

—¿Cuánto quieres apostar?

—Cinco duros —replicó el Gallego, como al desgaire.

Quedaron para el domingo siguiente, por la tarde, y la prueba comprendería el mismo recorrido sobre el que, según el Gallego, su hijo hizo la hazaña.

Por supuesto que Pachi no tenía los cinco duros, pero contaba con Jacinto. El criado se quedó aterrado:

—Pero ¿tú has visto correr al otro chico?

—¿Pues no he de ver? —se ofendía Pachi—. Si no anda. Ese chico no anda nada. Planicio le gana fá*s*il, fá*s*il.

—Pero ¿cuándo le has visto? —insistía el criado, desconfiado.

—Pero, hombre, si vive ahí, cómo no le he de ver.

Pachi no sabía dónde vivía ni le había visto nunca correr; por eso no le importaba dar toda clase de detalles, muy minuciosos, para que resultara más convincente.

—Y ¿cómo vamos en la apuesta? —preguntaba Jacinto, ya medio resignado.

—A medias.

—¿Cómo a medias?

—Yo pongo el chico y tú el dinero. —Y antes de que pudiera protestar, continuaba Pachi—: Debemos jugar más. Cinco duros se juega el padre, pero algún otro del bar picará y por lo menos deberíamos jugar otros cinco duros.

Luego le dio un argumento contundente:

—Pero ¿tú has perdido alguna vez que yo te haya dicho cómo tenías que apostar?

Se refería al pasado verano en el frontón público de Atocha, en el que siguiendo los consejos del Cimarrón, el criado obtuvo algunas pesetas. Pero era distinto, porque de pelota entendía y conocía a los jugadores, pero de *korrikolaris* nunca le había oído hablar, y además aquellos dos chavales ni eran *korrikolaris* ni había referencias que avalasen posibilidades serias de uno u otro.

—Me lo tengo que pensar. ¡Jesús!, qué hombre, siempre anda inventando.

El miércoles por la tarde libraba Jacinto, y Pachi se lo llevó con Planicio para que viera cómo corría el chico. Éste protestaba, o mejor dicho, protestó antes de saber los detalles.

—¡Pero, *aita*, yo te dije que lo hice en diez minutos, pero no estoy seguro!

—¡Pues no haber dicho!

—¡A mí me dijo Ramoncho!

Al fin le aclaró el padre que tenía que correr y ganar, o le rompía la cabeza. Cuando fueron el miércoles con Jacinto, Planicio ya estaba resignado y sabía que tenía que causar buena impresión. El criado le seguía llamando Francisquito porque le gustaban mucho los diminutivos. De las carreras que le hicieron dar no se deducía nada, pero Jacinto con el Cimarrón lo pasaba bien. Le contaba unos chistes verdes atroces, que Jacinto repelía pudorosamente.

—¡Ay, Pachi!, qué cosas sabes. Anda, cuéntame otro, pero que no sea tan sucio.

Aquella misma noche se produjo un efecto muy positivo para Planicio. Decidieron alimentarle bien para que estuviera fuerte el día de la carrera. La idea fue del marqués, que se enteró del asunto y le pareció interesante. Ese tipo de desafíos, mediando apuestas, eran también muy corrientes en Inglaterra. Él no los había conocido directamente, pero por referencias sabía que muchos *lores*, a principios de siglo, organizaban carreras a pie en las que intervenían los criados y, a veces, ellos mismos. En una ocasión —se contaba— en el condado de Norfolk se montó una carrera que consistía en durar más y en la que los corredores sólo podían retirarse en caso de desfallecimiento. Ganó un criado indio que tenía el mismo conde de Norfolk, que corría descalzo y aguantó tres días enteros. Jacinto conocía la afición del marqués por estos asuntos y por eso se lo comentó.

—¿Qué día es el *match*? —se interesó el aristócrata.

—El próximo domingo, señor.

—Si puedo, iré. —Luego añadió— : Conviene que al chico de aquí a ese día le den una alimentación a base de hidrocarbonos.

—¿Cómo dice el señor?

El marqués le explicó que los africanos y los asiáticos eran muy buenos corredores *long distance*, porque se alimentaban de tubérculos y féculas ricas en hidrocarbonos. También le explicó el proceso metabólico que eso implicaba. Jacinto tradujo como pudo, y durante aquellos cuatro días le alimentaron con guisos de patatas y carne. El criado traía la materia prima directamente de la despensa de la casa condal y Pachi cocinaba generosamente, de modo que había para los dos. Aparte, a Planicio le daban grandes vasos de leche con mucho azúcar, porque el marqués también les había recomendado glucosa. Planicio era un saco sin fondo y devoraba todo lo que le echasen porque ya iba para un mes que no comía de fundamento. Jacinto se asustaba y decía :

—¡A ver si le va a hacer daño tanta comida!

—¡Qué ha de hacerle, hombre! —le replicaba el Cimarrón, que de eso entendía. En el País Vasco los desafíos deportivos se solucionaban siempre comiendo mucho. Cuando él andaba en las regatas de traineras, desde quince días antes de la prueba los tenían a chuletón diario de un kilo.

—¿Con hueso o sin hueso? —se interesaba Jacinto.

—Hombre, tanto no te puedo precisar. Lo que sí te digo es que en el plato de una vez no cabía y lo tenían que poner en dos. Y si alguno no podía con la chuleta es que no andaba en forma y había que sustituir.

Planicio, con tantas atenciones, estaba feliz, pero al mismo tiempo preocupado:

—*Aita*, mira que si no gano…

Jacinto, comprensivo, le decía:

—Tú, hijo, haz lo que puedas y no te preocupes de más.

—Eso —intervenía el Cimarrón—, haz lo que puedas, que es ganar, ¿está claro? Anda, vete a entrenar.

Con esas cosas Planicio se iba convirtiendo en fatalista. Se quedó sin madre y nadie le explicó de qué murió. Al año siguiente su padre le prohibió ir por Atocha, también sin más explicaciones, y le atizó por interpretar mal. La señora Asun le dijo: ya te avisaré cuando te necesite para algún recado, y ya no volvió a avisarle. Ahora su padre le decía que tenía que ganar una carrera y no le explicaba contra quién. Y sobre todo, y con mucho, lo de don Román, que cuando estaban juntos parecía que las cosas eran distintas y ya no se veían y estaba claro que nunca se verían más.

Cuando llegó el domingo notó mucho la falta de don Román porque seguro que le hubiera gustado verle correr, o, en el caso de que no le hubiera parecido bien la apuesta habría convencido a su padre para que no corriera. Él, tal y como estaban las cosas, prefería correr, porque se encontraba fuerte y bien, y por primera vez en mucho tiempo la gente —Francisca, Jacinto y su mismo padre— se preocupaban de él.

—¿Cómo te encuentras?

—Yo bien. ¿Cómo me he de encontrar?

Además, don Román siempre le decía: «Hay que ver este chico cómo corre. Nunca se cansa de correr.» Es decir, que era más seguro que a don Román también le hubiera gustado verle correr y él correría con más ganas de ganar. De todos modos pensaba hacer todo lo que pudiera por quedar bien con Jacinto, que estaba muy interesado en su éxito.

—Esta tarde seguramente irá el señor marqués —le había anunciado con un temblor en la voz.

Pero a Planicio le interesaba más dar gusto a Jacinto, porque de vez en cuando le oía comentar con *aita*:

—Pachi, lo de don Román tenemos que solucionar. No puedes quedar así con un caballero como él.

Aita asentía, pero decía que la cosa estaba difí*s*il, difí*s*il, y que los de Ramón y Cajal no habían querido comprender. Es decir, que *aita* también estaba ofendido porque no era razonable ponerse así y llamarle ladrón delante de un hijo sin saber todavía lo que había pasado con las trescientas pesetas y lo que él pensaba hacer para devolverlas. ¿Tenía fundamento hablar así delante de un niño? ¿Qué podía haber pensado su hijo?

A *aita* le dejaron una bicicleta para que pudiera seguir la carrera de cerca. El tornero tenía la suya; estaba convenido que cada padre hacía de entrenador y podía dar consejos a su hijo durante la carrera. El tornero, además, aportó un cronómetro de precisión, que usaban en la fundición para controlar tiempos de trabajo de los obreros. No tenía demasiado interés porque la carrera era para el que llegara primero y el tiempo no contaba, pero el cronometrarlo daba un aire más deportivo a la cosa. Se lo entregaron a Raimundo, el dueño del bar, que también hacía de juez, ya que él no intervenía en las apuestas porque todos eran clientes suyos y no quería líos. Al principio se reunieron en el puente de la Estación, pero decidieron apartarse porque el día estaba caluroso, con un poco de viento sur y allí picaba mucho el sol. Además había bastantes pescadores y paseantes, que empezaban a mirarlos. Se habían desplazado los habituales del bar Raimundo y el grupo —unos veinte— resultaba chocante. Subieron por el Paseo de los Fueros, que tenía bancos y árboles de sombra. El tornero se mostraba desconfiado y dijo:

—Pero bueno, si la carrera es de un puente al otro dando la vuelta, habrá que salir de éste. (Se refería al de la Estación.)

Hubo un momento de desconcierto, pero el Gallego aclaró que daba lo mismo: salieran de donde salieran, el recorrido no cambiaba. Medió alguna discusión más que nada porque era domingo, los jebos venían del bar y estaban con alguna copa en el cuerpo. Pero todos en buen plan y con ganas de reír, excepto el tornero de Luzuriaga, al que se notaba preocupado. Pachi hizo pruebas con la bicicleta prestada y al principio ni se mantenía porque haría más de diez años que no montaba. Todos se rieron, menos el que se la prestaba, que le increpó:

—¡Oye! O me la cuidas, o vas a pie corriendo detrás de tu hijo.

Se fueron sentando en bancos, al final del Paseo, a la sombra de los castaños, la mayoría de ellos fumando puro —era domingo— todos satisfechos y divertidos porque el Gallego estaba gracioso organizando las apuestas, aunque ya aclaró que éstas no podían ser definitivas hasta que llegara Jacinto, que era el que hacía banca.

—Muy enamorados andáis Jacinto y tú —decía uno.

—Hijo, qué quieres. La necesidad obliga. Te advierto que te acostumbras pronto y no hay grandes diferencias. Seguro que a ti te gustaría.

Pachi daba a entender lo que no era, pero todos se reían porque era único para contestar rápido y con mala idea.

Planicio se había sentado en el pretil del río, con un poco de retortijón de tripas porque la espera le estaba poniendo nervioso. El otro chico también estaba apartado, pero más cerca de su padre, que de vez en cuando le decía algo. El campeón del Frente de Juventudes de la provincia de Guipúzcoa iba con pantalón corto y con unas playeras blancas. Planicio llevaba su pantalón de mahón azul, largo, porque otro no tenía. Lo mismo le ocurría con las alpargatas: calzaba las únicas de que disponía. Eso también conformó su carácter en el sentido de carecer de opciones materiales: tenía *una* camisa, *unos* pantalones; o tenía zapatos o tenía alpargatas, pero no ambas cosas a la vez. Es decir, que cuando su padre le dijo vamos a correr, no pensó me pondré esto o me pondré lo otro para ir más cómodo y correr mejor. Se puso lo único que tenía. La vida era una cosa sencilla, y por eso su fatalismo y su conformismo resultaban simpáticos.

El tornero preguntaba:

—Pero ¿a qué esperamos?

Le volvían a explicar lo de Jacinto, que, además, era posible que viniera con el marqués. Y efectivamente, apareció el marqués al volante de su coche, un Citroën bastante elegante y muy nuevo. Jacinto venía sentado en el otro asiento delantero. El marqués paró un poco apartado y Jacinto se bajó para tomar información. Tenía treinta duros en el bolsillo porque el marqués le había preguntado:

—¿Cuánto es la apuesta?

Y no se atrevió a decirle que cinco duros; pero tampoco se echó más de treinta al bolsillo por si acaso.

Ninguno de los asistentes tenía referencias de lo que podía pasar, pero había apuestas cruzadas —más bien favorables al hijo del tornero, que a la postre tenía un título—, y Jacinto se limitó a arriesgar diez duros. Volvió a informar al señor marqués, el cual, por supuesto, no figuraba como apostador, sino como simple espectador de estos juegos populares tan arraigados en el pueblo vasco y tan propios también de su querida Inglaterra. Bajó del coche y saludó cortés:

—Buenas tardes, señores.

Sin dudar, todos se levantaron, se destocaron y respondieron al saludo. El prócer era de mediana estatura, pero muy bien formado. Llevaba una chaqueta blanca de *piel de tiburón*, cruzada, corbata azul de seda natural, con rayas rojas; la camisa también era de seda, color crema; los pantalones oscuros y los zapatos, de verano, blancos con ribeteado negro. Sombrero flexible gris y en el ojal de la chaqueta un ramillete de florecillas azules.

Era un hombre que impresionaba porque se había preparado concienzudamente para ser marqués, y lo había conseguido. Su mujer era la que llevaba la sangre azul y él el prestigio. El prestigio de haber remado en la tripulación de Cambridge, de ser un excelente jugador de tenis, de tener unas facciones muy agradables, la tez suavemente tostada, pero sin exceso, los ojos azules y la sonrisa muy atractiva.

—Buenas tardes, señores.

Y todos se levantaron sin que fuera necesario que Jacinto dijera quién era, porque no había duda.

Luego especificó:

—Buenas tardes, Pachi.

Éste se bajó rápido de la bicicleta, para corresponder.

—¿Dónde están los corredores?

Planicio, que seguía sentado porque tenía dudas de cómo terminaría lo de su retortijón de tripas, no hizo ningún ademán porque no se enteró. Jacinto se puso nervioso por la desatención:

—¡Francisquito, ven aquí!

Los contertulios se hubieran reído por lo de Francisquito, pero delante del señor marqués no se atrevieron.

Una vez cumplidas estas cortesías elementales, el señor marqués se volvió a apartar hacia su coche porque no le correspondía inmiscuirse en un asunto del que era simple espectador.

Costó, pero al fin el juez de salida consiguió poner a todos de acuerdo y los corredores partieron seguidos por los dos padres y otros dos ciclistas interesados en seguir la carrera de cerca. El hijo del tornero arrancó rápido, corriendo sobre la punta de los pies, fino y elegante. Causó buena impresión en el grupo, que dijo:

—Ése va bien.

No es que lo dijeran todos al unísono, pero fue el sentir general. Pronto le tomó una delantera como de cien metros a Planicio y la cátedra dictaminó:

—No hay nada que hacer.

Alguno le dijo socarrón a Jacinto:

—Jacinto, ¿tomas más apuestas?

Pero Jacinto no podía entre otras razones porque estaba atendiendo al señor marqués, que en cuanto los corredores desaparecieron de su vista, le dijo:

—Tome usted el volante, que vamos a seguirlos.

Así lo hicieron. Les dejaron que marcharan delante de ellos y cuando todavía faltaba medio kilómetro para llegar al Puente de Hierro le había tomado otro tanto de distancia el ganador de Berazubi a Planicio. El marqués comentó:

—Ese chico —por Planicio— pisa mal, pero corre seguro.

—Sí, señor —admitió Jacinto—. Ya le digo yo al padre que tiene que verle un médico, pero no hace caso. Es de pies planos.

Jacinto sabía ya que tenía perdidos los quince duros, cosa que interiormente le destrozaba, pero delante del señor quería dar la sensación de que sabía perder como un *gentleman*, porque como compensación a aquella desastrosa carrera, el hecho de ir al volante del coche de aquel pedazo de marqués, que si por él fuera sería Grande de España, le producía verdaderos vahídos de emoción.

—No se acerque usted demasiado —le recomendó el marqués.

Jacinto también lo prefirió porque se imaginaba las cosas que le iría diciendo el Cimarrón a su hijo, y mejor que no las oyera el marqués. Por lo pronto, el tornero usaba la bicicleta para ir al trabajo cada día, la manejaba bien y podía acompañar la carrera de su hijo con dignidad; en cambio, al Gallego se le veía desarbolado sobre la suya, fallando pedales y teniendo que poner los pies en el suelo a cada momento. En una de las pedaladas fallidas se golpeó el tobillo con toda su fuerza contra el plató dentado de la cadena, y soltó una blasfemia que llegó hasta el coche e hizo enrojecer a Jacinto. También se le oía quejar a Planicio:

—¡Que no puedo correr más de prisa, *aita*!

Es decir, que había gran diferencia de actitudes; el tornero pedaleaba suave, en marcha lenta, acomodada al ritmo de la carrera de su hijo; de vez en cuando daba una vuelta en redondo para no adelantarse y de paso echar una mirada al contrincante. Le decía a su chico:

—Vas bien, hijo; tú, tranquilo.

Planicio iba como siempre, ¡plas, plas!, pisando con las puntas de los pies para fuera y discutiendo con su padre. El marqués observó:

—No debería hablar tanto con su hijo; le dificulta el ritmo de la respiración. Debería usted advertírselo.

—Sí, señor.

Acercó el coche hasta la bicicleta del Cimarrón y le hizo señal de parar.

—Oye, Pachi, no obligues a hablar al chico mientras corre porque pierde resuello.

El criado notó que el Gallego iba a decir una inconveniencia porque estaba furioso, y le lanzó una mirada suplicante con ligero movimiento de cabeza en dirección del marqués, para que entendiera. El otro cogió al vuelo y dijo:

—Sí, señor.

El marqués había estado mirando distraídamente por la ventanilla porque no le parecía elegante intervenir siendo simple espectador. Pero vista la comprensión del padre, le pareció de humanidad el decirle:

—Su chico es muy seguro corriendo, pero quizá le falte punta de velocidad por la forma que tiene de pisar. Convendría que le examinasen los pies.

—Sí, señor.

Mientras tanto la carrera seguía, los dos chicos habían cruzado ya el Puente de Hierro y el Cimarrón estaba asombrado de tener que mantener una conversación sobre la conformación de los pies de su hijo cuando su obligación era seguir animándole. Es decir, cuando él jugaba un partido de pelota la forma de animar a su pareja era insultándolo, generalmente con referencias de tipo obsceno. Y lo mismo en la trainera, en la que unos y otros se dirigían pareados rimando las palabras riñones y cojones, fundamentalmente el patrón, que para eso estaba. Por eso dijo, sí, señor, para terminar pronto, y porque un marqués capaz de interesarse por una apuesta como aquélla, tenía que ser, de algún modo, un hombre aprovechable.

—Sí, señor.

—Ande, ande, vuelva usted con su hijo, que va muy seguro.

Desde el punto en que estaban se distinguía muy bien a los dos corredores, ya al otro lado del río. El campeón provincial seguía manteniendo la ventaja, pero quizá en perspectiva parecía menor, o por lo menos no la había aumentado. La tarde, aunque calurosa, estaba hermosa y había bastantes paseantes que comentaban cuando pasaban los chavales, porque se daban cuenta de que era una carrera.

Pachi tuvo que hacer un esfuerzo zigzagueante sobre su bicicleta para alcanzar a los corredores. El marqués comentó:

—Me temo que el hijo de su amigo... ¿Cómo se llama?

—¿Quién? ¿El chico?

—Sí.

—Francisquito —el criado se lo pensó un poco y añadió—: Bueno, yo le llamo Francisquito, pero todos le llaman Planicio.

El marqués se rió un poco y continuó:

—Pues me temo que a Planicio le falte punta de velocidad en la llegada. Si no fuera por eso, no veo el *match* perdido.

Jacinto no sabía lo que era punta de velocidad, pero estaba bastante satisfecho por el interés con que seguía su señor la carrera.

—Sigamos, pero no eche usted el coche encima de ellos para no agobiarlos.

Lo que complicó bastante el resultado final fueron las apuestas adicionales que, sin control, se cruzaron entre los jebos cuando los *korrikolaris* pasaron frente a ellos, por la otra ribera. Se los veía muy bien y a unos les pareció que la ventaja que había tomado el hijo del tornero era irremediable y a otros que no, y que además el hijo del Gallego iba más tranquilo. Aunque así fuera, decían los primeros, ya sólo quedaba un tercio de carrera y por lo tanto Planicio no tenía nada que hacer. Por eso las apuestas fueron tres a uno a favor del tornero. De todos modos, la cosa prometía porque si perdía el Gallego se reirían ya que el hombre cuando se ponía furioso tenía salidas curiosas. Y si ganaba también, aparte de que lo que ganase se lo gastaría en invitarlos.

A uno y otro corredor les lanzaron gritos de ánimo que llegaban bien al otro lado del río. A Planicio le gritaban:

—¡Alza pilili!

Era una especie de grito de guerra para los de Alza y el chico levantó los brazos saludando, ilusionado y agradecido.

—¡No ves, no ves! —decían sus partidarios—. Mira, mira qué suelto anda y cómo saluda.

Y le volvían a animar:

—¡Aúpa, Planisio!

Y el chico nuevamente saludaba y hasta parecía que se distraía de la carrera de manera que el hijo del tornero mejoraba un poco su ventaja.

Cuando los chavales llegaron al puente de la Estación, los contertulios se levantaron y tomaron posiciones porque bien colocados podían ver todo el final de la carrera. Algunos más audaces se subieron al pretil del río, pero los otros les decían que, cuidado, no fueran a caer al río y al final la jodieran. Pero no vieron el final de la carrera porque el campeón provincial tuvo problemas. Justo terminar de doblar el puente de la Estación empezó a caminar mucho más despacio y entonces el Gallego, con un verdadero alarido, impulsó a su hijo a correr más y a éste le pareció bien, porque veía que lo cogía. Es decir, él no podía acelerar mucho más la marcha, pero no le costaba nada mantener la de siempre, la suya habitual, la que usaba para hacer los recados de la señora Asun, y aun con ésa se daba cuenta de que lo alcanzaba porque al otro chaval lo veía ya muy cerca. Cuando se emparejaron, el hijo del tornero hizo unos ruidos muy raros, casi se paró en un tambaleo y dijo ¡ay, padre!, varias veces. La cara la tenía lívida, se puso en cuclillas y empezó a devolver, al principio saliva y luego de todo. Planicio se paró, naturalmente, y le sujetó por los hombros para que no se cayera del todo. También le preguntaba cómo se encontraba, y su padre —el de Planicio— le gritaba, ¡sigue!, y el chico no lo entendía muy bien. El tornero se había apeado de la bicicleta y estaba un poco asustado viendo a su hijo así. El Gallego, que no salía de su asombro, con los ojos desorbitados le gritaba a su hijo:

—¡Pero sigue, gilipollas!

Entonces este tipo de insulto no se usaba mucho y menos en el País Vasco, pero el Gallego ya lo empleaba en algunas ocasiones. El chico estaba igual que su padre, es decir, que no salía de su asombro y le decía:

—¡Pero, *aita*, cómo voy a seguir! ¿No ves cómo está?

Aita lo puso en la dirección de la meta y le dio un empujón. Los jebos, viendo la gente arremolinarse en torno al caído, se iban aproximando. ¿Qué pasa? ¿Qué ha pasado? El mismo juez de llegada, que justo había terminado de señalar con un pedazo de ladrillo un trozo rojo bien gordo para que se notara la meta, abandonó su puesto y se acercó al grupo. El marqués había visto todo muy bien y mandó parar el coche porque ya no era cuestión de entremeterse sino de ayudar. En cuanto se aproximó le hicieron paso, miró al caído y dictaminó:

—Es una lipotimia —luego dirigiéndose al tornero le tranquilizó—: No tiene importancia. Jacinto, en la maleta del coche hay una manta, tráigala. En estos casos lo único que hay que cuidar es que no coja frío, sudando como está.

—Sí, señor.

Es decir, que todos dijeron, en general, sí, señor, excepto el Gallego, que seguía empeñado en que su hijo continuara la carrera. Jacinto volvió con la manta, pero por lo bajo le hizo observar al señor marqués que se iba a manchar porque el hijo del tornero se había puesto perdido con el vomitado. El marqués replicó con voz suficientemente alta:

—No importa. Se lava.

—Sí, señor.

Lo sentaron en el pretil del río envuelto en la manta y el señor marqués tomó información sobre la hora en que comió el chico y en qué consistió, resultando evidente que había comido demasiado tarde y demasiada comida. Para lo futuro le dio unos consejos al tornero sobre dietética del corredor, que el hombre agradeció. Luego se volvió hacia Planicio que, aparte con su padre, formaba un grupo conflictivo y enmarañado, y le reprendió:

—Tu obligación era haber seguido hasta la meta.

Aquella misma noche Jacinto prestó a Pachi las trescientas pesetas para que arreglara lo de don Román. Fue una noche señalada porque para celebrar el lío que se armó y que luego se arregló, fueron los mismos contertulios los que invitaron a Jacinto al bar Raimundo. Hasta entonces se había abstenido por temor; el ser marica estaba tipificado como delito de escándalo público en el Código Penal y era peligroso andar por tabernas de hombres con copas de más, que al menor pretexto la emprendían con él. Pero los jebos empezaban a dudar de que fuera un auténtico marica; afeminado y amanerado sí era pero de lo otro no había pruebas.

—¿No es así? —le preguntaban a Pachi.

—Hombre, yo personalmente no he experimentado.

En cualquier caso, aquella tarde se había portado bien. Cuando el marqués le dijo a Planicio: tu obligación era haber seguido hasta la meta, quedó claro que si ningún corredor había cruzado la línea de llegada no hubo, propiamente, un ganador.

Instintivamente el Cimarrón le largó un manotazo a su hijo que —como de costumbre— no supo esquivar, pero no insistió por respeto al señor marqués. Entonces, los que apostaron por el hijo del tornero dijeron:

—Entonces ¿qué pasa con las apuestas?

Pero lo dijeron en el sentido de que con las apuestas

no pasaba nada, sino que cada uno retiraba su dinero, y en paz.

—Eso, ¿qué pasa con las apuestas? —replicaron los otros, pero en el sentido de que bien claro estaba que el ganador fue Planicio aunque hiciera la tontada de no llegar hasta la misma meta. Cuestión de detalle. ¿Estaban entre caballeros o entre jebos?

La cosa se puso un poco agria porque una cosa era el respeto al señor marqués y otra los duros. El tornero dijo dirigiéndose a Pachi.

—Yo, por mí, he perdido y mis cinco duros son tuyos.

No dejaba de ser un gesto y se hizo un momento de silencio respetuoso que los apostantes a favor de Planicio rompieron de mala manera, enconando la cosa:

—¡Lo veis!, ¡lo veis! Si el mismo padre lo reconoce.

¿Y qué? El padre no era quién para reconocer, y lo único que hacía era pagar su culpa por haber dado de comer tarde y en exceso a su hijo. Bien claro dijo el señor marqués que la obligación de Planicio era haber llegado a la meta, aunque el otro se estuviera muriendo; si no lo hizo, no había ganador.

El marqués se dio cuenta de que imprudentemente había conculcado el principio de no intervención que aprendiera en Cambridge, y llamó a Jacinto en un aparte. Éste, después de informarse de los deseos del marqués, tuvo otro aparte con Raimundo, que era el depositario de las apuestas. El Cimarrón, que para estas cuestiones tenía oído de tísico, le dijo rápido a Jacinto:

—Pero sin hacer el primo.

Es decir, que el marqués le había dado al criado cuarenta duros para que solucionase diferencias, ya que había pasado una tarde entretenida, su intervención resultó lucida entre aquellos sencillos aldeanos, y no estaba dispuesto a estropear la imagen por doscientas peestas, que no llegaban a 10 dólares.

—Silencio, señores —dijo Jacinto con autoridad—, que el que tenga que cobrar cobrará.

El marqués se despidió con un gesto afable que servía para todos, excepto para los dos chavales, a los que dio respectivas palmadas en la espalda y les dijo que habían estado muy bien.

Por eso invitaron a Jacinto al bar Raimundo, porque había sido un poco el protagonista de la tarde y, sobre todo, de la solución final.

El tema de la carrera les duró bastantes días. Jacinto, cuando el tornero no estaba delante, aclaraba que el marqués a él, particularmente —resaltaba mucho lo de que había sido una confidencia particular—, le había dicho: «De todos modos el otro chico iba muy forzado.» O sea que, aunque no le hubiera dado la lipotimia, era probable que hubiera ganado Planicio porque el otro, desde el principio, salió muy forzado. O, incluso, puede que le hubiera dado la lipotimia precisamente por forzar demasiado. En cambio, el mismo señor marqués, a lo largo de toda la carrera había insistido en que Planicio siempre corrió muy seguro. Bastantes animaron al Cimarrón para que preparase al chico como *korrikolari* para competir en las plazas de toros de los pueblos, que solían ser carreras largas, de muchas vueltas al anillo, que le tenían que ir bién. Él lo había pensado también, pero andaba desalentado con el temperamento del chico para estas cosas y no veía forma de hacer carrera con él, por buenas piernas que tuviera. Pero, por otra parte, estaba consolado porque anduvo muy oportuno en decirle a

Jacinto: pero sin hacer el primo, cuando el marqués le dio los cuarenta duros, porque fue él quien se encargó de hacer los arreglos con unos y con otros, de modo que se quedaron cada uno con diez duros limpios.

—¿Has visto cómo tú siempre conmigo sales bien? —le recordó Pachi.

Fue entonces cuando Jacinto le prestó las trescientas pesetas para arreglar el equívoco.

En aquel final del mes de junio ocurrieron muchas cosas. Planicio, de la mano del señor marqués, entró de recogepelotas en el Club de Tenis de San Sebastián. Su padre se adscribió de ayudante de un mozo de exterior en la Estación del Norte. Y, principalmente, se rompió el silencio con los de la calle de Ramón y Cajal, pero de una manera tan peculiar que cambió la vida de todos ellos.

—Oye —le dijo Jacinto un poco preocupado cuando le dio las trescientas pesetas—, pero mañana mismo irás a pagarlas ¿no?

—Descuida, hombre —le contestó Pachi sin molestarse por la desconfianza—. A mí también me gusta ir con la cabeza alta y que la gente no piense lo que no es.

No fue por la mañana, porque sabía que don Román andaba con las clases de los opositores a Hacienda y no era momento, ya que él pensaba pedir explicaciones, o, si se las pedían a él, también tenía muchas que dar. No fue después del almuerzo, porque se retrasó, ya que teniendo algún sobrante del día anterior parecía lógico hacer una comida de fundamento. Tampoco le importaba que cuando fuera no estuviera don Román —ya le habían explicado que al pobre *coitado* le colocaban de 5 a 7 en la *plancha* del Kursaal, como una planta, a ver el mar—, porque verdaderamente la que tenía que darle razones era la señorita Menchu, que fue la que le llamó ladrón delante de su hijo y a él le parecía que en su presencia no se atrevería a repetirlo porque, aunque había pasado un mes, se acordaba bien de los jadeos de la señorita Menchu cuando empujaban el cesto de mimbre cuadrangular, cargado de libros, y las admiraciones de ella, viendo sus fuerzas. Las de él.

El caso es que serían las cinco y media cuando se fue a Ramón y Cajal y, efectivamente, como le habían contado, allí estaba el pobre don Román, de cara al mar, con la cabeza que se le caía un poco para adelante, y con el pelmazo del portero a un lado, que no le hacía ni puñetero caso. Si se le acercaba un niño o pasaba cerca de él, hacía un movimiento con la cabeza para seguirle; aun a aquella distancia y sin verle la cara, lo notó distinto. O sea, que primero le pediría las explicaciones a la señorita Menchu y luego aclararía con don Román, que sería mucho más fácil.

Le abrió la puerta la misma señorita, y eso era señal de que seguía sin criada. Se quedó de un pasmo al ver a Pachi y se empezó a alisar el cabello y a estirar el vestido que consistía en el hábito del Carmen, marrón oscuro con correa negra a la cintura. Ésa era otra. Tenía promesa de no quitárselo mientras su hermano no mejorase, porque había empeorado. El sacarlo a pasear, cada tarde, era un triunfo y, por supuesto, el que se pusiera de pie para cambiar de asiento, de propio impulso, con su famoso y terrible golpe, era ya impensable. Entre el portero y ella se las veían y deseaban para trasladarle a la silla de ruedas. Por eso se había vestido de hábito, muy discretamente, y sin decir a su hermano la razón, pero como éste se la imaginaba, tenía la sensación de que aquella especie de túnica marrón a media pierna, sin adorno de clase alguna, era su propia mortaja.

Aquel día Pachi tenía un poco de tortícolis porque cogió frío la noche anterior al salir del bar Raimundo. Eso le dio, al entrar, un aire altanero. El vestíbulo estaba bastante oscuro cuando Pachi le dijo:

—Venía a traerles las trescientas pesetas que me encargó usted el otro día.

Por ejemplo, ésa era una postura que podía adoptar: decir tranquilamente que venía de cumplir el encargo que le hiciera hacía un mes. ¿Es que un mes era mucho tiempo? Con la señorita Menchu —con don Román hubiera sido distinto— le apetecía hacer algo raro porque se sentía dominador, a ver qué pasaba. A Pachi le gustaba mucho el perfume en las mujeres y estaba descubriendo que el de la señorita Menchu le gustaba un poco más. Es decir, que en aquella semioscuridad que tanto facilitó, era mucho más sensible el aroma de la señorita que la rigidez que daba a su apostura el hábito del Carmen.

—¿Sabe usted a lo que me refiero? —dijo Pachi.

—Sí, sí, claro.

Además, a aquella hora de la tarde, una vez que hubo cerrado la puerta a sus espaldas, el silencio era absoluto no sólo en el piso, sino en todo el edificio, y prácticamente en todo San Sebastián. Si algún rumor llegaba de la *plancha* del Kursaal —por ejemplo el gritar de un niño— era para acentuar más la sensación de silencio y soledad.

Cuando Pachi hacía una comida con fundamento, siempre comprendía un poco de vino para ayudar. El vino le daba serenidad, así que aquel asunto de la señorita Menchu, que siempre lo sintió latente y que desechó por parecerle de enormes complicaciones, ya no se lo parecía tanto. Ella no tomó el dinero y Pachi lo dejó encima de un bargueño que había en el vestíbulo, y luego comenzó un forcejeo que, al principio, pudo dar la sensación de que se trataba de una semiviolación. Por supuesto que ella no era de piedra pero, a pesar de todo, gritó:

—¡Con el hábito del Carmen, no!

Pero gritó tan flojito que no se rompió el silencio, que ayudaba tanto. La objeción le pareció razonable a Pachi y se ofreció solícito:

—No se preocupe usted. En seguida quitamos.

Y se puso manos a la obra pero buscando un sitio más adecuado que el vestíbulo, para continuar la operación. Él conocía bien la casa y a aquella hora resultaba igual de silenciosa y acogedora. En la habitación, la señorita Menchu dijo:

—¡Ay, Dios mío! ¿Qué va a hacer usted?

Aunque seguía un poco de forcejeo que mantenía el tono de semiviolación, era una manera de preguntar que invitaba a una respuesta adecuada.

La segunda vez, cuando ya era insostenible que aquello fuera una semiviolación, ella se limitó a preguntar, resignadamente:

—Pero ¿va usted a repetir?

Y al Cimarrón le entró la risa, porque la *neskasarra* aquella tenía cosas de niña chica. Preguntaba lo de repetir como si estuvieran degustando un plato de cocochas.

La confesión de la señorita Menchu fue una agradable sorpresa para el señor cura párroco. Era admirable que la feligresa más pesada de toda la parroquia resultara tan razonable a la hora de pecar. Habitualmente se confesaba con él, pero nunca yendo directamente al confesonario; previamente se pasaba por la oficina parroquial, que más bien consideraba oficina particular o de reclamaciones. El sacristán, que era cheposo y malintencionado, la odiaba porque siempre le andaba mareando con la cuestión del servicio doméstico: que le mandase una chica limpia, modosita, buena cristiana y dispuesta para todo.

—¿Me entiende usted?

Desde luego que la entendía el chepa, pero en el caso de que encontrase una chica así, por supuesto que no se la enviaría a ella. Si la aguantaba —que de hecho no la aguantaba— era en atención a su hermano, que le colocó a una sobrina de auxiliar en la Delegación de Hacienda y que había que ver cómo estaba el pobre, y, sin embargo, llevaba su mal con mucha más dignidad que él su chepa. Aparte, estaba el capítulo de reclamaciones sobre el horario de las misas, o de la función religiosa, o la peregrinación al Santuario de Nuestra Señora de Aránzazu, o la festividad del Santo —31 de julio—, o la visita a Loyola... Temas todos sobre los que la señorita Menchu tenía que opinar, reclamando o indicando la conveniencia de alguna rectificación. El sacristán alegaba falta de competencia y la remitía al señor cura, que la atendía con admirable paciencia, también en atención a su hermano, caballero cristiano al que valía la pena poner de ejemplo.

Por eso cuando la señorita Menchu se arrodilló en el confesonario, no supo, al principio, que era ella.

—Ave María purísima.

—Sin pecado concebida, María Santísima.

—Padre, he fornicado.

—¿Cuántas veces, hija mía?

La señorita Menchu no estaba segura si habían sido una o dos, pero resultaba tranquilizador que el señor cura no se levantara escandalizado para rasgarse la sotana, sino que se limitara a preguntar suavemente cuántas veces, hija mía; por si acaso dijo dos, aunque dentro de una misma oportunidad. Es decir, que sería la feligresa más pesada de la parroquia, pero a la hora de pecar en serio, se confesó como manda el catecismo, sin andarse por las ramas. Se había pasado la noche casi en vela, después de lo ocurrido, matizando la confesión que era inevitable a la mañana siguiente, y dudando si plantearla como una semiviolación posterior consentida. O, por lo menos, la segunda vez consentida del todo. Consentida del todo porque a ella, Pachi, desde el día que le conoció, le pareció un hombre muy interesante que había tenido muy mala suerte en la vida, a diferencia del profesor mercantil al servicio de la Hacienda, de cuello duro y cigarrillos emboquillados, al que la vida le iba de maravilla —incluso durante la guerra sirvió en Intendencia—, pero con el que no podía por mucho que le animara su hermano.

Hasta el último momento estuvo dudando, sobre todo en orden a las circunstancias atenuantes que rodearon el hecho y que en su primera fase lo hacían muy semejante a una semiviolación posteriormente consentida. Pero cuando se arrodilló prevaleció el *Ripalda* y se limitó a decir: «Padre, he fornicado.»

El señor cura párroco, que llevaba treinta y tres años de confesonario, de lo único que se extrañó es de la insistencia de la señorita Menchu para que la dispensara del voto privado de seguir llevando el hábito del Carmen. Accedió, le puso una penitencia notable, le encareció que evitase nuevas ocasiones de pecado y le rogó que cada día quisiese más a su hermano, al que últimamente veía triste y desalentado de seguir viviendo. Esto último no se lo dijo, pero lo encomendó especialmente, porque don Román, ejemplaridad aparte, era un hombre que valía la pena.

Quizá la reconciliación le llegó un poco tarde a don Román. El día del hecho, cuando regresó a casa, le dijo su hermana:

—Se acaba de marchar Pachi. Vino a traer las trescientas pesetas que le encargamos el otro día.

Así, como la cosa más natural del mundo, después que durante un mes entero le repitiera constantemente:

— que a él (a don Román), todo el mundo le engañaba, porque de puro bueno se pasaba. No lo aclaraba, pero se sobreentendía que se pasaba de tonto;

— que a ella (la señorita Menchu), desde el primer día el tal Pachi le había parecido un pájaro de cuenta y que ya se lo había advertido a don Román varias veces;

— que si de ella dependiera ya lo habría denunciado a la Comisaría; pero, claro, por no disgustarle a él (a don Román) se aguantaba;

— que además el sinvergüenza aquél no había sido para mandar por el chico el paquete de harina de maquila que recogió de «La Burgalesa»;

— y, por cierto, en cuanto al chico, ella no tenía nada, porque al fin y al cabo era un niño, pero tampoco devolvió los libros que le prestó él (don Román), y no había sido para dar una explicación, o por lo menos para dar las gracias por no haber metido al sinvergüenza de su padre en la cárcel.

Don Román oyó esto durante un mes, en alguna ocasión se enfadó, en otras balbució tartamudeando una defensa, y las más de las veces se puso a mirar muy fijo, más allá del horizonte, donde tenía que estar, seguro, el Cielo que él quería. Por supuesto que era una necedad pensar así; el Cielo sería el mismo para todos y el pensar que llegaría a él en un vaporcito de pesca, no dejaba de ser una licencia poética, con reminiscencias paganas de la barca de Caronte.

—O sea que ha venido Pachi.

—Sí.

—¿Y qué ha dicho?

—Nada de particular. Que ya vendrá a verte una tarde de éstas.

La presunta santidad que la gente se empeñó en atribuir en vida a don Román no fue tanto por su resignada inmovilidad, sino por su capacidad de silencio. Resulta que, después de aquel mes de imprecaciones, su hermana, su hermana pequeña, no tenía tiempo de explicarle por qué duró tanto la ausencia —con las trescientas pesetas en el bolsillo— de Pachi el Cimarrón, que tres días después apareció a media tarde en la *plancha* del Kursaal, con Planicio andando detrás, medio escondido detrás de su padre.

—¡Don Román, qué ganas tenía de verle! —le dijo el Cimarrón, y al tiempo le cogió una mano que el señor no pudo alargar.

A continuación saludó a Paco el portero de manera que se diera cuenta de que venía en plan de visita y no a quitarle el puesto de acompañante, porque los porteros eran mala gente y convenía estar bien con ellos. Por eso dijo muy seguido:

—Ahora estoy trabajando en la Estación del Norte.

Lo dijo sin mayores especificaciones y podía entenderse que estaba al servicio de la Red de Ferrocarriles Españoles, y no dejaba de ser cierto, aunque fuera por su cuenta y sólo como ayudante de mozo de exterior.

Es decir, había los mozos de interior que iban uniformados con blusón azul, gorra de plato numerada y no transportaban la maleta más allá del andén. Afuera, como su nombre indica, estaban los mozos de exterior, que no precisaban uniforme y sólo se les notaba su condición por una chapa numerada que llevaban en algún sitio, generalmente en la boina. Pues bien, uno de éstos, al que llamaban Zurrido, también gallego de Trincherpe, fue el que convino la ayuda de Pachi para descongestionar la llegada de los expresos en los meses de julio y agosto, pero le advirtió que en septiembre quedaría de más, cosa que al interesado no le afectó porque bien sabían que él no era para perseverar en un mismo oficio.

De todos modos, y aunque no quería entremeterse, cambió de sitio a don Román porque el imbécil del portero no se daba cuenta que a la sombra el señor tenía frío. Por mucho calor que hiciera, el señor solía tener frío a causa de la inmovilidad permanente.

—¿Nos ponemos un poquito al sol, don Román? —y manejó la silla con la experiencia de muchas horas de maniobra.

Siempre había postura en la que el acompañante podía estar a la sombra —lógico, con aquel sol— y el señor no.

—Anda, Planicio, ¿no saludas a don Román?

Al chico le había dado una de sus vergüensas y seguía detrás de su padre, sonriente y un poco colorado.

—¡Hola, Planicio! —le dijo don Román. Luego añadió— : Cómo has crecido.

Pero pensó que no era lógico que en un mes —aunque a él se le hiciera tan largo— hubiera crecido, y rectificó :

—Bueno, me parece que estás mayor y más elegante.

Esto se lo decía porque, para que pudiera ir al Club de Tenis, su padre le compró, de fiado, una chaqueta y un pantalón. Por eso parecía mayor.

—Ya me han dicho que andas de *korrikolari* ahora. —Esto lo dijo Paco el portero, porque la noticia se había conocido en el barrio.

—¿*Korrikolari* éste? —cortó Pachi con retranca de cabreo—. Como no le pongamos para hermana de la Caridad o así, para otra cosa no creo que sirva.

Y contó la carrera, explicando con todo detalle cómo al doblar la esquina del Puente de la Estación alcanzó al otro presumido y se paró a ver cómo vomitaba.

—¿Qué le parece a usted? —preguntaba a don Román. A éste, conociendo a Planicio, le parecía normal, pero de todos modos movió un poco la cabeza, como en un reproche, pero suave, porque estaba deseando que los dos, el padre y el hijo, quedaran conformes.

—¿Y tú qué haces ahora? —le preguntó el señor a Planicio.

—Estoy de recogepelotas en el Tenis.

—Hasta que encontremos otra cosa mejor —intervino Pachi, para que no creyeran que iba a tener a su hijo recogiendo las pelotas de los señoritos—. De todos modos, sale bien con las propinas. Nos vamos defendiendo, don Román.

Esto lo dijo con tono de serena conformidad, como hombre al que la vida presentaba siempre grandes dificultades, que con la ayuda de Dios iba superando.

El portero dijo que ya era hora de regresar a casa, y con eso contaba el Gallego.

—Si le parece le acompañamos, don Román, y así

saludamos a la señorita Menchu. Bueno, yo la saludé el otro día, no sé si le diría, pero Planicio hace tiempo que no la ve.

La señorita Menchu se puso colorada al ver a Pachi y también un poco nerviosa. Esto último hasta su hermano se lo notó, sobre todo porque saludó efusivamente a Planicio y, además, lo que nunca hiciera, le dio un beso, se interesó por su traje tan elegante, y que le iba a dar de merendar pan con chocolate. Don Román andaba desconcertado aquellos días con la actitud de su hermana pequeña, que, de repente, sin que él mejorase un ápice, se había quitado el hábito marrón con cinturón de cuero negro y volvió a sus vestidos de colorines, que, por contraste, resultaban hasta llamativos.

El Cimarrón, pese a lo sucedido, estuvo muy respetuoso con ella, no se permitió ningún aparte y solamente miradas a la base para confirmar que seguía excelente y que incluso el color de la cara se le había mejorado. Cínico como era, pensó que a muchas les pasaba lo mismo. Un hombre era lo que necesitaban. Pero lo pensó con un cinismo matizado en el sentido de que a la señorita Menchu le hacía falta no un hombre cualquiera, sino uno como él, y prueba es que llegó *neskasarra* y virgen hasta los treinta años y oportunidades no tuvieron que faltarle porque era una mujer con condiciones y en cuanto a lo del carácter regañón no era para espantar, porque todas eran iguales y la razón estaba en no hacerles mucho caso. O sea que no era un asunto con tantas complicaciones como él pensaba antes.

Al chico le dio el pan y el chocolate, conforme a lo prometido, y a Pachi le pareció más elegante decir que no, que gracias, que no quería tomar nada.

Planicio le contó al señor que ya había leído todas las novelas que venían en el tomo grande, encuadernado con tapas de cartón y lomo de tela, que sacaron del cajón de mimbre cuadrangular. Entonces, la señorita Menchu, la misma que durante un mes le recordó que tampoco el chico ese había devuelto los libros que le prestó, fue la que amablemente dijo:

—Pues yo creo que en ese cajón todavía quedan más libros —y añadió dirigiéndose a Planicio—: ¿Quieres buscar alguno?

Naturalmente, quería. Le acompañó la señorita y volvió sola.

—Tenemos que bajar otra vez ese cajón porque en esa habitación no hace más que estorbar.

Lo dijo sin intención, pero se sintió apurada cuando Pachi se ofreció:

—Si usted quiere, lo bajamos ahora mismo.

¡Qué distinto significado tenía cada frase después de lo ocurrido! A la señorita Menchu le parecía ostensible, aunque no para su hermano, que por la puerta entreabierta le daba consejos a Planicio.

—Mira bien a ver si encuentras uno, encuadernado como el otro, pero más pequeño. Las tapas son de cartón rojizas. ¿Lo ves?

—¿Cómo se llama?

—*Quo Vadis?*

—¿Cómo dice?

El señor se lo repitió, deletreando mucho, porque, naturalmente, Planicio no sabía latín. Don Román estaba acostumbrado a tener paciencia y a repetir muchas veces las cosas, porque tantos años sentado o tumbado, tenía que conseguir que los demás le interpretaran. Y cada vez era más difícil porque comprendía que se le acentuaba el tartamudeo. Pero Planicio era listo y rápido como el rayo y tenía que resolver lo de que el curso siguiente empezara a estudiar.

—¡Aquí está! —gritó jubiloso, y se le oyó deletrear—: Qu-o Va-dis. Enrique Sienkie...

El apellido no pudo terminarlo, porque no comprendía cómo se podía leer la uve doble con una i, una c y una zeta. Apareció con el libro en la mano, soplándole el polvo.

—¡Así no! —gritó la señorita Menchu en su ser natural. Luego suavizó—: Así no, hombre, ¿no ves que manchas todo de polvo? Trae.

Planicio, que se había quedado cortado con el grito, se lo alargó tímidamente. La señorita desapareció camino de la cocina y al poco volvió.

—Toma. Yo también lo leí de pequeña. Es una historia muy triste de cristianos, pero te gustará. Sale San Pedro. ¿No es ése, Román?

Planicio, aquella noche, noche de junio estrellada, sin luna, dominando sobre el sobreático todo San Sebastián, allá a lo lejos la bahía, con las farolas tenues reverberantes en la marea baja, y los aires del mar, salobres, entrando por la canal del monte Ulía, rezó las tres avemarías subido a la caseta de la maquinaria del ascensor, para ver mejor.

—¡Planicio! ¿No te acuestas?

—¡Sí, *aita*! Ya voy.

Mientras los días pasaban y la señorita Menchu temblaba intuyendo las consecuencias de aquella tarde, el esplendor de la casa condal seguía en aumento, y la adaptación de Planicio al Tenis Club mejoraba. En realidad se llamaba Club de Tenis, pero el marqués decía siempre Tennis Cl*a*b, alargando mucho la *a* aunque los españoles la pronunciaban como «u».

El Gallego, en cambio, no había tenido problemas de adaptación a su nuevo oficio, porque tendía a no adaptarse a ningún trabajo. Éste lo toleraba bien porque la mayoría de los compañeros eran paisanos, tenían un humor gallego que le iba y solían llevar una tartera con el *amaiketako* (1). Él decía: «Yo pongo el vino», y participaba de la tartera de los demás, que comprendían que un hombre viudo, y con un hijo, tenía que arreglarse regular en cuestión de comidas.

El trabajo no le iba mal porque era de mucho esperar —entre tren y tren—, contarse chistes y hacer gracias. En la parte derecha de la estación había un rincón que, sin ser gran cosa, servía para jugar un poco a la pelota. Era una paredón bastante alto, medianero con la consigna de mercancías, y a la izquierda tenía un murete de unos dos metros de altura, con una bancada de cemento viejo y arrugado. El suelo estaba descarnado y los partidos eran más de maña que de otra cosa. Al principio, el Gallego, para no despertar sospechas, los desafiaba:

—Venga, nos apostamos un *chiquito*.

No le importaba perder pero de vez en cuando se jugaban un duro y entonces ganaba. Y eso que cuidado que andaba desentrenado: todo el año sin tocar la pelota. Los maleteros de andén, que procuraban mantener distancia con los de exterior, miraban de lejos los partidos. Pero había uno joven, de Azcoitia, que no resistió la tentación y cruzó apuesta con el Cimarrón, que le ganó pero con gran dificultad. Lo consiguió

(1) *Amaiketako*: almuerzo, «media mañana».

porque el joven quería ganar por fuerza y allí eso no valía. Allí se trataba de aprovechar la bancada para que la pelota, que era *motela,* rozase el murete lateral, diera un primer bote sobre el banco y cayera, muerta, al suelo. Parecía que se podía coger, pero resultaba que no, porque sobre la solera descarnada apenas si botaba un palmo; el de Azcoitia se dio cuenta del truco tarde, cuando ya Pachi llevaba mucha delantera, y no pudo remontar. Pero buena coba que le dio Pachi, diciéndole que tenía una izquierda como Dios y que en frontón reglamentario no se atrevería a jugar contra él. Porque desde el primer día se separó de los conciliábulos de los mozos de exterior, como cosa poco práctica, en el sentido de que él iba a ganarse unas perras y no a discutir derechos de unos y de otros. Por eso hizo amigos entre los maleteros de andén e incluso con los mozos de «Wagons lits», que siempre estuvieron tan distantes y aristocráticos —con su uniforme marrón, botones dorados y quepis a la francesa— que para ellos parecía que no había pasado la guerra. Los de «Wagons lits» hacían compras en el recorrido —aceite, harina, chorizos...— que luego revendían en San Sebastián. A ello le llamaron estraperlo y funcionó bastante mejor que el suministro oficial; por eso Pachi hizo tan poco aprecio de la cartilla de racionamiento que perdió y ya no se molestó en recuperar. Él les compraba alguna cosa, pero a mejor precio, porque para eso eran amigos.

Un día que le fue bien —hizo varios servicios y ganó una apuesta en la rinconada— les compró una sarta de chorizos y la llevó a Ramón y Cajal. Para que no interpretara mal la señorita Menchu, fue al mediodía, cuando era seguro que don Román estaba dando sus clases y por tanto no tenían ocasión de repetir. No es que Pachi no quisiera repetir —nunca imaginó que *neskasarra* medio forzada pudiera resultar al final tan amorosa—, pero se lo tenía que pensar porque era asunto para llevar con gran prudencia.

Le abrió la señorita, un poco apurada de que le cogiera de aquellas trazas, con delantal, el moño recogido y la cara lavada. En cambio, Pachi la encontró muy propia de *etxekoandre* (1) y se confirmó de que aquella cara era muy distinta a la que tenía cuando además de *neskasarra* era virgen. Otro color, otra viveza, incluso parecía haber engordado un poco —a él le gustaban contundentes de carnes— y, en cambio, se le notaban unas ojeras que le daban un aire melancólico y atractivo. Porque Pachi, aunque fuera un cínico, sabía apreciar estas finuras en las mujeres y precisamente le encontraba un aire con la niña bonita de Alza que tomó de esposa, no sólo por joder a la familia —como decían—, sino porque tenía las mismas maneras de mujer dispuesta y regañona, pero que cuando interesaba se ponía tierna y amorosa, como ya pudo comprobar él, antes de casarse, entre los manzanos.

—Pero ¿cómo viene usted a estas horas?

—Venía a traerles un regalito.

Ya se figuraba que don Román estaría atento, pese a las clases, porque el vestíbulo comunicaba con el cuarto de estar del mirador, y el atender lo que ocurría en la puerta no era incompatible con el recitado de los alumnos. Sin pasar, porque nadie le había invitado, dijo:

—Buenos días, don Román y la compañía.

—Pase, pase —le dijo la señorita Menchu.

El señor movió la cabeza con esfuerzo —cada vez

(1) *Etxekoandre*: ama de casa.

se le quedaba el cuello más corto entre tanta grasa— para ver a su antiguo ayudante.

—Les traigo un poco de chorizo de Aranda. Es de matanza.

Se hizo un silencio, porque en 1942 un chorizo —y más una sarta— tenía importancia. En Guipúzcoa, que presumían de todo, admitían que el chorizo en Castilla curaba mejor, y si era de Aranda seguro que sería notable.

—Pu...pues mu...chas gracias —balbució don Román.

—Bueno, pues disculpen la interrupción y siga trabajando —dijo el Cimarrón con aire de persona que no tiene mucho tiempo que perder.

—Oiga, Pachi —le dijo don Román—. Véngase esta tarde y tomaremos un poco. Con vino blanco, que creo que tengo.

Aunque a don Román no le quedaban muchos ánimos para bromas, no resistió la tentación de decir semejante atrocidad.

—¿Chorizo con vino blanco? *Ené* qué cosas tiene usted, don Román. Para el chorizo siempre tinto, ya se lo tengo dicho.

Se lo tenía dicho en aquel tiempo pasado que ya era seguro no volvería nunca más, cuando en las tabernitas del barrio viejo hacían travesuras, y él, todavía de un impulso, se ponía en pie a las cuatro de la tarde porque llegaba Pachi en su búsqueda y emprendían aventuras. En estas noches que él ya calificaba de insomnio permanente, irremediable y resignado, recordaba especialmente las subidas al monte Urgull, cuando pasaban por delante del cementerio de Los Ingleses, que bien pensado no tenía mucho sentido que hubieran enterrado allí, y atacaban firme la empinada que terminaba en la plataforma de los cañones. Fueron tardes tibias —¡qué invierno tan espléndido tuvieron!—, que alcanzaron grandes alturas, y el mar, en las oquedades de las rocas del Paseo Nuevo, les llegaba en un susurro profundo. El olor de los pinos, de los helechos, del musgo de la muralla; los gritos de Planicio cuando había trepado a lo más alto de la peña: ¡Don Román! Lo repetía varias veces porque hasta que él no hubiera hecho un gesto ostensible con el antebrazo el chico no se quedaba tranquilo. ¡Don Román! ¿No me ve? Claro que le veía, lo que pasaba es que le costaba hacer el movimiento. Hicieron muchos planes para el verano, y, sin embargo, un mes lo cambió todo. El invierno más corto de su vida —primavera incluida— y el mes más largo de su existencia.

—Perdone, Pachi, no me acordaba. Lo tomaremos con vino tinto.

—Pero a ti no te conviene.

Se lo recordó su hermana, aunque no hacía falta porque él sabía que no le convenían ni el vino ni el chorizo, ni nada que no fuera esperar con dignidad lo que se acercaba.

—Probaré un poquito para acompañaros —como si se olvidara añadió—: Que venga también Planicio, ¿eh?

—Como venga ése, con el saque que tiene nos deja sin nada.

Efectivamente, las hambres de Planicio seguían siendo terribles, y, una vez terminada la alimentación preparatoria del desafío de los puentes, volvió a la situación anterior. Comía en función de las propinas que le daban y con lo de *aita* no se podía contar, porque tenía que pagar el traje que le compró fiado. Además de hambre pasaba vergüenza porque los otros dos recogepelotas llevaban tartera o bocadillo y fruta que les preparaban en casa, y cuando llegaba la hora del almuerzo le miraban a él con recelo. Quizá por miedo de tener que compartir. Él salía a la calle y compraba pan —de estraperlo— y uvas. También compraba algo que llenase mucho, como los cacahuetes, y el marqués le decía:

—Ya veo que te gustan los manises.

El marqués, en el Club, resultaba especialmente esplendoroso; en el vestuario tenía tres taquillas para sus enseres deportivos. Una de ellas exclusivamente con elementos de tocador: esponja natural, otra fibrosa para friegas, jabón, champú, lociones, cortaúñas y fijador. Por largo que fuera el *match* no se le movía un pelo de la cabeza. En la otra taquilla tenía raquetas. Con el entrenador —un francés que jugó Copa Davis, pero que andaba exiliado por la guerra—, podía estar horas enteras hablando sobre el tensado o la empuñadura de las raquetas. Por supuesto, era uno de los mejores jugadores del Club —si no el mejor— y había ganado un campeonato de España, mixtos, haciendo pareja con Pepa Chávarri. También había entrenado a Lilí Álvarez en Wimbledon, ayudándola a coger el tono de juego que requería el tenis sobre hierba. Militaba en la segunda categoría nacional y estuvo varias veces a punto de subir a primera, pero sus obligaciones le dificultaban para participar en el número de torneos que le hubieran acreditado los resultados suficientes para ascender. Eso lo sabían todos y al que no lo supiera él se lo aclaraba. Desde luego su juego era como el de un «primera», sobre todo en dobles y mixtos. En la tercera taquilla guardaba el albornoz y las pantuflas que usaba para dirigirse a la ducha. Usaba camiseta blanca, de hilo, con manga corta, y pantalón largo —era la costumbre— blanco, pero tirando un poco a crema, de lanilla. Tanto el prepararse para un partido, como el adecentarse después, era un rito que requería tiempo; él dedicaba, prácticamente, la mañana.

Había un jugador de Bilbao que le hacía la competencia en todo y que además era un voceras. El marqués le odiaba correctamente, y el otro con menos corrección, porque a sus espaldas —pero el marqués se enteraba— le llamaba el cubanito. También le apodaba el manisero. Se enfrentaban con frecuencia y ganaba más veces el marqués pero sufriendo, porque empezaban los dos muy finos, concediéndose recíprocamente bolas dudosas y alabando los aciertos del contrario, pero en cuanto se le torcía el partido al bilbaíno —cosa que le tenía que ocurrir porque era un jugador pesado, de fondo de pista, sin imaginación alguna—, empezaba a poner en duda todas las bolas y el marqués acababa con los nervios de punta. Luego lo comentaba con el entrenador francés, que le daba la razón, pero que le insistía en la conveniencia de que jugara con el bilbaíno, que era un tenista muy duro que obligaba al señor marqués a concentrarse en la pista. Ése era el caballo de batalla del entrenador con el más rentable de sus pupilos: que, a veces, se distraía durante el juego.

—*Surtout s'il y a une jolie femme près de vous.* (Por supuesto, hablaban siempre en francés.)

El marqués se reía benévolo porque era muy comprensivo con sus pequeños defectos si éstos no afectaban a la estética. Admitía que era hombre de mala memoria, carente del sentido de la orientación, y que, verdaderamente, en ocasiones, descuidaba concentrarse suficientemente sobre la pista. Pero se ponía de morros si el entrenador le decía que no hiciera el saque empinándose como una grulla. Se asombraba del reproche y cortés, pero firmemente, insistía en que él no se empinaba al sacar. O si el defecto señalado era evidente, el marqués llegaba a admitirlo, pero entonces alegaba que Tilden daba ese golpe también así, y que el mismo Tilden —procuraba citarlo siempre que podía— decía que lo que en unos jugadores era defecto en otros podía ser virtud. Si el entrenador se ponía pesado e insistía, el marqués dudaba de que hubiera jugado con el equipo francés de Copa Davis y le hacía preguntas capciosas al respecto. Pero eso era excepcional, porque a él lo que verdaderamente le gustaba era jugar con el francés, que era un cabezota, de extracción modesta, no suficientemente educado a veces, con dejo de *patois* en el hablar, pero un artista para colocar la bola en el mismo sitio cuantas veces hiciera falta, y así los entrenamientos resultaban un auténtico espectáculo que la gente del Club iba a ver.

—Ahora vamos a ensayar el revés, marqués.

Todo en francés, pero sin apearle nunca el tratamiento. Y le lanzaba diez, veinte, cincuenta bolas sobre la izquierda del marqués, de modo que, cogido el ritmo, era un placer cada devolución, endureciendo sucesivamente el golpe, pero la pelota siempre rasa, a punto de rozar la red, bien angulada sobre el campo contrario, hasta que, naturalmente, se producía el fallo. El entrenador se secaba —simbólicamente— el sudor de la frente y le decía:

—¡Uf! Si usted fuera capaz de concentrarse así en los partidos...

Se sobreentendía que, si fuera capaz de semejante concentración, estaría jugando en Wimbledon. El marqués sonreía, afable y modesto, pero aclaraba que él tenía otras obligaciones que jugar tenis (nunca decía «jugar al tenis», sino «jugar tenis», traduciendo literal del inglés) y que esas obligaciones —sociales y económicas— comportaban preocupaciones que en ocasiones le dificultaban la concentración deseada.

Para Planicio, todos los movimientos del marqués en el Club eran una fascinación. Desde que llegaba se ponía a sus órdenes. En el vestuario le daba las llaves de las taquillas y le decía, sácame la raqueta tal, o no, hoy voy a jugar con la Dunlop, ¿no sabes todavía cuál es la Dunlop?, el día está húmedo y el cordaje de esa raqueta va mejor. Después le seguía a la pista portando las raquetas —por si acaso, siempre llevaba más de una y dudaba mucho antes de empezar el *match* por cuál decidirse— los botes de pelota y una toalla pequeña. Los otros recogepelotas no se molestaron porque Planicio se hubiera convertido en el privado del marqués, ya que el cubanito, dentro de su corrección, se ponía muy tirante en los partidos: «A ver, niño, estáte atento. Quita rápido esa bola del campo. No te muevas mientras dura el tanto. ¡No me des más de dos bolas de una vez!» Pero en definitiva eran cuatro o cinco reglas las que había que tener en cuenta, y Planicio las aprendió en seguida. Observó que, aunque dijeran que el partido era «amistoso», los jugadores se enfadaban continuamente, pero no le extrañaba demasiado, porque en el frontón ocurría lo mismo, con la diferencia que gritaban y blasfemaban, y en cambio, en el tenis, el enfado era soterrado, entreverado de cortesías frías, y los comentarios agraces eran luego en el vestuario, cada uno por su lado.

El encargado del Club era un hombre joven, casado y con una hija de dos años, a la que Planicio casi no se atrevía a acercarse, porque el hombre le miraba con mucha desconfianza. Había sido casero en el pueblo de Igueldo y andaba siempre malhumorado. Planicio le ayudaba a regar las pistas y al encargado le extrañaba que lo hiciera aunque no se lo mandaran. Los otros dos recogepelotas eran hermanos, también del pueblo de Igueldo, y debían de ser parientes del encargado porque les toleraba mucho. Siempre estaban riñendo, y cuando les tocaba regar lo hacían mal, a disgusto y encharcando las pistas. A Planicio no le costaba distribuir bien el agua, regando fino, fino, para que la cancha quedase humedecida toda por igual. Los otros dos encharcaban aposta y decían: Que se jodan. También hablaban mucho de mujeres y comentaban trucos que tenían para fisgar en el vestuario de señoras. Entonces jugaban muy pocas mujeres al tenis y Planicio no comprendía el interés de los otros por fisgar a aquellas señoras mayores.

La mujer de Julio el encargado se ocupaba en lavar las toallas y Planicio la ayudaba a llevar los montones. Tenía buena pinta, estaba loca con su hija y como notaba que a Planicio le gustaba mirar a la niña, se lo facilitaba.

—Mira, Arancha, este niño qué grande es.

Arancha miraba a Planicio y decía:

—Niño *gande*.

A la madre le parecía admirable que la niña dijera aquello y llamaba a su marido para que lo oyera. Éste se acercaba y entonces la niña no quería repetir. Julio volvía a mirar a Planicio con desconfianza. En cambio la mujer, cuando Planicio andaba desocupado y ella tenía que lavar dentro de la casa, le decía:

—Échame una mirada a la niña.

Y le daba consejos, fundamentalmente de que no

la dejara meterse cosas en la boca, ni acercarse a las pistas de tenis, porque molestaba a los señores. A Arancha no le gustaba separarse de su madre, pero con Planicio sí quería estar. La paseaba por un sitio del agrado de la niña, porque había tierra y él la dejaba jugar. Arancha se quedaba ensimismada, removiendo la tierra con los dedos mucho rato, y a Planicio le parecía fantástico. Con un vaso de latón, viejo y abollado, hacían flanes de tierra que era lo que más le gustaba a la niña. Planicio estaba muy atento a que no se metiera piedras en la boca y, si lo hacía, se las quitaba rápido.

—En la boca no se meten piedras.

Cuando luego la niña reconstruía la frase, «*Pieda* boca no», en presencia de la madre, ésta se quedaba transida de emoción.

Si Julio veía a Planicio paseando a la niña, le preguntaba:

—Pero ¿tú qué haces?

—Me ha dicho su mujer que entretenga a la niña.

El hombre se quedaba asombrado de que su esposa le hubiera hecho aquel encargo, pero no decía nada.

Por las noches se lo contaba todo con mucho detalle a don Román, porque a éste le gustaba más escuchar que hablar. Cuando oscurecía y ya no se podía jugar más partidos, Planicio, con su trotecillo de caballo de caserío, emprendía el camino de Ramón y Cajal, que era muy largo, porque el Tenis estaba en el otro extremo de la ciudad, al pie del monte Igueldo, más allá de la cárcel de Ondarreta, junto a la playa. Pensaba que los presos podrían ver el mar y les gustaría, pero le daba mucha pena, aunque no comentaba con *aita*, que estaba desesperado con sus «penas» y sus vergüensas. «Pero ¿tú qué te has creído que es la vida? —le gritaba el

Cimarrón—. A cura vamos a tener que meterte.» El Cimarrón, aunque no practicara mucho, tenía buen concepto de los curas, o por lo menos le parecía natural que se compadecieran de la gente; pero lo de su hijo de llorar con las novelas, o decir ¡ay qué pena, *aita*!, por cualquier cosa, le sacaba de quicio. Don Román, en cambio, entendía mejor y le daba consuelos. El chico le decía:

—Don Román, esta mañana, cuando fui al Tenis había un preso en la reja mirando hacia fuera.

Y los dos se quedaban callados porque comprendían que tenía que ser muy triste estar detrás de una reja. Si por casualidad los oía la señorita Menchu, comentaba:

—Algún mal habrá hecho y lo estará pagando.

Claro, claro, seguro, pero la cárcel de Ondarreta era fea, triste por fuera, y por dentro tenía que ser peor todavía. Decían que tenía un patio central en el que ejecutaban a los condenados a muerte, y Planicio, cuando pasaba por las mañanas temprano, camino de su trabajo, tenía miedo de oír las descargas de los fusilamientos. Don Román le tranquilizaba:

—No te preocupes, no es verdad.

—¿No es verdad el qué, don Román?

No era verdad que los matasen así. Además, había muy pocas ejecuciones. Puede que ya no hubiese ninguna. Pero de todos modos se quedaban los dos un poco tristes, y como Planicio se daba cuenta, le hablaba de otras cosas. Le contaba cosas de Arancha, porque a don Román también le gustaban los niños, aunque tenía mala suerte porque les imponía respeto y no se le acercaban. Resultaba que a la señorita Menchu también le gustaban los niños y suspiraba.

—¿Qué edad dices que tiene esa niña? —le preguntaba la señorita.

—Dos años —le respondía Planicio.

Y la señorita suspiraba:

—¡Ay, Dios mío!

También algunas noches se acercaba Pachi, pero estaba poco tiempo, porque a las nueve llegaba el tren expreso de Madrid, que era de los de más servicio.

Ya era distinto. Planicio tenía que mostrarse más comedido con don Román que cuando andaban por el monte Urgull, porque en la casa no era igual, y, además, generalmente, estaba presente la señorita Menchu. Pero también tenía sus ventajas, porque ahora eran visitas, y cuando llegaba *aita* se sentaban los cuatro en la mesa camilla, como si fueran amigos. Además *aita*, de vez en cuando, llevaba regalitos. Don Román le comentaba:

—Bien le van las cosas en su nuevo empleo ¿eh, Pachi? Cómo me alegro.

Planicio se quedaba sorprendido porque en el sobreático seguían con la misma necesidad de siempre, pero le parecía muy elegante que su padre llevase regalos a Ramón y Cajal.

Don Gregorio le anunció en 1912, cuando era médico del Hospital General en Madrid, que así podía vivir muchos años. Más de cincuenta. Lo dijo como una gran cosa porque entonces don Román sólo tenía 23 y la cincuentena parecía tan lejana que para qué preocuparse. Cuando se acercó a esa línea de edad, don Román intentó recordar si el doctor le dijo *más de* cincuenta, o, *muchos más* de cincuenta. Ya con cincuenta y cuatro años, estaba seguro de que fue lo primero, y lo notaba cada día. Cuando se lo dijo, Marañón era un médico poco conocido, recién llegado de Alemania, y tampoco era como para atribuirle don profético. Luego se hizo tan famoso, que aunque resultara infantil, la cincuentena de vida que le preconizó la convirtió don Román en una aseveración científica e irreversible. Cada año felicitaba las Pascuas al doctor y éste le contestaba de su puño y letra alegrándose de que siguiera tan bien. Don Román no le aclaraba que no seguía tan bien, pero suponía que el doctor lo decía porque el simple hecho de vivir era mucho. En 1930, don Gregorio le envió, con una cariñosa dedicatoria, su biografía sobre *Enrique IV de Castilla.*

Don Román acabó dejando el asunto de su muerte en manos de Dios, sin preocuparse demasiado de si, efectivamente, le llevarían en un vaporcito más allá del horizonte enrojecido, o resultaría todo más sencillo, y de paso no defraudaría a los que estaban empeñados en canonizarle en vida. Eso no quería decir que no soñara cada día con el horizonte a la puesta del sol, porque era muy bello, y todo lo bello procedía de Dios.

Pachi seguía haciéndose el escéptico, con ribetes de cinismo, y, sin embargo, a don Román le gustaba hacerle confidencias.

—Pachi, este año de mi vida está resultando un regalo.

El Cimarrón, desconfiado, no le contestaba por si había alguna intención oculta en aquella frase. Alguna vez, don Román le decía que le preocupaba su hermana, a la que sentía tan niña, y el Gallego se mosqueó del todo porque ya no veía el momento de volver a tumbar a la señorita Menchu, pero el señor, con aquellas confidencias, le hacía la puñeta. Claro que él le respondía con gran serenidad:

—No se preocupe, don Román, será lo que Dios quiera.

Después de lo que sucedió aquella tarde de fines de junio, en que ella, ya voluntariamente, admitió repetir, parecía lógico que surgiera otra oportunidad, máxime cuando él más atento y comedido no podía estar. Pues no sólo no se producía tal oportunidad sino que el Cimarrón tenía la seguridad de que una tarde que eligió bien —don Román en la *plancha* del Kursaal con el imbécil del portero, como la otra vez—, llamó y llamó a la puerta, una y otra vez, y la señorita no le quiso abrir. Luego volvió a la hora de la tertulia del anochecer, cuando ya estaba Planicio, y la señorita todo eran atenciones para el niño —que consistían en darle pan y chocolate— y a él le miraba melancólicamente, pero con miradas de fugaz reproche, que ni Dios entendía.

Un domingo que el portero libraba, aprovecharon para volver a llevar a don Román al cine Miramar como en los viejos tiempos. Prepararon el plan con anticipación y cuando dijeron la película que era, la señorita Menchu comentó:

—Me gustaría también verla. A ver si voy con las amigas.

Pero era evidente que no hacía falta que fuera con las amigas, y fue con ellos. En la platea sentaron a don Román ladeado para que viera la pantalla sin esfuerzos, y la señorita Menchu, con decisión anticipada, se sentó junto a su hermano; pero no pudo evitar que Pachi se sentara detrás. Durante el noticiario estuvo prudente, pero después del «descanso» hizo intentos. Mientras se limitó a rozar hombro y antebrazo, la señorita hacía movimientos de apartamiento, pero débiles, pero cuando bajaba hacia la base, el rechazo era contundente. Toda la película se pasó en forcejeos sordos y baldíos, y el Gallego salió con un calentón notable y, aunque dudó, no se fue a la calle de Zabaleta porque él, a quien necesitaba, era a aquella *neskasarra* del demonio. O sea que cuando llegaron al portal de Ramón y Calal, aunque ella le miró pidiéndole compresión, el Cimarrón se despidió seco, porque tenía el tiempo justo de hacer el servicio del rápido Madrid-Irún.

El quince de agosto, fiesta de la Virgen y culminación de la Semana Grande de San Sebastián, la señorita Menchu no podía dudar ya de que estaba esperando un hijo, porque las sospechas empezaron el 18 de julio —tomaba como referencia fiestas señaladas— y un mes más hacían insostenible la duda. Desde el mes de julio el señor cura, partícipe por la confesión de las sospechas, le decía, tú, hija, reza, no para que estuviera o dejara de estar en estado, que era asunto de Dios, sino para recibir luces, porque la cosa no iba a ser sencilla. Es decir, la señorita Menchu, contrita en el confesonario, le preguntaba:

—¡Ay, padre! ¿Qué hago?

Y el cura le respondía:

—Tú, hija, reza y ten confianza en Dios.

A veces le preguntaba:

—¿Y ahora en qué trabaja él?

—Trabaja en la estación y debe de irle bien.

El señor cura confiaba en que fuera así, pero le extrañaba porque algo conocía la condición humana, y el concepto que tenía de aquel lejano feligrés no coincidía con la idea de un trabajo estable y razonablemente remunerado.

—¿Y en qué trabaja? —insistía.

Eso tampoco lo sabía la señorita Menchu. En la nebulosa del señor cura quedaba la idea de que fue marinero, decía también que zapatero, jugador de pelota y ahora trabajaba en la estación.

La señorita Menchu, según pasaban los días, suspiraba aterrada. Aterrada de que, pese a signos tan inequívocos, pudiera no estar embarazada. En 1942, cuando la moralidad oficial se consideraba de gran conveniencia para el bien de la nación, si un hombre dejaba en estado a una mujer soltera, se casaba con ella, porque se suponía que era el varón el artífice del embarazo y la mujer su circunstancia. Cuando la señorita le preguntaba al señor cura: ¿qué hago?, lo hacía en el sentido de qué tenía que hacer para que las cosas se arreglaran conforme a la tradición y ella se casara con Pachi. Comprendía el consejo del párroco para que rezara mucho, pero le parecía también conveniente otro tipo de medidas más prácticas en orden a que Pachi se enterara y cumpliera. Al fin, en la festividad de la Asunción de Nuestra Señora, cuando ya era seguro, el señor cura se dio cuenta de las pretensiones de la señorita Menchu y no se asombró porque llevaba treinta y tres años en el confesonario, con un promedio de tres horas diarias. Pero esa misma experiencia le hacía ser explícito. Él, si concurrían los requisitos de libertad y recíproco consentimiento que exigía la Madre Iglesia, los casaría aunque le daban miedo los matrimonios precipitados por un embarazo. Pero de ningún modo haría de casamentero.

—¡Ay, padre! ¿Entonces qué hago?

Ya empezaba a entender el señor cura que aquellos suspiros eran de esperanza ilusionada.

—¿No tienes una hermana mayor, casada, en Álava?

—Sí, padre.

—Pues acude a ella. Ella te entenderá y te ayudará.

De momento, el consejo le pareció descabellado porque su hermana mayor, que se casó con el maquilero —por no llamarle molinero a secas— de Salvatierra, no podría entender tan complejo asunto. Aunque bien mirado no era propiamente un molinero, sino un pequeño industrial que tenía una fabriquita de harina, que después de la guerra aumentó de tamaño, al tiempo que se incrementó su prestigio en la familia, porque era el que cada mes les remitía el saquito de harina.

A las cuarenta y ocho horas le parecía el menos malo de los consejos y escribió a su hermana, rogándole que se acercara a San Sebastián para un asunto que no comentara con nadie, y que a ser posible se dejara al maquilero en Salvatierra, porque todo era muy delicado y con honor por medio. Alguna lágrima que emborronó la tinta, mejoró el contenido dramático de la llamada, y cuidado que le costaba a la señorita Menchu llorar, porque mejor no podía encontrarse. Por las mañanas, al levantarse, algún mareíto, cosa de nada, pero por lo demás se encontraba como nunca. La turgencia de los pechos significaba un realce natural, y eso le parecía —o quizá lo había oído a la abuela— que era señal de buen embarazo y augurios de excelente lactancia. La idea de amamantar un niño recatadamente, tapándose con un pañuelo, mientras su padre —el del niño, es decir, Pachi— le miraba y su hermano —don Román— sonreía, le parecía el colmo de la felicidad. El único que no encajaba del todo en este esquema familiar era Planicio, pero comprendía que algún papel tenía que desempeñar y, por eso, de momento, para tenerlo de su lado, le daba cada tarde pan con chocolate.

Planicio, camino de los catorce años, creciendo pese a la deficiente alimentación, estaba pasando una racha de hambre que el bollito de pan de leche, con una onza de chocolate, que le daban en Ramón y Cajal, le ponía las tripas rabiosas. Lo alargaba lo más que podía, con pequeños mordisquitos, pero de todos modos era un suspiro. Pensaba que algún día —un domingo por la tarde— se sentaría solo en el sobreático de Miracruz, con la colección completa de Dick Turpin, una hogaza de pan de un kilo —sabía dónde las vendían—, varias libras de chocolate, y sería muy feliz. Creía que esto era posible, pero nunca conseguía ahorrar lo suficiente, porque la necesidad de cada día era superior al sueño de una tarde de domingo.

Jacinto, cada día más poderoso e influyente, pensaba que trabajando, ya, el padre y el hijo, no tendrían necesidad de sobras de comida; aparte de que le espantaba la idea de que el señor marqués pudiera verle por la escalera subiendo una cazuelita. Su corazón, por fidelidad, seguía estando con la casa matriz, que era la de la señora condesa, pero su debilidad se iba con el marqués, cuya elegancia y distinción le transía de emoción.

Aita tampoco aportaba gran cosa porque seguía empeñado con el traje que compraron a plazos, sus propias necesidades, y las atenciones que seguía teniendo con los de Ramón y Cajal, que se figuraba Planicio que sería para compensar lo de las trescientas pesetas.

Planicio estaba pendiente de las propinas, y la más segura era la del marqués, que le daba una peseta. Cuando llovía y no iban jugadores, podía ocurrir que pasara el día sin un perro chico en el bolsillo.

A primeras horas de la mañana, aunque hiciera sol,

no iban socios y los recogepelotas practicaban. Los hermanos de Igueldo tenían unas raquetas viejas, alabeadas, y les dio mucha rabia cuando el cubanito le regaló a Planicio una mucho más nueva.

—Eres un cerdo —le decían.

—¿Por qué?

—Porque te has quedado con la mejor raqueta.

—A mí me la ha dado el señor marqués.

Él siempre le llamaba así, como le oía a Jacinto, pero los otros le llamaban el cubanito, y también el manisero, remedando al de Bilbao y a algún otro socio. De todos modos, como el tenis no le interesaba demasiado, se la dejaba a los otros chicos, pero la recuperaba cuando llegaba el marqués para que no lo tomase a desprecio.

—¿Cómo es eso del tenis? —le preguntó *aita* alguna vez.

Planicio se lo explicaba y el Gallego hacía gestos de poco aprecio porque le parecía un juego como el de las raquetistas del frontón Gros, pero con menos sentido. Suponía que si se colocaba un jugador enfrente del otro, con la red por medio, sería para darse pelotazos con mala idea.

—Pero ¿vale tirar al cuerpo?

Valía, pero no tenía mucho interés porque el contrario podía esquivar fácil.

—Además, la pelota es blanda —decía el Gallego, comprendiendo.

—Pero pica si te dan —le aclaraba su hijo.

Los chicos preferían jugar en una especie de frontón sin pared lateral —eso era lo malo— que servía para que los tenistas practicasen golpes. A Planicio, acostumbrado a jugar con pelota de mala calidad y bote regular, le resultaba muy fácil golpear con la raqueta una pelota de goma que siempre botaba bien. Además, en las pistas, Julio, el encargado, no los dejaba jugar porque se las estropeaban; pero alguna vez jugaban porque le prometían que después se la regarían y pasarían el rodillo y la estera. Sacaban muy mal, pero en el peloteo aguantaban mucho, porque los otros dos chicos también habían sido pelotaris y no les costaba manejar la raqueta. También ocurría que un socio llegaba, no tenía con quién jugar y echaba mano de algún chico para entretenerse. Con Planicio la gente se reía por las cosas tan raras que hacía, con tal de devolver una pelota. No sabía golpear de revés, pero en cambio se cambiaba de mano la raqueta, con gran facilidad, y devolvía lo mismo de derecha que de izquierda. Con su pisada característica de puntas afuera, que le daban un aire patoso, se movía incansable y divertido por la pista, y cuando parecía que la pelota iba a dar el segundo bote, llegaba él ¡plas, plas!, y le daba tiempo de meter la raqueta y devolver. Si veía que los ocasionales espectadores se reían, le parecía muy bien e insistía en sus esfuerzos, porque él quería agradar.

Había una señora, esposa del cónsul alemán en San Sebastián, que gustaba de jugar con él porque la obligaba a moverse mucho con su incansable devolución de bolas. Un día echaron un partido y aunque Planicio sacaba por abajo porque de la otra manera no sabía, le ganó fácilmente y la alemana se quedó desolada porque era una jugadora elegante y de las de más fama entre las del Club. Hablaba bastante bien castellano y protestó:

—¡Tú tiras bolas demasiado blandas y todas para arriba! Eso no es jugar tenis.

Desde entonces perdió afición a jugar con Planicio y éste lo comentó con *aita*.

—¿Y a ti quién te manda ganar a una señora que te da una peseta por jugar?

El chico estaba desconcertado porque su padre, otras veces, se enfadaba porque no hacía lo suficiente por ganar, pero *aita* le explicaba pacientemente:

—Pero es que hay que saber cuándo se puede ganar y cuándo no.

Se lo explicaba pacientemente, pero con pocas esperanzas de que el chico entendiera, porque estaba visto que para los libros tendría mucha disposición —según decía don Román—, mas para la vida muy poca.

A pesar de todo, la alemana volvió a jugar con Planicio, porque la obligaba mucho y ella necesitaba guardar la línea. El chico le decía, ilusionado:

—¿Jugamos un partido, señora?

Se lo decía para dejarse ganar, según le indicó *aita*, pero la señora, por si acaso, decía que no, que mejor peloteaban.

Los hermanos de Igueldo, que eran malicia pura, y no tenían otra cosa en la cabeza, le decían:

—La alemana se ha enamorado de ti. Yo que tú me la tiraba.

Planicio, que también tenía sus problemas al respecto, se quedaba asombrado de aquella propuesta, porque se le hacía inverosímil la situación, con aquella señora tan mayor —tendría cuarenta años—, que salía a la pista con una falda-pantalón por debajo de la rodilla. Por mucho que los otros le explicasen con toda clase de detalles cómo se hacía, y que era muy fácil, no se imaginaba que todo aquello fuera interesante con la señora de la falda-pantalón.

Julio y su mujer ganaban seiscientas pesetas al mes, casa y luz. La casa estaba en un extremo apartado del Club, escondida tras un seto de aligustre, junto a los montones de polvo de ladrillo rojo, que transportaban en carretillas para arreglar las pistas; detrás de la casa tenía un poco de huerta, para ayudarse, porque con las seiscientas pesetas se arreglaban mal. Por eso la mujer se dedicaba a lavar las toallas del Club, que se las pagaban aparte, y también ropa de jugadores, si se lo encargaban. Tenía que trabajar mucho, y a veces se enfadaba con su marido:

—¿Para esto me has traído aquí? ¡Al caserío teníamos que volver!

Otras veces le decía:

—Trabajo de vago me parece que has elegido tú.

Lo decía porque su marido andaba por las canchas regando y pasando la estera, que no era trabajo como para matar, mientras que ella todo el día restregando la ropa con el agua fría, incluso en invierno, atendiendo la casa y encima el vestuario de señoras, que eran muy pesadas y siempre necesitaban una aguja para dar una puntadita. Tenía la compensación de Arancha, pero también se cogía grandes rabietas porque la niña era muy dengue para comer. Si le daban *chicha* —carne— la niña iba acumulando trozos en la boca, masticándolos hasta hacer una bola grande y luego los escupía.

—Pero ¡qué haces, condenada, te voy a matar!

Pero no la mataba, claro, y le preparaba otra cosita a ver si le entraba mejor. Arancha miraba entretenida estas manipulaciones, y las discusiones de los padres, porque el marido decía que la mujer no tenía paciencia.

—¡Pues dale tú entonces!

Julio empezaba a darle el puré o la papilla, y a veces la cosa iba bien y entonces le decía a su esposa: «¿No ves, mujer?» Pero otras empezaba a hacer churruteos, poniéndose perdido el vestido y manchando a su padre, que se marchaba furioso.

Lo que más le gustaba a Arancha era jugar con el peine; peinaba a la muñeca, se peinaba ella misma y, a veces, también a Planicio, que se dejaba. Esto último lo hacían a escondidas porque la madre decía que era una porquería; no porque Planicio tuviera la cabeza sucia —que la tenía— sino porque la niña se metía el peine en la boca. En realidad, no había más peine que aquél en la casa y a la mujer no le faltaba razón, porque más sucio no podía estar.

—¡Además lo pierdes y luego no hay forma de encontrarlo!

En vista de eso, Planicio le compró un peine imitando carey, que le costó 0,95 en la droguería Olaizola, del Bulevar. Se acercó a la madre y le dijo:

—He comprado esto para Arancha.

Se lo dijo cuando no estaba el encargado delante, porque éste le seguía mirando con mucha desconfianza.

—*Ené*, qué cosas tienes.

Pero se vio que a la mujer le gustó el detalle, sobre todo por la ilusión que le hizo a la niña.

—Yo, *penar Tizio*.

Es decir, que quería peinar a Planicio, y la madre consintió ya que cada vez que veía a la niña hacer una frase con sentido, le entraba gran emoción porque, aparte de lo de comer mal, Arancha no se arrancó a hablar hasta pasados los dos años, y la encargada, que era muy pesimista, llegó a pensar si la niña sería muda, aunque ya le aseguraban las señoras del vestuario —con experiencia— que eso era corriente y que había niños que tardaban más que otros en empezar a hablar. Pero bueno era comprobarlo. Por eso consintió en que peinara a Planicio, aunque le advirtió una vez más que no la dejara meterse el peine en la boca.

El drama se produjo a la hora de la papilla y de la siguiente manera: la mañana estuvo desapacible, nublada, con un noroeste fuerte, amenazando lluvia, y no fueron jugadores. La niña tenía tal emoción con el peine, que no se soltaba de la mano de Planicio. Le obligó a que la llevara a un rincón oculto donde había una fuentecilla que le servía para mojar el peine y así peinar a la muñeca, peinarse ella y peinar a Planicio. Éste estaba muy atento para que la niña no se mojara, porque el tema del agua estaba muy prohibido, por cuestión de los catarros, que también preocupaban mucho a la madre. Consiguió que la niña prácticamente no se mojara, o no se notara lo poco que se mojó, y en compensación le dejó llenar el vaso de metal abollado que también les servía para hacer flanes, y echárselo a él por encima de la cabeza. Luego la niña le pasaba el peine por la cabeza —él en cuclillas para que llegara bien— y se estaba muy quieto porque era como una caricia, y además le decía cosas que si las oyera la madre se desmayaría de emoción. ¡Quieto, *home*! ¡Eh!, yo *penar*. Ella le peinaba y él se estaba quieto, o, a lo más, le palpaba suavemente las costillas, que se notaban tiernas. También le acariciaba las piernecitas, pero muy suave, porque la niña estaba harta de achuchones y por eso se llevaba tan bien con Planicio. Tenía que acercar su cara para que le pudiera peinar y notaba el aliento de la niña cosquilleándole en la oreja. Arancha podía aguantar mucho tiempo peinándole y Planicio, para descansar de la postura, le daba recaditos al oído, que también le gustaban a la niña, que decía: *Chi* (sí), pero inmediatamente le obligaba a volver a la posición en cuclillas y le gritaba: ¡Quieto, coño! El taco le salía muy bien y como todo el mundo se reía —menos la madre— lo decía con mucha frecuencia. Las señoras del vestuario —las experimentadas— le decían a la encargada que era mejor no reñirle porque la niña no sabía lo que decía; pero tampoco reírse para que no creyera que estaba haciendo una gracia.

Es decir, que la mañana fue perfecta porque la niña con Planicio no tenía interés en hacer mañas. Cuando la madre gritó para que la llevara a comer, la cosa cambió un poco. A Planicio le costó convencerla de que ya no podía seguir peinándole y que tenían que ir a *ñañan*. Era lunes y la mujer estaba sobrecargada, porque era el día que más ropa se le juntaba. Le había preparado una papilla de maicena con huevo, de mucho alimento. Pero hubo problemas. Primero dijo la niña que dentro, no, que fuera, en una mesita de madera que tenían junto a la puerta de entrada, protegida del viento. La madre dijo ¡ay qué niña, con lo que yo tengo que hacer!, pero le sacó fuera la papilla y la sentó en una silla sobre cojines. Tomó dos cucharadas distraída, sin soltar el peine, y a la tercera inició el temible churreteo, por lo que la madre le gritó: ¡Como escupas, te mato!

La niña dudó si iniciar una rabieta, pero se limitó a decir:

—Yo *come Tizio*.

—¡Pero ¿qué quieres ahora? —se desesperó la madre, porque todos los lunes eran un día especial, y aquél más porque con aquella humedad y sin sol, no se iba a secar la ropa y al día siguiente tenía que andar dando explicaciones a los señores.

La niña repitió, yo *come Tizio*, y bien claro estaba que lo que quería era que le diera de comer Planicio, que andaba un poco apartado de allí, porque sabía que a la hora de la comida solía haber problemas. Entonces la madre repitió en voz suficientemente alta:

—¿Que te dé de comer Planicio?

Lo dijo suficientemente alto para que éste lo oyera y entendiera la invitación.

—Ahora quiere que le des tú de comer. Pero ¡qué niña!

Planicio se acercó y le dijo a la niña que él le daría de comer, pero si comía bien. Por dentro sintió un calorcillo halagador porque los encargados eran importantísimos, y sin embargo la niña quería comer con él. Pese a todo hizo la tontería. Empezó bien, contándole a Arancha historias que le gustaban y modalidades de lo que harían con el peine cuando terminara de comer, supuesto, claro está, que comiera bien, porque a las niñas que no comían bien les pasaban determinadas cosas desagradables. Arancha, dos años recién cumplidos, el pelo castaño, la tez muy blanca, los ojos negros mirándole muy fijos, y la madre dentro de la casa para que no la viera, porque con ella se ponía imposible. El plato era muy grande, de loza, de los antiguos, y la niña se tomó la mitad muy bien y un cuarto más con dificultad. Planicio se sentía muy satisfecho cumpliendo y le hubiera gustado que le viera don Román como lo hacía. Muy satisfecho, pero con un hambre feroz porque llevaba desde las ocho de la mañana con las sopas de leche aguada, que era lo mismo que nada; y las perspectivas de lo que ocurriría al mediodía eran malas porque en el bolsillo sólo tenía calderilla. La maicena con huevo tenía un aire suave, agradable, de color amarillento, parecido al de las natillas que él no recordaba haber vuelto a probar desde que murió *amá*, y quedaba un cuarto de plato. A veces se le escurría un poco a la niña, por las comisuras de los labios, y Planicio recogía con esmero y le decía: Cuidado, no desperdicies. Tenía un hambre feroz, la niña no quería más y él le amenazó: Mira que me lo como yo. Y amagaba con la cuchara haciendo el ademán de comérselo. Él lo hacía, claro, para que la niña dijera que no y se lo comiera ella. Pero Arancha le parecía muy bien la propuesta de *Tizio* y se reía porque el chico estaba muy gracioso haciendo como que se comía la papilla, con grandes muestras de satisfacción, inflando los carrillos. El caso es que la niña más no iba a tomar, la mujer seguía dentro, él no podía más de hambre, la papilla le recordaba las natillas de *amá*, y Julio, el encargado, le vio cómo se comía a grandes cucharadas, muy de prisa, todo lo que quedaba. Es decir, que Julio llegó justo en aquel momento y no vio nada de lo anterior, sino sólo a Planicio tomándose la comida de la niña y lo dijo a grandes gritos, de modo que salió su mujer a ver qué pasaba, y hasta los dos hermanos de Igueldo, que no habían dado señales de vida en toda la mañana, aparecieron.

Se pasó toda la tarde deambulando por San Sebastián, porque como no supo dar explicaciones y ya no estaba en edad de llorar, cogió la puerta del Club y echó a correr. Pasó por delante de la playa de Ondarreta —¡plas, plas!— que con aquel día triste estaba casi sin gente y con los toldos recogidos. Los días de sol solía asomarse con los otros dos recogepelotas a ver a las chicas en traje de baño, que aunque lo llevaban con falda, las tetas se les notaban muy bien. Él, al principio, dio alguna explicación en el sentido de que la niña se había tomado casi todo y que sólo al final... Pero tampoco sabía explicar lo del final, y además era muy difícil hacerlo, porque el hombre siempre le había mirado con mucha desconfianza y parecía satisfecho de haber acertado. La mujer le chillaba a su marido: ¡pero qué dices, hombre?, y los dos hermanos se reían. Entonces fue cuando echó a correr, aunque a su casa a aquella hora no podía ir, ya que si por casualidad estaba *aita* y le preguntaba de dónde venía, a ver qué le decía, porque aquellas cosas no se podían explicar. Ni tan siquiera se lo podría explicar a don Román, no porque el señor no fuera a entenderle, sino porque él no sabría explicarlo. Además ya no tenía amigos, porque a Ramoncho no le veía ni los domingos, pues los domingos era precisamente el día que más trabajo tenía en el Club. No le importaba porque ya estaba acostumbrado a estar solo y a esperar que llegasen las noches para ir a ver a don Román. Con los otros dos recogepelotas no lo pasaba mal, y además cada vez les gustaba más jugar al tenis y estaban aprendiendo a sacar. Lo malo es que los otros siempre querían hablar de lo mismo, y no conseguían nada, porque todavía lo de ir a ver a las chicas en traje de baño a la playa de Ondarreta era lógico, pero hablar, ¿para qué? Al llegar al hotel Londres tiró por la calle de Urbieta hacia el ensanche de Amara, porque era lo que le cogía más lejos de todos los sitios. El entrenador francés, de vez en cuando, les daba algún consejo de cómo tenían que sacar, que era lo más difícil; a Planicio también le decía que aprendiera a dar el revés porque cambiarse de mano la raqueta para darla cuando le viniera de izquierda, era mal remedio teniendo un jugador medio rápido enfrente; eso valía sólo para defenderse frente a señoras gordas (debía de referirse a la alemana), pero así no se jugaba al tenis. El marqués también se lo decía, aunque le hacía mucha gracia la facilidad que tenía Planicio para cambiarse de mano la raqueta. Sólo de pensar que el señor marqués se enterara de que se había comido la papilla de la niña, le hizo pararse para llorar de rabia, solo, junto a la laguna en que estaba el coche que les servía de barco, pero que ya no estaba. Porque no era verdad, Dios mío, él se la había dado toda a Arancha y cuando ya la niña no quería más, le insistió contándole cosas y casi hizo que se la terminara y sólo al final, que quedaba muy poco, y ya la niña lo escupía, se tomó él las cucharadas que quedaban. ¡Ah, Dios mío! Empezó llorando de rabia porque no le habían dejado explicarse, y terminó llorando suave porque no sabía qué hacer. Lo único seguro era que aquella noche no iría a Ramón y Cajal para que no creyeran que iba siempre por el pan y chocolate. De todos modos, allí no había nada que hacer porque el coche que sirviera a Ramoncho y a él para jugar a Tom Sawyer y Huckleberry Finn se lo habían llevado, así que contó la calderilla del bolsillo y se volvió a la ciudad para comprarse un polvorón y cacahuetes.

A las siete ya no aguantaba más en la calle, se fue al sobreático y allí se le siguió haciendo tan larga la tarde, que hasta pensó bajar a la portería para hablar con Francisca; no lo hizo porque la portera se ponía muy nerviosa cuando había vecinos no condales en el portal. Antes —el verano anterior— sabía que tenía que controlar un momento: el de regreso de la señora condesa de su paseo, al filo de las nueve y media de la noche. Con razonable anticipación abría la puerta del ascensor y no dejaba usarlo. Después, con la ampliación de la casa condal al tercer piso y las arbitrariedades del señor marqués, que casi nunca usaba el ascensor, pero a veces sí, Francisca se sentía desconcertada, angustiada y dominada por la incertidumbre. Por otra parte, a las hijas del señor marqués, que eran niñas, pero de la casa condal, no sabía cómo tratarlas y si debía transigir, o no, con los terribles portazos que daban al ascensor. Quizá le ocurriera que era una portera sin vocación para casa con ascensor. Por eso Planicio no bajó. A Francisca le gustaba que el chico le contase cosas y siempre le andaba preguntando, sobre todo de la casa de don Román y de la enfermedad del pobre señor; pero en esas circunstancias resultaba muy complicado porque la mujer le decía que no se quedara en el portal, es decir, que ella se estaba en el quicio, de guardia, y él tenía que hablarle desde la calle, pero muy atento a desaparecer en cuanto viera aparecer a los condales.

A las nueve y media apareció *aita* con suministro y fue una sorpresa para Planicio.

—¿Has cenado? —le preguntó al chico, y sin esperar respuesta añadió—: Aunque hayas cenado, repetirás, bueno eres tú.

Traía un saquito de patatas y un bidón pequeño de aceite que había comprado a un «coche cama».

—A dos pesetas el kilo y patatas viejas, que antes nosotros echábamos a los cerdos.

Le encantaba insistir en que las personas tenían que conformarse con lo que antes era bueno sólo para los cerdos. También se había agenciado chirlas, pero tan chicas y miserables que daba vergüenza.

—Sólo para dar gusto. Anda, ponlas debajo del grifo y quítales bien toda la arenilla. Luego vete pelando las patatas. Sal habrá ¿no?

Todo lo demás —el perejil, las cebollas y los ajos— lo había traído con él porque ya sabía que en el sobreático no había nada, excepto sal. Y si no la había se podía pedir a un vecino. Puso el aceite en la cazuela y frió la cebolla, procurando que no se dorase; se llevó un gran disgusto cuando se dio cuenta de que había olvidado traer un poco de pimiento verde.

—¡Pero, hombre de Dios, como has podido olvidar! —se reñía a sí mismo sin que le sirviera de consuelo el que Planicio le dijera que daba igual; o más bien le enfadaba—: ¡Cómo puedes decir que da igual las patatas con chirlas, sin pimiento verde!

Como la cosa no tenía solución siguió con el rehogo, cuidándolo mucho, a base de vueltas y vueltas. Luego echó las chirlas y vuelta a rehogar. Por último añadió los ajos machacados, con mucho perejil. Aquello empezó a oler bien y el Cimarrón se animó:

—También he traído un poco de pan. Ahora hay que dejar cocer.

—¿Cuánto *aita*?

—Media hora.

Era una barbaridad de tiempo, pero *aita* le dijo:

—Oye, para hacer cocina hay que saber tener paciencia. Media hora y luego dejar reposar un poco.

Este tipo de consejos también se los daba desalentado porque su hijo parecía tener estómago de perro y le daba lo mismo tomar una cosa que otra. El caso era llenar la mandorga. Pero no era cierto, porque Planicio admiraba mucho la cocina de su padre y le gustaría que repitiera esos guisos todos los días, y comprendía que valía la pena esperar media hora y un poco más, para que reposaran, por mucha hambre que tuviera.

Mientras esperaban, el Cimarrón se sentó en el sillón que perteneció al señor conde, mirando fijo, fijo, a la cazuela. De vez en cuando se levantaba y le daba un meneíto. También probó un par de veces para ver si no se había equivocado con la sal. Durante el guiso, le entraban dudas de haber acertado y hasta que no estaba el plato servido a la mesa, no quedaba tranquilo.

—Yo creo que de sal está bien. Oye, me ha preguntado don Román por ti. ¿Por qué no has ido?

Aunque lo de las patatas con chirlas le consolaba, Planicio estaba triste de que nadie le echara de menos en Ramón y Cajal. Por eso le alegró aquel repente de su padre.

—Me dolía un poco la cabeza.

—¿La cabeza? —se extrañó su padre, porque él nunca tenía males, y su lumbago (o reúma) era más bien una dificultad para cierto tipo de trabajos. Se volvió a levantar y tanteó la salsa con la cuchara de madera—: Van a estar bien, te advierto, pero con el pimiento verde mejor hubieran estado. Pues don Román ya estaba preocupado por si te había pasado algo. ¡Qué hombre!

El Cimarrón admitía sorpresas en la vida y por eso no le extrañaba que su hijo no apareciera por Ramón y Cajal, entre otras razones porque tampoco estaba muy claro que tuviera que aparecer todas las tardes. En cambio, don Ramón se preocupaba por todo; por ejemplo, seguía preocupado por el porvenir de la señorita Menchu, y cada vez que se lo decía a Pachi, éste se sentía cortado en sus planes de volver a repetir lo de aquella tarde de fines de junio, que sin preparación alguna salió de maravilla. Además la puñetera señorita, ahora, mucho suspirar y miraditas, pero no le daba ninguna clase de facilidades a pesar de que bien claro quedó que le gustó.

—¿Y qué ha dicho don Román?

El padre no le contestó, porque ya estaba retirando la cazuela de la lumbre, pero cuando terminó volvió sobre el tema anterior.

—Yo creo que tiene que dolerte la cabeza de tanto leer.

—No, si hoy no he leído. ¿Qué ha dicho don Román?

—Eso, lo que te digo. Ha preguntado por ti dos o tres veces y luego ha dicho que a ver si te había pasado algo.

Por supuesto que le había pasado, pero no era como para contar, ni para pensarlo entonces porque las patatas estaban ricas de verdad.

—Pues con el pimiento hubieran estado mejor.

De todos modos, *aita* estaba tranquilo porque la cosa había salido, y en cocina siempre podía haber sorpresas por mucho cuidado que se pusiera. Las chirlas, aunque eran despreciables por el tamaño, guardaban en los recovecos de sus pequeñas valvas regusto de ajo y mar, y valía la pena chupar bien.

—Pero ¡come despacio, hombre, cómo te lo he de decir! ¡Si hay para hartarse!

Le insistía a su hijo, con poco fruto, que en la cocina todo había que hacerlo despacio: el guisar y el comer.

—Pero ¿qué prisa tienes, hombre?

—Ninguna, *aita*; es costumbre.

—Pues quita esa costumbre. Así te duele luego la cabeza.

También se quedó horrorizado cuando vio que su hijo, de golpe, se bebía un vaso entero de agua.

—Pero ¡toma un poco de vino, hombre! ¿Cómo vas a tomar estas patatas con agua?

A Pachi, raro era el alimento que no le pareciese de escándalo acompañar sin vino.

—Bueno, échame un poco de vino al agua.

Peor todavía; era estropear las dos cosas. Y Planicio se sirvió un poco de vino y después de probar pensaba que quizá su padre tuviera razón.

—*Aita*, tenemos que hacer más veces.

—¿El qué?

—Esto.

—¿Patatas con chirlas?

Eso daba igual. Lo que quería Planicio es que hicieran eso de cenar los dos juntos, apurando hasta la última migaja de la cazuela, y después salir bajo las estrellas a eructar.

—Bueno, ya haremos. ¡Pero malos están los tiempos, de verdad! Dos pesetas el kilo de patatas. ¡Qué disparate!

Cuando hacían cena de fundamento, a *aita* le gustaba quedarse reposando, antes de ir a dormir, tomándose un par de vasitos de vino. Entonces Planicio le contaba alguna cosa del Club —lo de la señora alemana, el modo de hablar del entrenador francés, las elegancias del marqués— y *aita* también le preguntaba y pedía aclaraciones a lo que contaba. Pero si como aquella noche Planicio no podía contar, porque lo que pasó no era de contar, entonces *aita* no se extrañaba. Seguro que don Román le diría: «¿Qué te pasa, Planicio?, qué callado estás, ¿no me cuentas nada?» Y si el chico seguía callado entonces el señor le hablaría de que una vez, cuando era chaval, fue al meandro del río, en Martutene, y le pasó tal cosa o tal otra. O sea, que al día siguiente iría a Ramón y Cajal para que viera que no le había pasado nada.

En cambio, al Club no fue, porque no podía, pero tuvo la suerte de que cuando volvía por la noche de Ramón y Cajal, pese a todas las precauciones de la portera, coincidió con el marqués en el portal y le preguntó:

—¡No te he visto hoy por el Club! ¿Qué te ha pasado?

—Me dolía la cabeza, señor marqués.

—¡Vaya, hombre! ¿Ya se te ha pasado?

—Sí, señor.

—Bueno, hasta mañana entonces.

Estas cosas las hacía Dios, porque Planicio, a lo largo de aquel día, tomó toda clase de precauciones para entrar y salir sin ser visto, precisamente por temor a encontrarse con el señor marqués, que podía saber ya lo de la papilla de la niña. Y, sin embargo, en el momento en que tenía que haber tenido más cuidado —aunque no fuera más que por respeto a las repetidas instrucciones de Francisca sobre cómo debía entrar en el portal a partir de las nueve de la noche— se distrajo y se dio de bruces con el marqués, que le dijo de modo tan natural hasta mañana, que ya no le quedaba más remedio que volver al Club; era un alivio porque, si no, a ver qué hacía.

Al día siguiente entró receloso en el Tenis. El encargado estaba regando y casi no contestó a su saludo, pero eso era normal. Poco después llegaron los dos hermanos y Julio les dijo a los tres que a pasar rodillo; los de Igueldo, como de costumbre, comentaron que el encargado era un cabrón que siempre les encargaba lo más pesado. El rodillo era de piedra, grande, lo arrastraban entre dos, y el tercero pasaba la estera. Los dos chavales no le comentaron nada de lo de la papilla, porque era asunto de poco interés y además les parecía muy bien que se la hubiera comido; lo que hizo mal fue dejarse coger. Luego llegó la señora del cónsul alemán, que tenía partido, pero antes quería calentarse un poco con Planicio. El mayor de los recogepelotas, que tenía dieciséis años y no se le quitaba el asunto de la cabeza, le dijo a Planicio que bien claro le estaba diciendo la señora que quería calentarse con él, y como éste entendió el doble sentido, mandó al otro a la mierda, no porque le molestase la broma, sino porque era así como se hablaban.

Cuando terminó el peloteo con la alemana, le llamó la mujer del encargado. Traía propósito de no acercarse por la casa y ni tan siquiera hablar con Arancha, que por su culpa se estaba pasando aquel sofoco tan grande, pero si le llamaba la encargada no podía dejar de ir.

Serían las once de la mañana y la mujer le preguntó:

—¿Tienes hambre?

Planicio no contestó por si la pregunta era con sorna, para sacar el tema de la papilla, aunque ya tenía advertido que la mujer no era como el marido.

—¿Te gusta el *talo*? (1).

Entonces dijo que sí.

—Anda, pasa.

Le puso un cuenco de madera encima de la mesa y le dijo que se sentara. Entró Arancha y le gritó: ¡*Ti-*

(1) *Talo*: torta de maíz.

zio, peine! Desapareció y a poco volvió con el peine, al que le faltaban algunas púas. A la niña le parecía gran hazaña haber conservado tanto tiempo el peine, sin perder, y por eso se lo enseñó a Planicio, y éste dijo que lo había roto un poco, pero la niña le replicó:

—Yo romper, no, yo *mena* (buena).

A la madre le dio un deliquio de emoción.

—¿Lo ves?, lo habla todo, todo. Pero ¡qué bruja!, cómo habla.

Le echó un poco de leche en el cuenco y le puso al lado dos *talos*, largos, ovalados, muy planos, crujientes, y Planicio se alegró de que estuviera Arancha allí porque le permitía disimular las ganas de llorar.

—Yo sentar, *Tizio*.

Tuvieron que ponerle una silla a la mesa y Planicio le tenía que dar un poco de su *talo*.

—¿Tú lo ves? Si le pongo *talo* para desayuno no quiere tomar y ahora tiene que coger de lo tuyo. ¡Eres una caprichosa!

Planicio aclaró que a él no le importaba darle un poco. Era un alivio tener un pretexto para hablar y carraspear un poco, porque se le había formado un nudo en la garganta y tenía que hacer un esfuerzo para tragar. Partía el *talo*, en pequeños trozos, los echaba en el cuenco y los cogía con la cuchara, sorbiendo al mismo tiempo la leche, pero no demasiado para que no se le acabara. Arancha le metía los dedos en el cuenco y le quitaba un trozo. La madre le decía que no metiera los dedos, que era una porquería, pero Planicio volvía a insistir en que no le importaba. Cuando terminó, se levantó y dio las gracias. Arancha se agarró a su mano y quería irse con él, pero su madre le dijo que *Tizio* tenía que trabajar. Arancha hizo ademán de pataleta, pero Planicio le dio un recadito al oído, que se inventaba, que no decía nada, pero que tranquilizaba a la niña.

Fuera, uno de los de Igueldo le esperaba extrañado de que tardara tanto en salir de la casa.

—Ahí está tu vecino. Que vayas.

Planicio comprendía que era muy raro que él tuviera un vecino marqués, pero entonces las casas eran así. Volvió a mandar a la mierda al que se lo dijo, pero esta vez más enfadado, porque si la broma llegaba al señor marqués podía creer que era Planicio el que decía lo de vecino.

Aquella mañana Planicio recogió las bolas en plan de alarde. El marqués jugó dos partidos, uno individual, que ganó fácilmente, y un dobles-mixto, con el entrenador francés enfrente, y ambos con compañeras elegantes, aunque medianas jugadoras. Fue un partido más bien de broma e ingeniosidades, condescendiendo los dos caballeros con las damas, facilitándoles la devolución de la bola, no muy preocupados por el tanteo, y sólo endureciendo el servicio cuando recibía el varón. Recogió en plan de alarde porque, jugando con seis bolas, Planicio, en un continuo zigzagueo, conseguía que no hubiera ninguna sobre la cancha, ni siquiera en las bandas laterales, y entregaba sólo las justas al jugador al que correspondía el servicio, sin que tuvieran que advertirle nada, porque ya sabía él que al señor marqués le gustaba que supiera a quién le tocaba sacar, y a ése precisamente le facilitara las bolas. En un mixto era más complicado porque las damas nunca sabían si les tocaba sacar o no, pero Planicio se lo aclaraba: a usted, señora. La señora le daba las gracias, luego, al terminar el partido, hicieron algún comentario sobre qué gracioso el chico, que simpático y como corría; el señor marqués se sonrió, dijo que era su recogepelotas favorito, y le dio un duro. Planicio lo hizo tan bien, no porque esperara el duro, sino porque el día anterior era el chaval casi más desgraciado del mundo —suponía que habría alguno que lo sería más—, y, en cambio, ese día era el más feliz. No lo hizo por el dinero, pero cuando en su bolsillo derecho sintió tintinear la peseta de la alemana y el duro del marqués, pensó que quizá hubiera llegado el momento de cumplir su viejo sueño de tener en el sobreático una provisión de emergencia, por ejemplo, de galletas rotas, que decía Francisca vendían en Rentería tan baratas, metidas en una caja de lata para que no se ablandaran con la humedad.

Don Román encontró la verdad en el silencio. A veces, Planicio y él estaban sin hablar, leyendo. Más exactamente: Planicio leía, y él, como un pretexto para callar, se ponía delante un periódico que no le interesaba y, que, además, le resultaba muy incómodo de manejar. Si el chico le consultaba algo sobre lo que estaba leyendo, él le contestaba. Las cosas elevadas sólo descubrían su misterio a quien se acercaba a ellas con respeto profundo, silencioso y expectante. Y le parecía observar esa disposición en Planicio.

Una tarde le contó, como la cosa más grande del mundo, que la encargada del Club le dio en la mitad de la mañana *talos* con leche. Era especial el niño contando estas cosas. Además, se las contaba cuando estaban los dos solos, como si los demás no fueran a entender o no les pareciese importante que eso hubiera ocurrido.

Otra tarde, cuando no la esperaba —porque llevaba dos años esperándola— apareció la maquilera de Salvatierra. Era la segunda de la familia, un año más joven que don Román, tenía siete hijos, cuatro nietos, y se quedó asustada cuando, nada más llegar a San Sebastián, vio a su hermano mayor, cruz y gloria de la familia, en aquel estado; los Aldaiz habían sido alaveses modestos, el padre empleado de la Diputación, y el que Román hubiera hecho aquella carrera, llegando a delegado de Hacienda, magnificó el apellido.

—Pero ¡cómo está Román! —le dijo a su hermana pequeña—. ¡Si no puede ni moverse!

La señorita Menchu suspiró para que supieran los otros hermanos lo que ella tenía que sufrir cuidando del mayor. Rosa se quedó triste porque vio a su hermano mal, cambiado, el mentón reposando sobre el pecho, la lengua sobresaliendo demasiado entre los labios, y sin embargo los ojos con el mismo brillo, agradeciendo con su tartamudeo la visita, con una mueca de sonrisa que no velaba, pese a la deformidad, su deseo de agradar, incluso a ella, que llevaba dos años sin aparecer por San Sebastián. ¡Qué remordimiento, Dios mío, un hermano así y ni ir a verle! La culpa era del marido, porque ella le decía: tenemos que ir a San Sebastián a ver a Román, y el otro le decía que no podía; ella le recordaba que eran sus hermanos, y el otro le decía que por eso le mandaba todos los meses el saquito de harina. Y así quedaba la cosa. Por eso, el embarazo de su hermana pequeña la asustó por la impresión que pudiera hacerle a don Román.

—Pero ¡mujer, cómo no has tenido más cuidado!

La pequeña lloriqueaba y suspiraba, pero Rosa sacaba la impresión de que su hermana andaba necesitando otros consuelos distintos a la compasión de su hermana mayor. Ella había salido poco de Salvatierra y en los pueblos era más corriente que a las chicas les pasara eso, pero a edades más alocadas y sobre el fundamento de un novio formal. Pero ¡mira que la hermana del delegado de Hacienda, con treinta añazos, ir a caer con un hombre, que, según le explicaba características, cada vez entendía menos!

—¿Y qué piensas hacer? —le preguntó a su hermana pequeña.

Ésta guardaba un silencio suficientemente largo para que la mayor aportase ideas.

—¿Casarte?

Y la señorita Menchu se encogía de hombros con tan hipócrita resignación, que a Rosa, que seguía triste por lo mal que estaba su hermano, le entró rabia y le dijo con mala intención:

—Lo que hace falta es que quiera él.

Esto le dolió y a la señorita Menchu le salió un sollozo de verdad. Rosa se acordó de que era la más pequeña con bastante diferencia de edad y por eso la habían educado distinto, cuando el hermano mayor ya era un hombre importante; además, había cuidado de éste y quién sabe si por eso se le pasó su tiempo e hizo la tontería. La cogió por los hombros y le dijo que no llorase. Bueno, no era esencial que dejase de llorar, pero sí que explicase un poco más.

—¿Y él en qué trabaja?

Comprendía la señorita Menchu que eso era lo más difícil de explicar, y no era oportuno recordar a Rosa que a la postre ella se casó con un molinero de pueblo, aunque con la guerra se hubiera convertido en *industrial*.

—Román siempre ha dicho que Pachi es muy listo.

Y tan listo, pensaba la otra, como que te ha cazado. Esto lo dijo porque le asombró que su hermana pequeña hubiera pensado ya en todo, incluso el que con la dote, que con tanto esmero le venía preparando Román, podían montar «algún pequeño negocio» para que Pachi pudiese dejar su actual trabajo. También tenía pensado qué pequeño negocio les tendría que ir bien a la fuerza.

—¿Y ya sabe él lo de tu dote?

La señorita Menchu comprendió la intención y se ofendió:

—No.

Se ofendió, pero no demasiado, porque necesitaba a su hermana Rosa, a la que veía con disposición para arreglar aquello.

—¿Y tú crees que él te quiere?

—Mujer, muestras hace al menos.

Lo dijo de modo que a Rosa le dio risa por primera vez desde que pisara San Sebastián.

—Anda, cuéntame cómo ocurrió.

Entonces les entró la risa a las dos y la señorita Menchu, con gran sofoco, le dijo que esas cosas no se podían contar.

Don Román, que encontró la verdad en el silencio, a veces se callaba porque era difícil decir algo; por ejemplo, a su hermana Rosa, cuando ésta le comunicó como la mejor noticia, aunque por el tono parecía la peor, que la pequeña Menchu quería casarse con Pachi Lourido. Era sorprendente que después de dos años sin verse, su hermana Rosa, con la que se entendía de maravilla porque fueron casi del mismo tiempo, desapareciera nada más llegar y reapareciera a las dos horas para decir en tono festivo que sonaba a muerto lo de que la pequeña se quería casar, sin aclarar siquiera si el otro también quería. Pero es que la maquilera se encontraba tan en falta por sus ausencias, que venía dispuesta a hacer lo que fuera, y Menchu se empeñó: «Lo primero de todo díselo a Román.» Parecía tener gran seguridad en que el empleado de estación cumpliría, cosa que la maquilera se reservaba porque a los cincuenta y dos años, abuela, con siete hijos y cuatro nietos, había visto lo suficiente para saber.

—Y si es necesario —la conminó Menchu—, le decimos que estoy esperando un hijo.

—¿A quién? ¿A Pachi?

—¡Mujer! A ése, seguro. Pero ¿cómo no se lo voy a decir? A ése, esta misma tarde.

Lo dijo Menchu con ferocidad, con deseo de que Pachi se enterase de cómo había terminado su gracia de aquella tarde de fines del mes de junio, en la que ella al final consintió en repetir, de acuerdo; pero al principio el hombre ni respetó siquiera el hábito del Carmen.

—Digo —aclaró Menchu con exigencias— que si es necesario le diremos a Román por qué tengo que casarme.

—No, déjame a mí —le rogó Rosa, que veía tan mal a su pobre hermano que no soportaba la idea de añadir la más mínima contrariedad a la que ya resultaba de su penosa condición física.

—Pues tú verás cómo lo arreglas —esto lo dijo Menchu con tono desafiante, y su hermana pensó que por ser la más pequeña, con bastante diferencia, la habían malcriado entre todos. Es decir, que no se trataba de una muchacha contrita por su falta, conforme a constante tradición, sino de una mujer que exigía ayuda de la familia para casarse con un hombre al que Rosa ya estaba deseando conocer porque debía de tener un atractivo poco corriente.

—Comprende, mujer —le volvió a suplicar Rosa—, que no podemos dar este disgusto a Román. Si lo llevamos bien no tiene por qué enterarse de lo otro. Lo que pasa es que deberíamos llevarlo con más calma.

—¿Calma? —se enfureció la pequeña. Calma la que tenía Rosa, que hacía más de quince días que ella le había escrito y no había dado ni señales de vida, y si no le llega a telefonear, con aviso de conferencia, seguirían igual.

—Ahora —conminó Menchu—, se lo tienes que decir ahora, y si no se lo diré yo. Lo mío no puede esperar.

Por eso Rosa, culpable de tantos silencios y ausencias, se lo dijo mal a don Román. Precipitadamente, diciéndole cuán contenta estaba de que Menchu, al fin, hubiera encontrado un novio y qué tranquilidad para toda la familia saberla casada, y qué ayuda para él mismo —para don Román—, tener un hombre en la casa.

Es decir que toda la familia —esto no lo decía Rosa, sino que lo pensaba don Román— se quedaba muy tranquila porque metía en casa a su ayudante de campo a través de la alcoba de su hermana pequeña. Y de repente, sin que viniera a cuento, pensó que era el último fracaso de su vida —no era fácil que le quedara tiempo para tener otro—, que le hizo inclinarse un poco más sobre la camilla, con la vista muy fija en el horizonte, pero desinteresado de lo que hubiera detrás de la línea roja del atardecer y confiando, en cualquier caso, que no tuviera que llegar allí en su ridículo vaporcito, porque seguro que se hundiría por el camino.

—Pero di algo, Román, no te quedes así —le insistía, verdaderamente asustada de aquel silencio, su hermana Rosa.

—De...déjame, por favor —lo dijo con aquella autoridad de hermano mayor que hacía tiempo que no usaba, y Rosa le hizo caso.

A su hermana pequeña —que esperaba refugiada en su habitación—, de primera intención le dijo que la cosa había ido regular, pero que ya se le pasaría. Pero a poco se acordó de su hermano, y de como se quedó, le entró una llorera muy grande y lo que habían sido risas se convirtieron en reproches: «Pero, Menchu por Dios, ¿cómo hiciste, cómo no pensaste en Román!» Y la señorita Menchu correspondió con llantos y rabia. ¿Y habían pensado los hermanos alguna vez, egoístas cada uno con su propia vida, con su familia, que la habían dejado sola cuidando al paralítico? ¿Sabían lo que era cuidar a un enfermo así, viéndole cada día peor, que últimamente hasta le tenía que poner los pantalones por las mañanas? Todos los días igual desde hacía años, con amigas solteronas como ella, sólo conocida en la ciudad como la hermana del delegado de Hacienda, inválido, que a saber si la enfermedad sería hereditaria, y ningún hombre se le acercaba.

—¡Y el único que vino no era un hombre, era una mierda, y me hacía caso porque trabajaba en la Delegación a las órdenes de Román! ¿Me oyes?

Sí, pero por Dios le suplicaba que no gritara.

—¡Pues grito, y si se entera mejor! Porque por lo menos a Pachi le gusto, ¿me oyes? ¡Porque no sabía nada de mi dote y vino por mí y ha vuelto varias veces!

¿Me oyes? Pero yo no he querido más... no he querido más veces... —no podía hablar por la llantina, y la furia se convirtió en balbuceo— porque no debe ser... y yo sólo quiero casarme... compréndeme, Rosa, por favor, y seguramente él también querrá... Rosa, por favor te lo pido, cuando Pachi lo sepa, se casará, yo sé que me quiere.

Las dos hermanas abrazadas lloraban, ya en silencio, sin reproches.

—Además... me trae regalos. El otro día me trajo chorizos de Aranda. Cambiará, Rosa, de verdad.

—Que sí, mujer —le decía su hermana mayor—, seguro que cambiará; anda, no llores más.

—Si se casa conmigo yo le haré cambiar... Rosa... ya lo verás.

Seguro que cambiaría; no tenía por qué seguir llorando; todos cambiaban.

—Además... pondremos un restaurante... él entiende mucho de cocina y entre los dos iremos adelante.

Rosa ya se había calmado y la miró con ternura.

—¿Un restaurante?

—Sí, debe de ser buen negocio. ¿Tú has visto algún restaurante que cierre?

A Rosa le hizo gracia aquel sentido práctico de su hermana y volvió a reír un poco, pero muy poco, porque la imagen de su hermano, inclinado sobre la camilla, sin decir una palabra, no se le quitaba de la cabeza.

Fue una tarde de movimiento en Ramón y Cajal. Era lógico que la señorita Menchu ya no saliera de su habitación hasta aclarar posiciones.

Rosa entraba en el cuarto de estar y le preguntaba a su hermano:

—¿Cómo te encuentras, Román?

—Bien —le respondía éste, distraído.

La hermana volvía donde la pequeña que, a su vez, le preguntaba:

—¿Qué dice?

—Nada, que está bien.

—¿Y qué hace?

—Nada, mira muy fijo al horizonte.

—Eso lo hace mucho.

Es decir, que porque mirase muy fijo al horizonte no había que preocuparse, ya que cuando no ocurría nada de particular también lo hacía.

A Pachi se lo dijo aquella misma noche la señorita Menchu en el comedor de la casa, con apuro relativo, porque las muchas emociones del día la propiciaron para la definitiva.

Su hermana Rosa se ofreció tímidamente:

—Si quieres, le hablo yo primero.

Lo dijo con desgana, con un tono de heroicidad resignada, como dispuesta a pagar su culpa de no haber sabido cuidar de su hermana pequeña desde Salvatierra, provincia de Álava.

—No, gracias.

No, gracias, porque su hermana Rosa no sabía cómo se desarrollaron las cosas aquella tarde de finales del mes de junio y se iba a poner en plan de hermana mayor del siglo pasado, suplicando de rodillas por el honor de su hermana doncella, y a Pachi, que era buena persona pero un poco socarrón, seguro que le entraba la risa.

—No, gracias. Prefiero hacerlo yo.

Por eso le pasaron al comedor y se lo dijo la señorita Menchu. De momento Pachi se quedó muy callado, sin reaccionar, con cautela ancestral de hombre que pone en duda esas cosas, asombrado de la naturalidad con que la *neskasarra* le dijo que estaba esperando un hijo. No se lo dijo en plural —«estamos esperando un hijo»— pero se sobreentendía.

—¿Está usted segura?

Absolutamente segura y satisfecha de pedir cuentas.

—También es casualidad —dijo el Gallego.

¿Casualidad por qué?, se molestó la señorita. No, él lo había dicho por decir y se disculpó.

—Bueno, ¿y que ha*s*emos entonces? —preguntó el Gallego por si a ella ya se le había ocurrido algo.

—Eso, usted sabrá.

Como era él quien tenía que saber, dijo lo más sensato:

—Bueno, entonces pensaremos.

La otra se calló y el Gallego, consciente de lo que la vida era, preguntó:

—¿Hay que pasar a ver a don Román?

Se notaba que no tenía interés, pero si había que pasar, él pasaba.

—No —le contestó la señorita Menchu—, cuando usted lo haya pensado, con quien tiene que hablar es conmigo.

A Pachi le hizo gracia aquella decisión, y sabiéndola embarazada, la miró de arriba abajo, con descaro, y le comentó:

—Pues le ha sentado a usted muy bien, ¿eh?

Aquel comentario, que podía ser un cumplido pero que a ella le sonó salaz y con retranca, no la ofendió lo más mínimo; por el contrario acentuó una agradable complicidad que le permitió reafirmarse.

—Tiene usted que hablar conmigo porque lo *nuestro* —esta vez acentuó bien el plural— sólo lo sabe mi hermana Rosa y no quiero que lo sepa nadie más. ¿Entendido?

El Gallego asintió con un aire divertido.

—Y menos que nadie don Román. ¿Entendido?

—Sí, señorita.

Pachi no pensaba decirlo a nadie, pero sí consultar, y lo hizo con el criado de la casa condal. Aunque en el Bar Raimundo les diera por decir que era afeminado nada más, el Cimarrón sabía que era marica; poco aventurero, pero marica. Y la tradición enseñaba que el espécimen entendía muy bien a las mujeres. Además, Jacinto conocía con detalle a todo el barrio y le podía facilitar información complementaria.

El criado se quedó emocionadísimo con la noticia.

—Pero ¿cómo es posible?

—Pues ya lo ves, hijo, así es la vida.

—Pero... ¿habéis tenido mucha relación?

—No, sólo un día.

—Eso es puntería.

—Casualidad más bien, pienso yo —dijo modestamente el Gallego—; así se lo he dicho a ella y parece que la mujer se ha molestado.

La conversación la tenían en noche de verano, al aire libre, bajo las estrellas de fines de agosto, en el sobreático, un poco apartados del casetón para que Planicio no oyera. Pachi, sentado en el viejo sillón del difunto conde —que de día metía y de noche sacaba—, y Jacinto en una silla.

El criado coincidió en que, de la conversación que tuvieron en el comedor —corta pero sin desperdicio—, se deducía que la señorita pedía boda y le parecía el colmo de la fortuna para Pachi.

—¿Y a ti te gusta? —preguntó Jacinto.

—Hombre, es una mujer que de base está muy bien.

Ya sabía lo que entendía Pachi por base, y asintió con la cabeza.

—Y con el embarazo se le ha puesto un realce natural... aunque no hacía falta —explicó con las manos como se le había puesto el busto—, y de cara parece otra. ¿Recuerdas ese aire de acelga que se le ponía? Hasta colores le han salido. Hermosa está de verdad.

Lo decía con satisfacción, por la parte que le tocaba en aquella transformación.

—Pero tiene fama —le informó Jacinto— de mujer de bastante genio.

Pachi admitió la observación, pero ¿qué mujer no tenía genio?

—Oye, Jacinto —y aquí estaba el nudo de la cuestión—, ¿cree esa señorita que vamos a poder vivir con lo que yo gano como maletero?

No, evidentemente que no; Jacinto ya sabía que don Román venía ahorrando hacía años para su hermana; pero, desde la magnitud de la casa condal, no le parecía que aquel ahorro permitiera vivir de rentas.

—Yo por mí, cumplir, cumplo y me caso, pero... ¿luego qué?

Los dos se quedaban silenciosos, porque la incógnita era de categoría.

—Yo no digo vivir de rentas, pero ¿cómo saco adelante a un chico que ya tengo, otro en camino y los que vengan, y a una mujer que es una señorita?

Respecto de esto último Jacinto se reservó su opinión, porque sabía quiénes eran los Aldaiz, de Álava, gente modesta, y la señorita Menchu nunca hubiera sido señorita si no fuera por el cargo que acabó ocupando el hermano. Pero no tenía clase de señorita y por eso se llevaba tan mal con el servicio; para tratar a los criados hacía falta tradición, y ella no la tenía.

—Oye —le preguntó Jacinto—, dices que la hermana de Salvatierra es la que lo sabe, ¿no es así?

—Así es. Ella me ha abierto la puerta y me ha dicho: soy la hermana de Menchu. Muy mayor la he encontrado.

Hicieron una pequeña digresión sobre la familia, edades y actividades, que Jacinto conocía con algún detalle, porque eran cosas que le interesaban de un modo natural. Mientras hablaban, los dos pensaban que la hermana mayor podía tener algún papel. Por lo menos podían intentarlo, ya que también decir sí a tontas y a locas no tenía sentido. Prepararon la cosa con cuidado y a la mañana siguiente Jacinto, de parte de su amigo, la llamó por teléfono y les concertó una entrevista.

—¿Cuándo le viene bien a la señora que vaya? —le preguntó el criado con profesional cortesía, pese a conocer su simple condición de aldeana distinguida.

Al otro lado de la línea se oyó un cuchicheo de poco estilo —«está consultando con la hermana», pensó Jacinto—, y vino la respuesta:

—Pues ahora.

Aquella misma precipitación revelaba falta de clase en una señora.

—Muy bien, señora, ahora irá —luego se volvió a Pachi, que seguía la conversación en la cocina de la casa condal, y le dijo—: Hala, ya estás marchando.

La hermana mayor le recibió en plan de conspiración, hablando muy bajo, y pasándole rápido al comedor de los conciliábulos, como si temiera que pudiera abrirse la puerta del cuarto de estar repentinamente.

—Usted me dirá.

Él poco tenía que decir: lo único que la tarde anterior la señorita Menchu le comunicó lo del embarazo y le dijo, más o menos, que usted sabrá lo que tiene que hacer. Se expresó mal, y Rosa se extrañó:

—¿Quién yo?

—No, no, señora, me lo decía a mí. Que yo era el que sabría lo que tenía que hacer.

Después de un momento de silencio, continuó:

—Me figuro que se referiría a si nos casábamos.

Hizo otra pausa, premeditada, por si había objeción, y como no la hubo, concluyó:

—Por mí conforme, pero señora, yo soy un hombre de muy mala suerte para el trabajo, sobre todo desde que ando con el lumbago y no puedo salir a la mar.

Una vez que el hombre manifestó su disposición, Rosa se puso en condiciones de dedicar tiempo al asunto, porque en Salvatierra las bodas se trataban con detalle y no era de mal gusto, sino prueba de sentido común, puntualizar los detalles económicos.

—Parece que hace calor, vamos a abrir un poco la ventana.

—Déjelo, señora, ya la abro yo.

—Llámeme Rosa, por favor.

A don Román no le apeó el tratamiento, pero a las hermanas, desde aquella tarde, las llamó por su nombre sin más, y a la señorita Menchu de tú.

Pachi opinaba que Guipúzcoa era más católica que Dios. Quizá para compensar la postura tan desairada que había tenido durante la guerra. Él también era católico, pero de la Virgen del Carmen y de la del quince de agosto. Pero comprendía que aquellas cosas las hacía Dios, porque cuidado que fue desanimado a hablar con la hermana mayor: tan seguro que estaba de que ninguna solución iba a ser buena; por eso, cuando la otra le mencionó lo del restaurante en plan de tanteo, le salió de dentro el decir: ¡Hombre, para eso sirvo yo! Es decir, cuando jugaba a la lotería de Navidad y pensaba que le tocaba el «gordo», ni dudaba de que pondría un bar-restaurante; no sólo restaurante como había dicho la hermana. Bar también. Cuidando mucho las «banderillas», en calidad y cantidad; si sobraban, mejor tirarlas que volverlas a poner al día siguiente mustias. Era preferible que faltasen, y entonces sacar tacos de jamón y queso, que ésos no se estropeaban. La cocina no de gran variedad, pero cuidando mucho la materia y acreditándose con la sopa de pescado, que cuando él la hacía todos se chupaban los dedos. No necesitaba cocinera de categoría; una que supiera hacer lo que él le indicara. Y el Cimarrón, en la barra del bar, dirigiendo todas las operaciones y cuidándose de comprar el vino personalmente. Eso no era trabajar, eso era vivir. Además, él de lectura andaba muy mal —no le interesaba—, pero de números muy bien, y en las apuestas, cuando los demás andaban con lápiz y papel, sumando, él llevaba media hora con la cuenta echada en la cabeza. Y para llevar un negocio lo que hacía falta era conocer los números.

El marqués siguió con afable interés el acontecimiento, según le iba informando Jacinto, que estaba emocionado con lo que le ocurría a su amigo. Septiembre era el mes de los elegantes, en San Sebastián, y la casa condal prolongaba su estancia hasta el final. El marqués felicitó a Pachi por la boda, que ya era inminente, y le dio consejos sobre su bar-restaurante, principalmente en orden a decoración, que debía conservar el estilo del país, más bien marinero, con motivos de regatas y fotografías de traineras, en recuerdo de su hazaña como proel de Fuenterrabía.

Planicio andaba contento y descentrado. *Aita* le decía que en el bar tendría que trabajar de firme y a él le parecía fenomenal. Pero de momento no sabía qué hacer y seguía yendo al Club de Tenis a recoger pelotas. Tampoco sabía dónde iba a vivir porque *aita* iría con la señorita Menchu a la casa de Ramón y Cajal y serviría de gran ayuda para don Román, porque era evidente que la señorita Menchu ya no podía mover a su hermano, que cada vez estaba con más dificultad. Pero a él nadie le decía nada y tampoco preguntaba; a veces pensaba que se quedaría solo en el sobreático y no le parecía mal del todo.

Cuando iba a Ramón y Cajal, siempre había gente. La hermana mayor se quedó hasta la boda y su marido estuvo a pasar unos días. También los hermanos de Bilbao, con hijos. Planicio no se atrevía a pasar del vestíbulo, pero si le veía don Román le hacía señas para que entrase, pero casi no podían hablar. El señor hablaba muy poco. En el vestíbulo, todos los parientes, cuando salían, comentaban: ¡Pobre Román, qué mal le vemos! Él no le notaba gran diferencia; le seguía sonriendo igual que antes y le preguntaba cosas, pero siempre entraba alguien y no podían seguir. La señorita Menchu —que le había dicho que le llamara Menchu a secas, pero a él no le salía— le llevó un día a comprar ropa. Con la cuestión del dinero también era diferente, y *aita* le daba billetes de cinco duros para comprar comida. De todos modos, el seguía yendo al Tenis, porque si no no sabía qué hacer. Estaba descentrado, no sabía dónde iba a vivir, pero la idea de que *aita* fuera a tener un bar le parecía algo tan formidable que compensaba. A él no le extrañaba que se casaran, porque siempre notó que la señorita Menchu trataba a su padre diferente que a los demás. Incluso que a don Román, al que a veces reñía. *Aita*, pocos días antes de la boda, le dijo: «Don Román quiere hablar contigo.» Y se notó que quería hablar con él, porque cuando entró en la casa, todos se salieron de la habitación y fue la primera vez que los dejaron solos.

Don Román estaba pasando malos días, porque tan torpe como andaba, todos querían ayudarle, y como no sabían, le maltrataban. Le tiraban de aquí y de allá en vez de tomárselo con calma y seguir sus instrucciones. Nadie como él conocía el proceso de su enfermedad, y a cada nueva dificultad de movimiento procuraba encontrar solución, pero los demás se empeñaban en que era mejor hacerlo así, o asao, y le martirizaban. Estaba deseando que se celebrara la boda, que le dejaran solo y a ver cómo se arreglaba con Menchu y su antiguo ayudante de campo. Porque Planicio se iba. Tenía que irse. No quería que el niño viviese en aquella casa compartiendo el final que le esperaba, de pequeño monstruo que ya no podía ni llevarse la cuchara hasta la boca. No quería que tuviera madrastra para siempre. Ni que se educara en la barra de un bar.

—Oye, Planicio, ¿no te gustaría ir al colegio?

Era curioso pero cuando quería hablar de temas importantes, apenas tartamudeaba, sobre todo si le dejaban hablar sin interrupciones. Mas para que el niño supiera que la cosa era importante tenía que decirle a que colegio.

—Quiero decir al colegio de los frailes, de Ardaiz.

Colegios y escuelas había muchos y siempre le decía don Román que aquel año tenía que seguir los estudios, pero hablaban, por ejemplo, de las clases nocturnas de los «Luises». Nunca salió referido a él —a Planicio— el nombre mágico: Ardaiz, en la sierra de Urbasa, a cincuenta kilómetros de Salvatierra, al borde de un bosque de hayas tan inmenso, que en una ocasión se perdió un alumno y todos los chicos mayores, con los frailes y la guardia civil, estuvieron la noche entera buscándole, con antorchas y linternas, y precisamente fue don Román el que lo encontró casi de madrugada, aterido. Entonces don Román estudiaba quinto curso de bachillerato, y suponía Planicio que no tendría ningún problema de los de ahora y la prueba es que se pasó toda la noche en la batida hasta que encontraron al chico perdido.

En el invierno de 1942, que parecía tan lejano, cuando empujaban en los días soleados —que fueron casi todos— el carrito de inválido monte Urgull arriba, Planicio le pedía a don Román: «Cuénteme cosas de Ardaiz.» Y don Román hilvanaba historietas tan interesantes como las de los libros. Y, ¿qué comían ustedes? Por la mañana tomaban un tazón de leche con pan; el tazón no tenía asa y era como un cuenco de loza, con peana. Lo servían en unas cafeteras grandes, de metal, ya mezclados el café y la leche, y si querían podían repetir. En invierno repetían todos, porque lo sacaban hirviendo, y el frío era terrible. De almuerzo todos los días tomaban alubias rojas, como las de Tolosa, pero las cultivaban los mismos frailes en una huerta que tenían y en la que estaba prohibido entrar, pero entraban, claro; sobre todo en septiembre, a coger uvas. También tenían frutales y muchas clases de verduras. Por eso todas las noches cenaban verdura y después tortilla de patata, pero con muy poco huevo; se contaba que primero le daban forma a la tortilla, pero sólo con las patatas, medio fritas, medio cocidas, y luego, con un pincel, untaban el huevo por fuera. A Planicio le parecía muy buena idea y preguntaba si estaban ricas. Don Román se reía y decía que sí, que estaban muy buenas. Pero entonces Planicio se acordaba de que no había terminado de contarle lo que les daban después de las alubias, al mediodía, y el señor hacía un esfuerzo para recordar. ¿Qué más, don Román? Cuénteme más cosas del colegio. Un invierno nevó de tal manera, que por las mañanas, con palas, tenían que abrir caminos para salir. Por las noches bajaban los jabalíes y hacían destrozos en la huerta. Tuvieron que ir cazadores de Lizárraga a dar batidas. También durante el día se veían lobos rondando, y los frailes no dejaban salir a los alumnos del recinto del colegio.

Planicio no sabía qué tenía que contestar, porque el colegio de Ardaiz, en el que estudió don Román, era un mito sin ninguna relación con él. La relación estaba en que don Román llevaba más de veinte años siendo asesor fiscal de los frailes, no porque lo fuera de un modo oficial, sino porque siempre le tenían que consultar cosas. Raro era el año en que no tenía que resolverles algún problema con la Delegación de Hacíenda de Vitoria, de Pamplona, o de otro punto de España, porque la Orden tenía seis internados en la Península. También tuvo gran trabajo con una testamentaría, por la que una señora de Ibarguren los instituyó herederos, para bien de su alma y complicación de don Román, ya que lo hizo tan mal —la testadora— que la Hacienda se llevaba más de la mitad en derechos reales, y eso era robar a Dios, según le explicó el padre ecónomo. Don Román pudo arreglarlo, y aquella vez le regalaron un reloj que formaba parte de la misma testamentaría. Otras veces se despedían con mucho cariño y un Dios se lo pague. Por eso don Román se sintió con derecho a pedirles una plaza para Planicio, de fámulo, que eran alumnos como los de pago, con la diferencia de que tenían que ayudar en los trabajos de la huerta y prestar servicio de cocina. Los frailes le dijeron que tenían cubierto el cupo de alumnos así, pero que para un sobrino de don Román siempre había sitio.

Planicio no sabía qué contestar, pero don Román sí sabía lo que le tenía que decir:

—Tendrías que irte cuanto antes, y ahora, en septiembre, te prepararían para el examen de ingreso, que para ti no tiene problemas, porque sólo es saber leer y escribir al dictado y las cuatro reglas. Luego, este mismo año, harías primero y segundo de bachillerato a la vez, que por tu edad te lo permitirían. Después...

Después le fue explicando muchas cosas que le ocurrirían, como consecuencia de aquellos estudios que iba a emprender. Supuso un gran esfuerzo para don Román, que sentía que los músculos del diafragma ya no le trabajaban y tenía la impresión de que estaba respirando con la ayuda de los auxiliares —los supraclaviculares— y respirar a base de la clavícula y al mismo tiempo hablar era muy fatigoso.

—Don Román, me da pena marcharme.

Planicio decía estas cosas abriendo mucho los ojos y mirando muy fijo, pero aceptando de antemano.

—Allí éramos muy aficionados a campeonatos de carreras, o sea que tú podrás lucirte.

—¿Cortas o largas? —Planicio lo preguntó porque ya le habían advertido que él servía para carreras de resistencia, pero para las cortas no, porque le faltaba velocidad.

—De todo. Pero la más importante era una en que dábamos la vuelta casi entera al bosque de hayas.

A pesar del aliciente, Planicio repitió: «Don Román, me da pena marcharme.» Los ojos, tan abiertos, le brillaban mucho, como si fuera a llorar. A don Román le hubiera gustado consolarle pero no podía porque la respiración clavicular casi le ahogaba y sabía que hasta que no reposara un rato no podría volver a hablar seguido. Pero le sonrió con los ojos, también humedecidos, con la boca y con el corazón, que lo sentía fatigadísimo por el esfuerzo. Le dijo: «Ya verás qué bien.»

A Pachi le parecía demasiado bueno todo aquello para que fuera verdad y empezó a pensar que no era verdad. Al principio, creyó que se podía entender bien con la familia. Al maquilero de Salvatierra le sentía próximo; no se distinguía mucho de los jebos del Bar Raimundo, aunque se le notaba más adinerado. Chiquitearon juntos por la Parte Vieja y apreció que aguantaba bien el vino, como hombre acostumbrado; también le gustaba hacer comentarios sobre mujeres. En este último aspecto el Cimarrón se mostró comedido, para que se diera cuenta su futuro concuñado que estaba dispuesto a respetar a la señorita Menchu.

Acodados sobre la barra de un bar, le dijo el maquilero:

—Puede usted hacer un gran bien, porque al pobre Román le hemos encontrado con mucha dificultad para todo. Como siga así, dentro de poco no podrá ni moverse y le vais a tener que hacérselo todo.

Cuando se refería a la señorita Menchu y a él en conjunto, los tuteaba, pero cuando se dirigía sólo a Pachi le trataba de usted. A pesar del tratamiento le sentía afín en gustos y aficiones —un par de días fueron juntos al Frontón Urumea, a ver a Salsamendi—, pero a veces no demasiado próximo porque le interrogaba como esperando cosas importantes de él. Y pidiéndole opiniones que no venían a cuento.

—Rosa y yo, comprenderá usted, Pachi, que no podemos venir mucho por San Sebastián porque no podemos dejar solos a los hijos, ¿no le parece?

Era el tipo de opiniones sobre las que era incómodo manifestarse. Al otro no le importaba no recibir contestación y continuaba:

—Además, tengo que cuidar el negocio porque los tiempos están muy difíciles.

Que los tiempos estaban difíciles ya lo sabía Pachi, pero también sabía, por explicaciones de Jacinto, que nunca fueron tan buenos para el industrial harinero.

—Pero a usted las cosas le van bien, ¿no? —le preguntaba el Gallego.

—No me puedo quejar —admitía modestamente—, pero los tiempos están difíciles.

Además le hacía ofrecimientos insólitos en 1942.

—Cuando tenga usted el restaurante en marcha, yo le mandaré harina. Le vendrá muy bien.

—Muchas gracias —decía Pachi, receloso.

—Lo importante —continuaba el otro— es que Román se sienta bien atendido. Usted va a servir de gran ayuda, porque Menchu sola no puede con él. ¡Pobre hombre cómo está!

El que lo terminó de estropear fue el hermano de Bilbao, Justino, que llegó justo tres días antes de la boda, en plan de empresario bilbaíno de la posguerra, con poco tiempo que perder y dispuesto a dejar las cosas en su sitio. Era el tercero de la familia, siete años mayor que Menchu, con bastante parecido físico a don Román, pero completamente calvo. Había sido contable en los Altos Hornos, pero desde 1940 había montado por su cuenta un almacén de hierros. Su primera reacción, a la vista de su hermano mayor, fue similar a la de los alaveses: compunción porque el pobre Román se estaba convirtiendo en un fardo. Por eso le dijo a su hermana Rosa:

—Comprendo que, en estas circunstancias, Menchu sola no puede con él. O sea que me parece bien que se case con ese hombre.

Rosa hizo tan cumplidamente la comedia ante su marido y su hermano Justino, que en ocasiones se olvidaba de que la casaban por cuestiones de maternidad prematura, y tenía la sensación de que se la estaban vendiendo a Pachi para que éste se ocupara del inválido y así las dos familias —la alavesa y la bilbaína— quedaran más dispensadas. No era egoísmo, sino que vivían tiempos complejos, difíciles, pero de grandes oportunidades para los almacenistas, y daba la casualidad de que los dos cabezas de familia andaban en ese oficio, uno con la harina y el otro con el hierro. Al segundo le debía de ir mejor porque bien claro lo dijo a poco de conocer las circunstancias:

—Yo, si es necesario, puedo ayudarle a que monte el bar, pero tiene que quedar bien claro que su obligación es cuidar del pobre Román.

El alavés no quiso comprometerse demasiado:

—Yo le he dicho que le mandaré harina.

—Está bien —condescendió el bilbaíno—. Yo le puedo dar dinero.

La boca se le redondeó para sonorizar mejor la palabra mágica; porque Justino lo había pasado muy mal, con seis hijos y de tenedor de libros en la Lonja municipal de San Sebastián. Hasta que Román consiguió colocarle en Altos Hornos de Bilbao, con unas condiciones comparativamente de ensueño, pero que él supo mejorar aprovechando la oportunidad de montarse por su cuenta como almacenista. Total, llevaba poco más de dos años en este nuevo trabajo y ya podía decir con soltura, sin que le creara problema de clase alguna: «Yo le puedo dar dinero.» Porque él a su hermano mayor le estaba muy agradecido por lo que hizo, y sabía corresponder. Tiempo —de su tiempo— no podía darle porque era una oportunidad única —la de los cupos oficiales y extraoficiales— que no podía desperdiciar; y las operaciones eran todas tan delicadas que las tenía que hacer él personalmente.

A Rosa le entró pena:

—No habléis así. Si los dos quieren casarse...

Entonces Justino rectificó:

—Yo no digo darle dinero. Digo adelantarle lo que necesite. Vamos, lo que quiero es que Román no ande agobiado con ese problema, que bastante tiene el pobre con lo suyo.

De repente Rosa se echó a llorar porque le parecía más razonable la semiviolación consentida que padeció la pequeña Menchu que aquella negociación altruista para que no padecieran los caudales de Román.

Los dos hombres comprendieron las lágrimas de su hermana, porque estaban muy nerviosos con aquella boda, y a todos les daba pena la situación del hermano mayor, que en tan poco tiempo había dado aquel bajonazo.

—Tan poco tiempo no —aclaró Rosa entre sollozos—, porque nosotros llevábamos más de dos años sin venir por aquí y tú —acusó a su hermano— creo que todavía más.

Aquello no era cierto, le aclaró Justino, y con mucho esfuerzo reconstruyó un viaje que hizo a San Sebastián, no podía precisar exactamente la fecha, pero desde luego hacía menos de dos años. El maquilero no medió en la discusión porque en definitiva su parentesco con el enfermo era sólo político y, además, su cuñado no le había buscado un puestazo como el que facilitó a Justino que fue el trampolín de lo otro.

Lo terminó de estropear el hermano de Bilbao porque le pareció oportuno tener un aparte con su futuro cuñado en el comedor de los conciliábulos y ser muy claro. Ellos —al menos él, Justino Aldaiz— estaban dispuestos a ayudarle a montar el bar-restaurante, pero don Román tenía que estar bien atendido, para lo que se necesitaba un hombre fuerte como él —el Cimarrón— que le pudiera ayudar a levantarse, acostarse, etc... Quizá fuera un poco brusco porque andaba mal de tiempo, ya que quería aprovechar aquellos dos días de estancia en San Sebastián para visitar unas fábricas de la zona de Legazpi, que podían ser clientes interesantes. El Gallego, ante este tipo de planteamientos, se limitaba a decir «sí, señor»; pero luego, en la calle, le entró la enorme angustia de pensar que toda su vida tendría que cargar entre sus brazos al pobre don Román, como si fuera un baúl. Ni siquiera se fue al Bar Raimundo porque allí sólo se hablaba de su boda, y Raimundo en persona, noblemente, le daba consejos sobre el establecimiento que iba a abrir, que aunque sabía que iba a ser competencia, comprendía que los demás también tenían derecho a ganarse la vida y que aquélla era una oportunidad única para el Cimarrón. No fue al Bar Raimundo, pero sí a otros, y bebió solo aunque no era partidario de hacerlo, porque churrutear en compañía tenía sentido, pero beber a solas era de borrachos, y él despreciaba a los borrachos. De todos modos, aquella vez tenía que hacerlo porque el baúl se le agigantaba por momentos; cuando en la estación le tocaba algún servicio de cargar baúles lo pasaba mal porque eran difíciles de manejar, y eso que tratándose propiamente de baúles podía colocarlos de pie, inclinar el carro y subirlo de un empellón; pero con don Román eso era imposible, porque además él quería de verdad a don Román que se lo merecía todo. Entonces, pese a su proverbial cinismo, le entró un poco de llantina, que más parecía hipo de borracho, porque se dio cuenta de que él no podía estar toda la vida con don Román a cuestas. ¡Y cuidado que le quería! Pero a cuestas, no. Eso era lo malo de beber solo; no hablaba, no perdía el tiempo, entraba y salía rápidamente de cada tasca y en menos de una hora tenía litro y medio dentro del cuerpo. Bien considerado no era tanto cargar con don Román —¡pobre hombre, mejor no se podía portar con Planicio!— sino la idea de hacer toda su vida lo mismo; porque el asunto del bar-restaurante —vocación clarísima aparte— no tenía por qué ser para toda la vida. Si se cansaba, lo traspasaba y con el dinero hacía otra cosa, o no hacía nada. Además, bien pensado, don Román le había hecho la puñeta con su manía de mandar a Planicio a estudiar, porque el chico en un bar tenía que ser muy eficaz, e incluso puede que él se ocupara sólo de la cocina y Planicio de cobrar y de las cuentas, porque todas esas cosas de letras y números se le daban como Dios. ¡También era manía mandarle con los jabalíes a la sierra de Urbasa! ¿Y para qué tanto estudiar? ¿Para terminar paralítico como él? A veces pensaba el Cimarrón si el mal no le entró a don Román de estar siempre sentado estudiando. ¡Ay, Dios mío, qué pena tan grande!

La ventaja de un hombre experimentado en el beber consistía en saber parar a tiempo y tolerar dentro del cuerpo un litro y cuarto con dignidad y correspondiendo a los saludos de los conocidos, pero sin pararse con ellos, porque tenía necesidad imperiosa de hablar con el mariconazo de Jacinto, que era el que le había metido en el lío. Llegó a Miracruz, 10-B con el portal cerrado (eran las once de la noche pasadas), pero tenía llave. Subió a oscuras la escalera sin especiales problemas porque había pasamanos; llamó en el segundo piso, por la puerta de servicio, y le abrió la cocinera, que era muy respetuosa en todo lo relativo a Jacinto, porque ya sabía que a su antecesora la había desterrado a la alquería de Puente del Arzobispo, provincia de Toledo.

—Pase, pase usted —le dijo a Pachi, que era de los favoritos del jefe doméstico de la casa condal, y que además aquellos días estaba de moda porque lo de que se fuera a casar con la señorita Menchu les parecía como lo de la Cenicienta, pero al revés.

Jacinto, nada más verle, le notó raro, y en cuanto Pachi le dijo «¡Ay, Jacinto!», con un tono de voz que no era normal, lo sacó al descansillo de la escalera y le susurró:

—Pero ¿qué te pasa, hombre?

—¡Menuda enserrona me habéis hecho!

Era el tipo de situaciones que excitaban a Jacinto y que le daban fuerzas para tirar de su camarada, con toda el alma, aterrado ante la idea de que el señor marqués pudiera salir a la calle y encontrarle braceando con un borracho. A partir de las diez y media la escalera quedaba sin luz, pero con posibilidades de iluminación transitoria para los dos pisos condales, que tenían conmutador particular. El marqués acostumbraba a salir por la noche a una tertulia que tenía en el Café Xauen, y podía ocurrir que accionase el conmutador repentinamente. El marqués tenía muy mal concepto del borracho español; en general, no era partidario de la bebida por razones deportivas, pero recordaba con respeto las borracheras consecuencia de la regata Oxford-Cambridge, que eran un verdadero primor y que demostraban el grado de civismo a que podía llegar un pueblo. En este caso el inglés. El caso de los españoles era muy diferente, atenuado ligeramente para los vascos, que cuando se emborrachaban entonaban bellas melodías populares que le recordaban el *folk* escocés.

Ya en el cuarto piso estaban a salvo del marqués, pero el criado, mientras el otro seguía gimoteando: «¡Ay, Jacinto! ¡Ay, Jacinto!», le conminó:

—¡Cállate y vamos a la terraza!

El tramo final les costó porque era angosto, sin pasamanos, y Pachi se quería parar a cada momento a explicarle la enserrona que le habían hecho y a ver por qué Jacinto, pedazo de marica, no le había ayudado sino todo lo contrario.

—¡Ay, Jacinto! ¡Qué desgracia tengo yo con todos mis cuñados; éstos van a ser peor todavía que el de Alza!

Ya en el último descansillo, y pese a los ruegos

encarecidos de Jacinto, se empeñó en explicarle que ya era seguro que la mujer de su cuñado, el de Alza, le ponía los cuernos. Eso le animó un poco.

—¿Te imaginas, Jacinto? Los cuernos grandes, grandes, saliéndole por cada lado de la boina roja. ¿Requeté ése? ¡Contrabandista y sinvergüenza ha sido toda la vida! ¡Pobre Bea: lo que la hizo sufrir ese canalla!

Con este alivio consintió en traspasar la puerta del sobreático y allí terminó de explicarle que el día del entierro de la difunta, en aquella misma terraza, le dijo a su cuñado —al de Alza— como le iba a sacar los testiculares por la boca, de una patada. Delante de todos los paisanos.

Jacinto era un negociador nato, las escabrosidades le encantaban, el asunto del requeté de pega no lo conocía con detalle, la puerta de la terraza estaba cerrada a sus espaldas, la noche tenía buena temperatura, la borachera de Pachi era tolerable, y por eso podía escuchar con calma toda la historia, desde el día en que el Cimarrón, sin ser todavía novios formales, sorprendió a la Bea entre los manzanos.

—¿Entre los manzanos? —fingió admirarse el jefe doméstico.

A Pachi le entró un entusiasmo repentino.

—¡Como te digo, entre los manzanos! ¡Mejor sitio no hay!

El Cimarrón hacía afirmaciones sorprendentes de este tipo, que eran las que le daban fama y aceptación entre un público muy amplio que por eso mismo sabía perdonarle sus debilidades en el juego.

Mientras siguieron hablando de los manzanos y de sus ventajas para esta clase de asuntos, Jacinto cobró esperanzas de que aquello podía quedar en un pronto de mal vino; pero cuando el fresco de la noche le serenó, el Cimarrón comentó cerrado:

—¡O sea que no me caso!

—Pero ¿qué dices?

—Lo que has oído. ¡Que no me caso!

—Por favor, no chilles, que puedes despertar a Francisquito.

—¡No le llames Francisquito, coño!

—Está bien, no te enfades, pero ¿por qué sales ahora con que no vas a casarte?

Porque lo del hermano de Bilbao le había dejado helado. Lo del maquilero de Salvatierra ya había sido sospechoso, ¿a cuento de qué le tenía que prometer harina? Aparte de que la harina era más bien recurso de mal cocinero para engordar la salsa y él no necesitaba trucos de esa clase. Pero lo del de Bilbao había sido descarado: a cuidar al hermano. Así de claro.

—Pero si este invierno estabas encantado con don Román y no acababas de contar lo que hacías con él y lo bien que lo pasabas...

Jacinto le hablaba como a un niño chico que no quiere tomar la medicina. Anda, guapo, que te conviene, que es por tu bien. Piensa en el bar. Piensa en Planicio. Pero ¿no dices que con la señorita Menchu lo pasas tan bien?

Pero repentinamente, el proverbial cinismo del Cimarrón se convirtió en dignidad:

—Está bien, yo me casaré con la señorita Menchu, pero cuando cuente con medios.

A Jacinto le pareció que aquella afirmación mejoraba posiciones, y le dijo que de acuerdo, que se lo pensara, pero que le convenía ir a dormir. Y le ayudó a entrar en el casetón.

La señorita Menchu tuvo que marcharse a Salvatierra con su hermana Rosa para tener el hijo con mayor discreción.

La víspera de la boda desapareció el Cimarrón para embarcarse en un bacaladero de la PISBE. Por la mañana —la siguiente a la noche en que optó por la dignidad— despertó de madrugada a Planicio.

—Oye, hijo...

El chico estaba medio dormido, pero se dio cuenta de que algo raro ocurría porque su padre nunca le decía: oye, hijo. Siempre le decía, oye tú, o Planicio a secas. «Oye, hijo, hemos retrasado la boda», o no era exactamente que la hubieran retrasado, pero él pensaba que convenía retrasarla. Se iba a embarcar y con lo que ganase en la temporada entonces se casarían. ¿Lo comprendía? Pero, *aita*, ¿y el lumbago? ¿Cómo se iba a embarcar con aquel lumbago que le impedía hacer tantas cosas? De cocinero, iba a embarcarse de cocinero, que estaban muy solicitados para los bacaladeros que hacían la marea completa.

Planicio era un chico resignado a no saber. Se quedó sin madre y nadie le explicó de que murió. Al año siguiente su padre le prohibió ir por Atocha, sin explicaciones, y le atizó por interpretar mal. La señora Asun le dijo: ya te avisaré cuando te necesite para algún recado, y ya no volvió a avisarle nunca. Le hicieron correr el desafío de los puentes y le riñeron por no ganar, pero al poco tiempo su padre le regañó por ganar a la alemana de la falda-pantalón. Cuando lo empezaba a pasar bien y con perspectivas, le decían que no, que se tenía que ir a Ardaiz. Y, ahora, *aita* le explicaba que era mejor retrasar la boda y que Jacinto ya lo sabía, pero que de todos modos se lo recordara él —Planicio— para que a su vez Jacinto se lo dijera a Rosa, la hermana mayor de la señorita Menchu.

Aunque era un chico resignado a no saber, lo que sí sabía era que si le decía no, *aita*, díselo tú, seguro que le largaría un mamporro y no es que le importara pero prefería que su padre le dijese:

—Adiós, hijo, te dejo veinte duros y no te hace falta más porque pasado mañana te vas al colegio. Además, en el vasar te he dejado patatas y también tienes media docena de huevos.

No recordaba que *aita* le hubiera besado nunca, porque no era costumbre en Trincherpe; esta vez tampoco lo hizo, pero se le acercó a la cama, le cogió de un brazo y le dijo:

—Ya que vas al colegio, aprovecha, y cuando juegues a la pelota ¡no te dejes ganar!

Parecía que le costaba arrancar y desde la puerta le dijo:

—Y no te preocupes; pondremos el bar. ¡Alza Pilili!

Cuando le gritó esto, se le puso un nudo en la garganta a Planicio, porque sabía que su padre odiaba a los de Alza y si se rebajaba a lanzar su grito de guerra era para consolarle de algo.

—Sí, *aita*.

Todavía no se marchó, sino que volvió a entrar en el casetón y le señaló el único armario que tenían, el de siempre, el de Trincherpe y Fuenterrabía:

—Si te pregunta la señorita Menchu, dile que aquí dejo el traje de la boda, para no estropear.

Cuando ya tuvo seguridad de que *aita* se había marchado, metió la cabeza debajo de la almohada para protegerse.

Jacinto era un negociador nato y dentro del horror de la situación no dejaba de ser un asunto con posibilidades de lucimiento. Consultó con el marqués, que era hombre aficionado a dar consejos. Las reacciones condales fueron muy distintas. La señora condesa suspiró y dijo varias veces, ¡ay, Dios mío, y pobre chica! En cambio, el señor marqués no pudo ocultar cierto regocijo porque aquella súbita huida se correspondía con la imagen que tenía formada de Pachi, y él se preciaba de conocer bien a los hombres. Aquello se lo confirmaba una vez más y siempre era una tranquilidad transitar por la vida con ese don.

Desde luego la supuesta coacción de sus futuros cuñados, que —según versión de Jacinto— había influido en la espantada, no era admisible. El señor marqués recordó sucedidos muy famosos en que el novio dejó a la novia en el mismo altar, pero no metafóricamente hablando, sino en su estricta realidad y sin motivo. Incluso hubo un caso en que el incidente se produjo en ceremonia apadrinada por Su Majestad el Rey. Este caso no tuvo ninguna gracia, naturalmente.

El marqués le dio un consejo de gran sentido común:

—En estos casos, Jacinto, lo que hace falta es tener mucha serenidad.

—Sí, señor marqués. Muchas gracias, señor marqués.

En el Bar Raimundo se consideró un triunfo absoluto. Sin saber por qué todos los jebos se daban grandes palmadas y decían: ¡este Pachi! Genio y figura hasta la sepultura. ¿Y el lumbago qué? Entonces uno comentó que el lumbago se le había desplazado de sitio. La frase no quería decir nada, pero todos coincidían en atribuirle un sentido y les entraba risa. Nadie tenía nada contra la familia Aldaiz y menos contra don Román, que era un santo, pero es que el asunto no tenía desperdicio.

Jacinto les pedía moderación y respeto, pero no para que le hicieran caso.

La noticia fue ondulándose desde la calle de Miracruz hasta la de Ramón y Cajal, pasando por el «Raimundo» —Jacinto lo comentó en el bar por si alguno tenía más noticias del Cimarrón—, y la impresión general era satisfactoria en el sentido de que Pachi no tenía remedio.

Francisca, la portera, sintió alivio porque era un vecino de mala idea, que continuamente le creaba problemas con el ascensor, precisamente coincidiendo con la llegada de miembros de la casa condal.

Jacinto supo morderse la lengua y no comentar lo del embarazo. Por eso la gente decía: «De buena se ha librado la señorita Menchu.»

Los del Bar Raimundo comentaban: «El Cimarrón se la ha pasado por la piedra y ahora la deja.» Pero no cayeron en lo del embarazo; sencillamente que había pasado por la piedra a la señorita, y les parecía un triunfo por pertenecer a una clase social superior y ser mujer de iglesia.

En su penúltima tarde, don Román recibió a un ordenanza que estuvo a su servicio en la Delegación de Hacienda, de sesenta y cinco años, recién jubilado, pulcro y de manos poderosas. Siempre había entendido bien sus dificultades locomotrices, le manejaba suavemente, esperando instrucciones y sin iniciativas, que eran las que le descoyuntaban. El hombre aceptó la propuesta de entrar a servir a don Román.

—Ya sabe usted, don Román, que yo por usted hago lo que sea.

Luego hablaron del sueldo y al hombre todavía le pareció mejor. Don Román no le quiso comentar que no creía que fuera un trabajo de larga duración, entre otras razones porque una cosa eran sus deseos y otra muy distinta los designios de Dios. En cualquier caso suponía que sería una buena noticia para Menchu saber que el matrimonio tendría total libertad de movimientos, sin limitación de dedicación a su bar-restaurante, e incluso, si así lo deseaban, podrían irse a vivir a otro sitio, aunque esto último no le parecía fácil, porque la cuestión de la vivienda estaba muy difícil, y la casa de Ramón y Cajal tenía habitaciones de sobra. El mismo Planicio, cuando volviera en verano —quizá también en Navidades— tendría una habitación pequeña, que daba a un patio interior, para él solo. De repente, y aunque respirar a base de los supraclaviculares era penosísimo, deseó llegar hasta el próximo verano para pasarlo con el chico. Quizá pudieran salir de paseo, como antes, ¿por qué no?, y al fin cumplirían su ilusión de tomar las moras silvestres con vino blanco y azúcar. Les costaría más sentarle en la silla, mas para eso contaba con la ayuda del ordenanza. Además, tendrían muchísimas cosas de que hablar, principalmente del colegio de Ardaiz, y comentarían si las costumbres seguían las mismas, que seguro que no tenían por qué haber cambiado.

A poco de despedir al ordenanza, y sin que tuviera tiempo de dar la buena noticia a su hermana pequeña, se presentó Jacinto, que quería verle precisamente a él. Quería verle a él porque Jacinto bastante hacía con cumplir el papelón, pero no tenía el menor interés en explicaciones con la maquilera, que era la única de la familia que conocía lo del embarazo. Con don Román podía tener un cambio de impresiones puramente técnico sobre necesidad de retrasar la boda.

—Es decir, don Román, yo no he hablado directamente con él, porque ya conoce usted a Pachi, sino que el recado me lo ha dado Francisquito. Bueno, anoche estuvimos hablando y me dijo algo de retrasar la boda (Jacinto estaba decidido a hablar simplemente de retraso) pero no sabía que tuviera esa determinación tan firme.

Los silencios de don Román podían ser impresiones y él lo sentía, porque se daba cuenta de que el criado de la condesa podía pensar otra cosa, o traducirlos como animosidad contra el portador de la noticia, que en estos momentos él, don Román, no sabía si era buena o mala, porque el asunto de aquella boda siempre le tuvo desconcertado. De todos modos, resistió a la tentación de distraer su mirada en el triángulo crepuscular del horizonte que hubiera significado abstracción de la circunstancia de la vida, que en aquel momento era que su hermana pequeña no se casaba de momento. Bien es cierto que la contratación del ordenanza jubilado no por eso resultaba inútil porque Menchu, sola, con él no podía.

—Don Román, ¿quiere usted que le dé mi opinión?

El señor asintió con la cabeza.

—Yo tengo la impresión de que Pachi estaba un poco ofendido porque sus hermanos..., ¿usted me perdona si le digo lo que siento?

—Sí.

A don Román le hubiera gustado ser más cordial con aquel hombre, pero no podía, no sólo porque le costaba mucho hablar, sino porque tenía la impresión de que el criado estaba salseando. Además pensaba en Planicio, al que su padre usaba de aquella manera. En Menchu no podía pensar porque no lograba discernir si lo que ocurría era bueno o malo para ella. Pensó que primero le daría la noticia a Rosa, porque luego entre mujeres sería más fácil.

El criado se quedó reticente porque no le parecía que hubiera quedado suficientemente claro si iba a ser perdonado o no, por lo que diría —de todos modos— a continuación.

—Por favor, siga usted, Jacinto.

Don Román sería de la misma extracción modesta de los Aldaiz, de Álava, pero amigo, se le notaba el señorío de varios años en puestos importantes.

—Pues Pachi estaba un poco ofendido porque sus hermanos, principalmente el de Bilbao, le ofreció dinero para poner el restaurante de una manera...

Jacinto se calló para que el señor interpretase de qué manera le habían ofrecido el dinero para que se ofendiera Pachi. El señor no pudo interpretar por qué Pachi, que tenía cierto tipo de delicadezas —por ejemplo, no le gustaba abusar cuando iban a las tabernitas de lo Viejo—, en cuestiones de dinero ajeno era más bien despreocupado.

—Pues no lo entiendo.

No lo dijo para que Jacinto se lo explicase, sino porque lo sentía así. Y sin embargo, el criado hizo un comentario razonable:

—Mire usted, don Román, Pachi siempre ha sido un hombre indiferente para el dinero. Si lo tiene, lo gasta; si no, se queda tan tranquilo.

Se quedaron un momento silenciosos y a don Román se le fue la mirada hacia la puesta del sol, y eso podía ser peligroso porque entonces se quedaba ensimismado. Los bacaladeros de la PISBE tenían que pasar por allí, camino de Terranova, en el Canadá, porque tal y como estaba colocado don Román cogía a la izquierda y el Puerto de Pasajes a la derecha; es decir, que los barcos tenían que cruzar por delante de su mirador. Entonces el Cimarrón atravesaría la línea del horizonte y para él no habría sorpresas porque seguro que detrás de aquella línea enrojecida seguía habiendo más mar. O sea que el Cielo tenía que estar en otro sitio, pero cada vez estaba más seguro que estaba. Era consolador y además ya no necesitaba esperar a que llegara el verano, porque no iba a convivir con Planicio. Es más, puede que al chico, en esas circunstancias, le conviniera pasarse el verano en Ardaiz, trabajando la huerta, porque había alumnos pobres que lo hacían, y los frailes les pagaban un jornal.

—Oiga, Jacinto...

Jacinto sabía esperar, en actitud respetuosa, un silencio prolongado cuando venía de un caballero, y máxime en aquella situación, que estaba resultando francamente bien y se felicitaba una vez más de haber tratado el asunto con aquel caballero en lugar de con la maquilera de Salvatierra, aunque él, de todos modos, respecto del embarazo se hubiera hecho el tonto.

—Dígame, señor.

Así como suena, señor, porque lo era, pese a su expresión porcina, de la que el pobre no tenía ninguna culpa, ya que era a causa de la gordura.

—¿Y cuánto tiempo va a estar fuera Pachi?

—Los bacaladeros suelen estar seis meses fuera.

—¿Y realmente ganan dinero?

—Un marinero experimentado como es Pachi, y además —aquí se permitió una sonrisita— buen cocinero, puede volver con unos cuantos duros. Yo creo que ésa es su ilusión: volver con algo que aportar al matrimonio. Al menos ésa es mi opinión.

Su opinión era que el Cimarrón se gastaría hasta el último céntimo en vino y mujeres, en el primer puerto que tocasen; si en ese momento le quedaba algo, porque también podía ocurrir que se lo jugase a las cartas en el barco, y el mismo Cimarrón reconocía que últimamente no tenía suerte en el juego.

—Bueno —rectificó en plan de ser honrado—, más que mi opinión es lo que le ha dicho a Francisquito.

—Muy bien, Jacinto, pues muchas gracias por todo y le agradezco mucho que haya venido.

Un caballero no, un caballerazo era don Román y sentía haberlo comentado —aunque con su mejor intención— en el Bar Raimundo y que aquella partida de jebos se hubieran reído de lo que ni sabían ni entendían.

—Y le pediría también un favor, Jacinto...

—Lo que usted me mande, don Román.

—Dígale a Planicio que no deje de venir, sin falta, a despedirse mañana. Pero sin falta ¿eh?

—Sí, señor.

—Además, dígale que tengo una cosa para él.

No era verdad que tuviera nada, pero ya se le ocurriría algo; puede que le pidiera —a Planicio— que le hiciera un favor muy importante —a don Román— nada más llegar al colegio. Algo para que no creyera que habían cambiado las cosas; que todo se reducía a que su padre se había marchado al Canadá para ahorrar un poco de dinero.

Cuando Rosa se lo dijo a la señorita Menchu, ésta comentó:

—Ahora se lo tendremos que decir a Román.

Los ojos se le quedaron secos y dijo «qué contrariedad», como si el retraso de la boda lo complicara todo. Rosa le miraba de reojo sorprendida y asustada de aquella reacción. La señorita Menchu tenía muchas quejas contra Justino y su mujer —que se pasaban meses enteros sin dar señales de vida—, contra el mismo maquilero, cada día más ordinario, y no pensaba darles ninguna satisfacción y por supuesto no quería recibir de ellos el más mínimo consuelo. De Rosa sí porque hizo cuanto pudo en este asunto; pero en estos momentos no los deseaba y lo único que le preocupaba era que Román tendría que enterarse de su embarazo porque estaba a punto de cumplir la tercera falta y notaba que el talle, de día en día, perdía su forma. Por eso comentó:

—Ahora tendremos que decírselo.

—Espera un poco —le dijo Rosa. Lo dijo porque lo encontraba tan mal que tal vez no llegara a enterarse.

A la mañana siguiente, la que tenía que haber sido la de la boda, apareció Planicio en Ramón y Cajal. Le abrió la puerta la señorita Menchu, con aparente naturalidad, y el chico se puso colorado sin atreverse a pasar.

—Pasa, pasa —le dijo ella—. Don Román te espera.

Planicio iba con el traje nuevo, el que ella misma comprara unos días antes. Le estaba un poco grande, mejor dicho muy grande, pero era evidente que Planicio estaba creciendo mucho y que superaría a su padre. Así, pues, tenía dos trajes, el que le compró su padre a plazos y este otro, que ya le advirtió la señorita Menchu que tenía que durarle hasta que se hiciera mayor. Era posible porque parecía de buena tela, muy fuerte —por eso picaba tanto—, y sólo pensaba usarlo en fiestas o viajes. Ese día se lo puso porque aquella noche se marchaba.

—Oye —le dijo la señorita Menchu, colocándole en un rincón del vestíbulo—, ¿qué te dijo *aita* al marchar?

La señorita Menchu nunca se refería a su padre, como *aita*, y el que lo hiciera en el rincón medio oscuro, con los ojos hinchados y enrojecidos, debía de tener algún sentido. Por lo menos Planicio la sintió más próxima que cuando se hacía la buena y le daba pan con chocolate.

—Me dijo que la dijera a usted que dejaba el traje de la boda en el armario para no estropear.

—¿Nada más?

—Me dijo también que no me preocupara, que pondríamos el bar.

No le explicó que luego lanzó el grito de guerra ¡Alza Pilili! porque la señorita no lo entendería.

Conociendo a Pachi —como la señorita creía conocer— aquel modo de decir: que dejaba el traje de la boda para no estropear, tenía un contenido más esperanzador que todas las explicaciones que le dio la noche anterior su hermana Rosa a fuerza de mucho insistir en «no te preocupes, mujer, a muchos les pasa lo mismo, que cuando llega ese momento se asustan, pero luego lo piensan mejor y vuelven». Y contarle muchos casos semejantes, sobre todo en la provincia de Álava, de modo que se sacaba la impresión de que era habitual en los alaveses, las dos o tres intentonas, a novia compuesta, antes de dar el sí definitivo. Pero ¿cuándo volverá?, insistía la señorita Menchu, ya casi de madrugada, porque se pasaron la noche las dos hermanas consolándose y llorando. Teóricamente Rosa no necesitaba consuelos y, sin embargo, en el fondo estaba aterrada ante la idea de aparecer en Salvatierra con su hermana pequeña embarazada y sin marido conocido. Le resultaba asombroso que desde que le dijo a Menchu que de Román no se preocupase, que ya lo arreglaría ella, la pequeña se quedó absolutamente tranquila y sólo pensaba en su amor, camino del Canadá, sin tener en cuenta que, en 1942, tener un hijo así conculcaba la moralidad oficialmente establecida, y significaba de hecho un acto de desafección al Régimen. Pese a su deseo —e indudable obligación— de consolar a la pequeña, de vez en cuando, vencida por el cansancio de aquella noche insomne, se le escapaba un lamento:

—¡Lo malo es qué hacemos con lo del niño...!

La señorita Menchu la miraba muy sorprendida.

—No querrás que me lo coma ¿no?

—No, por Dios, mujer, sólo estaba pensando.

Estaba pensando que en Salvatierra imposible dar a luz en aquellas circunstancias y que habría que pensar en mandarla a algún caserío, arreglándose con una comadrona de confianza, conforme a precedentes de la localidad.

—Además, hija —le increpaba la señorita Menchu—, ¿no dices tú que va a volver? Pues entonces no veo el problema.

Aunque volviera —que era mucho suponer— habría pasado el suficiente tiempo para que aquel talle que perdía suavemente su forma se hubiera convertido en una barriga descomunal, porque era de tradición que las de Aldaiz se abultaban muchísimo en los embarazos, de manera que a los cinco meses parecía que estaban a punto de dar a luz. Tenían una prima, también residente en Salvatierra, que se hinchaba tanto que todo el mundo decía: «esta vez sí que trae gemelos»; luego acababa dando a luz un hijo más bien escaso de peso, pero con mucha cabeza. Por lo visto era la cabeza —todos los Aldaiz eran cabezotas— la que pronunciaba tanto el embarazo.

Mirando las cosas por su lado más positivo, a esas horas ya sería noticia en Salvatierra que a la hermana del delegado la habían dejado plantada al pie del altar; el que estuviera además embarazada era una circunstancia agravante dentro de un contorno calamitoso, pero más digno que el embarazo de padre desconocido. Digamos que pura debilidad humana; precipitación si se quiere: una pobre chica engañada. Lo único que desvirtuaba la imagen era que la pobre chica tuviera treinta añazos, aunque ellos la siguieran llamando la pequeña.

No hubo, por tanto, recíprocos consuelos aquella noche, sino más bien preocupación por parte de Rosa y llantos, con ramalazos de esperanza, por parte de la señorita Menchu. Hubo momentos en que la preocupación de Rosa se tornó admiración y aun envidia por aquella ilusión desesperada de que volviera un hombre que era joven, fuerte y divertido.

—¿Tú crees de verdad que se habrá embarcado para ahorrar para la boda?

Esta misma pregunta, con ligeras variantes, se la habría hecho Menchu más de cien veces. «¿Por qué no, mujer?», le respondía Rosa. Otras veces añadía:

—Volver tiene que volver. Ten en cuenta que ha dejado aquí a su hijo Planicio.

—Mañana en cuanto llegue tengo que hablar con

él —se ilusionó Menchu. Por eso le abrió la puerta personalmente a Planicio y se esperanzó tanto con lo del traje de boda guardado en el armario para no estropearlo y lo de que pondrían el bar. Prefirió no preguntar más y le dijo al chico:

—Anda, pasa a ver a don Román.

Don Román manifestó a Planicio preocupación por varias cosas, y de ahí su necesidad de verle. Primero: ¿cómo iba a llevar la ropa al colegio?

—La he metido en un saco que teníamos porque la maleta de madera se la ha llevado *aita*.

Qué alivio para don Román que Planicio tuviera trece años, casi catorce, pensara que no había pasado nada, y por lo tanto no desistía de ir al colegio.

—Pero, hombre, ¿cómo vas a aparecer con la ropa dentro del saco? ¿Qué pensarán de nosotros?

¿No se daba cuenta Planicio que lo había presentado a los frailes como sobrino suyo? No, señor, no lo había pensado.

Llamó a Rosa para que trajera una maleta y ella le dio la más vieja que encontró.

—¿No hay otra mejor? —preguntó don Román.

Por supuesto que la había, pero a Rosa aquélla le parecía suficiente.

—Es la única que he encontrado a mano.

Era antigua, de cuero muy bueno, y aunque una de las cerraduras no funcionaba, se podía atar con una cuerda.

Rosa trajo un trapo del polvo, la limpió por fuera y por dentro, y quedó muy brillante. Entonces don Román se ilusionó:

—Mira, ésta es la maleta que llevé yo a Madrid cuando fui a preparar las oposiciones de Hacienda.

Si hubieran estado solos, el chico le hubiera preguntado muchas cosas de aquel viaje, porque nunca se cansaba de preguntar a don Román. Si no estuviera Rosa delante, le hubiera repetido: «Don Román, me da pena marcharme.»

Pero se estaba quieto mirando muy fijo, y don Román le dijo que le hubiera gustado acompañarle a la estación pero que no se atrevía porque se encontraba un poco acatarrado. Rosa se extrañó de que ni siquiera hiciera el ademán, porque aquella mañana tuvieron que hacer un verdadero esfuerzo para levantarle de la cama. El rostro estaba amoratado, pero los ojos le brillaban como siempre y el pelo lo tenía negro y suave. Cuando Planicio se despidió, el señor le alargó la mano derecha, sin mover el codo de la camilla para no perder el equilibrio, y el niño se la cogió con las dos suyas.

—Ya verás qué bien —volvió a repetir don Román.

Rosa se volvió de espaldas porque no podía verlo.

—Adiós, don Román.

A la estación sólo le acompañó Jacinto.

El marqués le dio cinco duros y le dijo:

—Me parece muy bien que vayas al colegio, pero el verano que viene quiero verte aquí.

Sí, señor marqués —le respondió Planicio. Julio el encargado le miró sin ninguna desconfianza y le preguntó: «¿cuándo volverás?» No lo sabía seguro: quizá en verano. Pues ven aquí, le dijo. Y la mujer: «Anda, déjame que te dé un beso.» Le dio dos, y Arancha también. Dile adiós a *Tizio*. *Tizio*, adiós.

Tenía que tomar un tren correo que salía a las once de la noche y le llevaría hasta Alsasua. Allí, en la misma estación, tenía que esperar hasta las siete de la mañana, para coger el coche de línea, pero —¡ojo!— el que iba por Olazagutia y Zudaire hasta Barindano. En Barindano tenía que bajar y a dos kilómetros estaba Ardaiz. No tenía pérdida, siempre, claro está que no fuera a equivocarse y tomara el coche de línea que iba para Larraona. Lo que podía ocurrir en este segundo caso, era imprevisible. Otra cosa horrible que podía sucederle es que no se despertara al llegar a Alsasua y siguiera hasta Madrid. En este último supuesto, Jacinto le explicó en la misma estación lo que tenía que hacer, porque en Madrid, invocando el nombre de Jacinto en determinados sitios —que eran bastantes— le solucionarían cualquier problema. De todos modos, Planicio decidió no dormirse; es más: le parecía imposible poder dormir.

El criado le compró tebeos en el puesto de los periódicos y una caja de magdalenas en la cantina. Luego le llevó personalmente hasta el vagón de tercera, con asientos de madera, que iba lleno, con gentes por los pasillos, sentada sobre maletas, pero afortunadamente Planicio tenía reserva. Su sitio estaba ocupado por un soldado, pero Jacinto muy decidido le dijo:

—Este asiento es del niño.

A Planicio le extrañó que el otro se levantara sin discutir y le dio vergüenza quitarle el sitio. Pero no podía desairar la diligencia del criado. También les costó mucho colocar la maleta sobre la redecilla, porque en aquellos tiempos la gente viajaba con muchos bultos. Luego Jacinto les dijo a unas señoras que iban en el vagón:

—Este niño baja en Alsasua.

Y las señoras hicieron un gesto de comprensión. Jacinto se despidió pasándole la mano por la cabeza y deseándole buen viaje. No le dio un beso porque su fama no se lo permitía. Cuando se quedó solo le parecía que todos los del compartimiento le miraban y que el tren tardaba mucho en salir. Cuando arrancó puso mucha atención en mirar por la ventanilla más cercana porque seguro que tenían que pasar por el Puente de Hierro. Lo que vio muy bien fue la calzada opuesta, la del Paseo de los Fueros, por donde corrió el día del desafío de los puentes, y los jebos del Bar Raimundo le gritaban: ¡Alza Pilili! Los recordaba perfectamente, algunos subidos en el pretil, otros sobre un banco, agitando las boinas, moviendo los brazos y diciéndole el grito de guerra de los de Alza; por eso él correspondió agradecido, aunque *aita* le decía: «Tú déjate de pamplinas y corre.» Bueno, ésas eran las cosas que le gustaban a Planicio y no veía la necesidad de ser un hombre importante con los estudios, pero don Román sabía más, ya lo dijo *aita*, y había que hacer lo que dijese porque era por su bien. También le dijo: «No te vas a pasar la vida cogiendo pelotas.» Bueno, tampoco le importaba y también se pasaban buenos ratos jugando al tenis con los dos hermanos de Igueldo, que al principio le ganaban, pero ya andaban igualados. Además, como se había marchado *aita*, no iba a quedarse a vivir solo en el sobreático.

En cambio, no se enteró del paso por el Puente de Hierro, porque estaba todo muy obscuro, pero se figuró que sería cuando el tren hizo más ruido. Luego empezó a preocuparse porque notó que se dormía, aunque al llegar a cada estación —Villabona, Irura, Tolosa...— el tren paraba mucho y él se despertaba, pero con sobresalto. Una de las señoras a las que le recomendó Jacinto, le dijo:

—No te preocupes, duerme tranquilo. En Alsasua el tren cambia de máquina y para casi una hora. Nosotras te despertaremos.

Planicio dio las gracias porque le había enseñado *amá* a hacerlo desde muy chico. Pensó que *amá* podría haberse quedado justo sobre el trozo de cielo que estaba encima del sobreático de Miracruz, 10-B, y que le echaría en falta, porque con los nervios se le olvidó decirle que se iba al colegio. Por eso, mientras se dormía otra vez, le decía: «*amá*, que estoy aquí.» También se lo diría cuando llegara a Ardaiz.

San Sebastián, 2 de octubre de 1942

Querido Planicio:

Ya recibimos la carta que escribiste a mi hermano (q.e.p.d.) y sé que llegaste bien al colegio, de lo que me alegro, y confío en que sigas bien. Precisamente quería decirte la triste noticia de que ha muerto mi hermano Román (q.e.p.d.) hoy hace una semana, o sea la misma noche que tú te marchaste al colegio; por la mañana lo encontramos muerto. Estábamos Rosa y yo solas y fíjate qué impresión. El médico nos dice que no sufrió nada porque se le paró el corazón y él seguramente no se enteraría porque estaría dormido. Es un consuelo para nosotros saber que no ha sufrido, porque bastante sufrió el pobre en vida y ahora seguro que estará en el Cielo. El entierro fue muy emocionante porque estaba todo San Sebastián. De los funcionarios de Hacienda no faltaba ninguno. Y también fueron todos los vecinos del barrio, porque ya sabes lo que le querían. A ti también te quería mucho, y la noche que se murió dijo que esperaba que no te equivocaras en el autobús que tenías que coger en Alsasua.

Díselo a los frailes para que le apliquen misas. Siempre les hizo muchos favores.

Yo ahora me marcharé con Rosa a Salvatierra una temporada. Si tienes noticias de tu padre, no dejes de escribirme. Mi dirección en Salvatierra será calle de Correos número 5. También si tenemos ocasión iremos a verte.

Muchos recuerdos de Rosa y un afectuoso saludo de

MENCHU

Índice

PRIMERA PARTE

SEGUNDA PARTE